KB052345

술마시는 것도 학문의 일부라고 했던 **공자**
술마시는 것을 **예술**로까지 승화시켰던 **저우언라**

술을 좋아했던

중국 명인(名人)들의
삶과 일화(逸話)

구포 출판사
九苞出版社

술을 좋아했던

중국 명인(名人)들의 삶과 일화(逸話)

초 판 1쇄   인쇄 2024년 05월 01일
초 판 1쇄   발행 2024년 05월 08일
발 행 인   김승일
디 자 인   김학현
출 판 사   구포출판사
출판등록   제 2015-000026호

잘못된 책은 바꿔드립니다.
가격은 표지 뒷면에 있습니다.

ISBN 979-11-90159-60-9(03800)

판매 및 공급처   구포출판사

주소 : 서울시 도봉구 도봉로117길 5-14   **Tel :** 02-992-7472

홈페이지 : https://www.sixshop.com/Kyungji/home

※ 이 도서의 국립중앙도서관 출판사 도서목록(CIP)은 서지정보유통지원시스템 홈페이지(http://seoji.nl.go.kr)와 국가자료공동목록시스템에서 이용하실 수 있습니다.

술을 좋아했던
중국 명인(名人)들의
삶과 일화(逸話)

김승일(金勝一) 지음

구포 출판사
九苞出版社

머리말

● ● ●

　"술을 좋아했던 중국 역대 명인들의 삶과 술에 얽힌 일화"에 대한 이야기를 시작하기에 앞서 술에 대한 필자의 단상을 먼저 소개하고자 한다.

　술의 속성은 양면적이다. 자유로움을 극대화시키는가 싶다가도, 지나치면 이성을 마비시킨다. 하지만 술 한 잔은 치열하게 오늘을 살아가는 우리들을 그나마 위로해 주는 벗이 아닐까? 대폿집이나 맥주홀에서 와자지껄하며 한 잔을 들이켜다 보면 그나마 세상의 시름을 잊을 수 있으니 말이다.

　시인 조지훈(趙芝薰)은 술에도 급수가 있다는 뜻의 "주도유단(酒道有段)"이라는 글로 술에 대한 자신의 철학과 관점을 드러냈다. 주량을 논한 것이 아니라 술을 대하는 자세, 마시는 태도, 마신 후의 뒷모습 등으로 주력(酒歷)과 주력(酒力)을 평했던 것이다. 그는 술 마시는 정도를 9급인 '부주(不酒, 술을 안 먹는 사람)'로부터 시작해서 9단인 '열반주(涅槃酒, 술로 말미암아 다른 세상으로 떠난 사람)'까지 18등급으로 분류

했다. 그런 후에 "유단의 실력을 얻자면 수업료가 기백만 금이요, 수행 연한 또한 기십 년이 필요하다."고 총평을 했다. 술에 대한 조지훈의 애정과 내공, 철학적 사유를 통해 술꾼들의 유형과 특징을 엿볼 수 있어서 재미를 안겨준다.

　이처럼 술을 마시는 연륜, 격조, 풍류에 의거해서 18등급으로 분류하였는데, 그 등급과 등급에 따른 내용은 다음과 같다.

01. 부주(不酒) 9급 - 술을 아주 못 마시지는 않으나 안 마시려 하는 사람.
02. 외주(畏酒) 8급 - 술을 마시긴 마시나 술을 겁내는 사람.
03. 민주(憫酒) 7급 - 마실 줄도 알고 겁내지도 않으나 취하는 것을 민망하게 여기는 사람.
04. 은주(隱酒) 6급 - 마실 줄도 알고 겁내지도 않고 취할 줄도 알지만 돈이 아쉬워서 혼자 숨어 마시는 사람.
05. 상주(商酒) 5급 - 마실 줄 알고 좋아도 하면서 무슨 잇속이 있을 때만 술을 내는 사람.
06. 색주(色酒) 4급 - 성생활을 위하여 술을 마시는 사람.
07. 수주(睡酒) 3급 - 잠이 안 와서 술을 먹는 사람.
08. 반주(飯酒) 2급 - 밥맛을 돕기 위해서 마시는 사람.
09. 학주(學酒) 1급 - 술의 진경(眞境)을 배우는 사람.
10. 애주(愛酒) 1단 - 술의 취미를 맛보는 사람.
11. 기주(嗜酒) 2단 - 술의 진미에 반한 사람.
12. 탐주(耽酒) 3단 - 술의 진경을 체득한 사람.
13. 폭주(暴酒) 4단 - 주도(酒道)를 수련(修鍊)하는 사람.
14. 장주(長酒) 5단 - 주도 삼매(三昧)에 든 사람.

15. 석주(惜酒) 6단 - 술을 아끼고 인정을 아끼는 사람.
16. 낙주(樂酒) 7단 - 마셔도 그만 안 마셔도 그만, 술과 더불어 유유자적 하는 사람.
17. 관주(觀酒) 8단 - 술을 보고 즐거워하되 이미 마실 수는 없는 사람.
18. 열반주(涅槃酒, 폐주[廢酒]라고도 함) 9단 - 술로 말미암아 다른 술 세상으로 떠나게 된 사람.

문인과 정치가들, 그리고 철학가들의 술과의 관계는 동서고금이 다 똑 같다고 할 수 있다. 플라톤이 스승의 지혜를 모아 기록한 『향연』을 보면, 소크라테스는 엄청난 술꾼이라고 소개하고 있다. 그럼에도 어느 누구도 소크라테스가 술에 취한 것을 본 적이 있다는 기록이 없는 것을 보면 그는 두주불사(斗酒不辭)형이었던 것 같다. 그에게 있어서 술은 "인식의 상태를 파괴시키는 기능이 아니라, 깊숙이 자리 잡은 신념을 가장 진실하게 표현할 수 있는 기능의 수단"으로 활용했던 것이 아닌가 하는 생각이 든다.

이에 대해 동양의 공자 또한 어지간히 술을 좋아하는 위인이었다. 그의 저서 『논어』에다 "술을 마시는 것도 학문의 일종이다"라고 할 정도였기 때문이다. 그 또한 술을 대하는 것이 소크라테스와 같은 입장이었을 것이라 생각된다. 아리스토텔레스는 소크라테스·플라톤과 달리 술에 취한 자는 이성적인 사고를 전혀 할 수 없다고 규정지었다. 나아가 술에 취한 상태에서 저지른 우발적인 범죄는 가중 처벌해야 한다고도 했다. 따라서 술에 취하지 않는 방법을 남기기도 한 것은 아이러니가 아닐 수 없다. 첫째는 큰 잔으로 술을 마실 것을 권유했는데, 그 이유는 잔이 크면 공기와 더 많이 접하게 돼 술의 독기가 날아간다는 것인데 과학적인 말인지는 알 수가 없다. 둘째는 술을 끓여 마실 것을 권했는데, 이는 맞는 말이라는 것을 필자가 직접 경험해봤기 때문에 알 수 있다. 아마도 알코올 성분이 많이 분해되기 때문이 아닌가 생각되지만, 이 또한 과학적인 근거가 된다고는 말할 수 없다.

몸에 수분을 유지하기 위해 맥주나 화이트 와인에 대황(大黃, 시베리아가 원산지로 산골짜기·냇가·습지 등에서 자람)을 30분 동안 담가 놓은 뒤 점심·저녁 식사 전에 한 모금씩 마시기도 했던 프랜시스 베이컨은 "마시는 것이 힘이다"라고 주장했을 정도로 술을 좋아했기에 그리했던 것이고, "나는 생각한다. 고로 나는 존재한다."고 한 계몽주의 철학자 데카르트도 그야말로 술꾼이었다. 그래서 우스갯소리로 "나는 음주한다, 고로 나는 존재한다."는 말이 회자되고 있을 정도다. 당연히 한·중·일 삼국을 위시한 동양의 명인들도 거의 다가 술을 좋아했다. 그만큼 역사를 이끌고 온 여러 분야의 대가들과 술의 관계는 불가분의 관계였다.

그렇다고 술이 소위 지식인들이나 예술인들, 나아가 여러 분야에서 뛰어난 활약을 펼쳤던 대가들의 전유물만은 아니었다. 소위 평민인 우리들에게 있어서도 술은 만병통치약 정도로 즐기고 있으니까 말이다. 그 원인은 술이 협소한 인간 이성의 한계를 초월할 수 있도록 도와주는 미덕이 있기 때문이라고 생각한다. 쉽게 말하자면 누구나 한 번쯤은 술의 힘을 빌려 사랑을 고백하거나, 우정을 확인하거나, 슬픔을 잊어버리거나, 화풀이를 하거나 혹은 기쁨을 만끽할 수 있도록 해주기도 하기 때문이다. 물론 술이 깨면 후회만 남거나, 남아 있는 취기로 인해 하루 일을 포기하거나, 숙취로 인해 참을 수 없는 고통을 느끼며 다시는 안 마시겠다고 쓸데없는 맹세도 하지만 말이다.

그러나 이번의 술 이야기 시리즈는 대표적으로 우리들에게 익숙하고 친근한 한국, 중국, 일본, 서양 등 동서고금의 명인들을 중심으로 그들의 인생이 어떻게 술과 얽혀 있는지를 통해 "술과 인간과의 관계, 술과 출세와의 관계, 술과 영욕과의 관계가 어떤 형태로 이어졌었는지"를 살펴보면서 "우리들은 술을 어떤 식으로 대해야 하고, 어떻게 술을 마셔야 하며, 술 속에 담겨 있는 무한한 철학적 의미가 무엇인지"를 이해하여, 현대를 살아가는 우리들이 참고할 수 있는 기회가 되었으면 하는 바람으로 엮어 나가고자 한다.

구포재(九苞齋)에서
지은이 씀
2024년 5월 8일

머리말

• • •

01. 관중(管仲, BC723?~BC 644)

- 절주(節酒, 술 마시는 양을 알맞게 줄이는 것)의 대가 -

춘추시대 제(齊)나라 경공(景公)은 "7박 7일을 그치지 않고 종주(縱酒, 몸을 가누지 못할 정도로 술을 많이 마시는 것)"하고, 전국시대의 제나라 위왕(威王)은 "밤새도록 술을 마시며 즐기는 것을 좋아했다"고 한다. 그러나 당시 몇몇 명신은 술을 마시지 않았거나 혹은 폭음하는 것을 반대했다. 예를 들면, 춘추시대 초기에 포숙아(鮑叔牙)[1]의 추천으로 춘추 오패 중 한 명인 제나라 환공(桓公)으로부터 승상으로 임명되었고, 나중에는 환공을 춘추시대의 제1 패주로 만든 정치개혁가 관중(管仲)[2]이 바로 절주를 주장했던 사람들 중의 한 사람이었다.

먼저 제 환공과 관중의 만남을 간단히 살펴보자. 고대 중국의 주나

---

1) 포숙아(鮑叔牙, 기원전 723년? ~ 기원전 644년) : 중국 춘추시대 초기 제나라의 정치가이자 사상가로, "관포지교"로 잘 알려진 관중과 함께 영상(穎上)사람이다. 포숙아는 제환공에게 제환공을 죽이려 했던 관중을 천거하였고, 제환공은 관중의 도움으로 춘추오패의 첫번째 패자가 되었다. 관중은 포숙아에 대해 "나를 낳아준 사람은 부모지만, 나를 알아준 사람은 포숙이다" 라고 찬탄한 바 있다.

2) 관중 : 관중과 포숙아는 동향친구인 상인출신들로서 제나라에 와서 상업에 종사하던 이들이다. 제나라는 당시 베와 비단(布帛) · 어렴(漁鹽)의 산지로 이윤이 커서 이들은 큰돈을 벌고 제에 정착하였다. 관중은 『관자 · 해양(管子 · 海王)』 편에서 소금에 큰 관심을 갖고 있었다. 사람들은 매월 3홉의 소금을 먹어 투자가치가 커서 포숙아와 함께 제나라의 소금으로 큰돈을 벌었다. 이러한 경제에 대한 지혜를 통해 승상이 된 그는 세수 방면의 개혁을 통해 부국강병을 이루었다. 그 치국(治國)의 방법은 "먼저 백성들의 부를 이룬 다음에야 비로소 강국이 될 수 있다(先富民, 再强國)"는 것이었다.

라 왕조가 쇠약하여 BC770년에 수도를 동쪽인 낙읍(洛邑)으로 옮기는데 이때부터 동주(東周)라고 부르며 역사적인 춘추전국시대(기원전 770-221년)가 시작된다. 춘추전국시대의 전반부인 춘추시대(기원전770-403년)에는 아직 주나라를 왕실로 인정하면서 제후들 간에 경쟁하여 가장 강한 제후국의 군주가 패자(覇者)로 올랐다. 역사적으로 춘추시대에는 다섯 명의 제후가 제후들을 모아 맹약을 맺으면서 패자의 지위에 올랐는데 이들을 춘추오패(春秋五覇)라고 불렀다. 춘추오패는 제나라 환공, 진나라 문공, 초나라 장왕, 오나라 부차, 월나라 구천의 순으로 이어졌고 그 이후는 전국시대로 넘어가 더 이상 패자가 나오지 않게 되었다.

첫 번째 패자인 제나라 환공(桓公)에 관한 이야기는 『사기 · 제태공세가(齊太公世家)』에 나오고 있고, 또 『열국지』나 다른 역사서에도 나오고 있다. 당시 환공을 도와 패자의 지위로 올리는데 결정적인 역할을 한 신하가 바로 재상 관중(管仲)인데 '관포지교(管鮑之交)'의 주인공으로 잘 알려진 인물이다. 그러나 중요한 역시 관중과 같은 유능한 부하를 포용할 수 있었던 환공의 인간적 스케일이다. 다시 말해서 환공이 패자가 될 수 있었던 것은 관중의 정치적 재능과 환공의 대범한 포용력이 잘 맞아 떨어져서 군신 간의 튼튼한 신뢰 관계를 유지케 하여 서로 상승작용을 일으키게 했던 결과였다고 할 수 있다.

환공과 관중이 처음 군신의 관계를 맺게 되는 것은 왕위 승계 과정에서 관중은 다른 왕자의 편에 서서 경쟁자인 환공을 제거하는 일에 앞장을 섰다. 관중은 제나라로 귀국하는 환공을 죽이려고 매복하여 기다리다 활을 쏘아 암살을 시도하였는데, 다행히 환공은 위기를 모면하고 먼저 귀국하여 제후의 자리에 올랐다. 결국 관중은 왕위 계승 싸움에서 패배하여 환공의 포로가 되어 죽을 고비에 처하는데, 환공의 측근이자 친구인 포숙아의 도움으로 목숨을 구명 받게 되었다. 포숙은 환공에게 제나라로 만족한다면 자신과 같은 신하로도 충분하지만, 천하의 패자가 되려면 관중과 같은 뛰어난 인재를 반드시 얻어야 한다고 설득하였다.

환공은 자신을 죽이려 했던 관중이 괘씸하고 마음에 들지 않았지만, 결국 포숙의 말을 받아들여 관중을 용서하고 과감하게 재상으로 발탁하게 되었다. 환공은 관중이 일을 더 잘 할 수 있도록 중부(仲父, 숙부에 해당하는 말로 환공이 관중을 높여 부른 칭호)라고 부르면서까지 힘을 실어주었던 데서 환공의 스케일이 얼마나 크고 도량이 넓은 리더십을 가졌었는지를 잘 알 수 있다.

환공은 관중을 재상으로 삼고서부터는 정치를 관중에게 일임하여 자신은 편안하게 나라를 다스리면서 부국강병을 이루어 끝내 패자의 지위에까지 오를 수 있었다. 또한 관중은 자신을 받아준 환공을 위해 정치 리더십 교육을 계속 하였으니, 그 과정에서 술에 관한 일화들을 통해 관중의 교육이 어떠한 것이었는지를 살펴보자.

예를 들면, 이런 일화가 있다. 환공이 관중에게 제나라가 아직 어려운데 신하들의 수레와 의복이 너무 사치스러운데다 지나친 음주가무로 많은 문제를 일으키자 이를 금지시키고 싶다고 그 방법을 물었다. 그러자 관중이

"신하들이란 위에서 임금이 하는 행실을 보고 따라 하기 마련인데, 임금이 최고급 옷에 산해진미와 음주가무를 즐기니 신하들도 당연히 그렇게 하는 것입니다."

라고 답하였다. 즉 신하들의 사치를 고치려면 임금이 먼저 자신부

터 사치와 방탕을 고치지 않으면 안 된다고 간언하였던 것이다. 관중의 말을 들은 환공은 곧바로 검소한 생활로 바꾸면서 신하들의 기풍을 바로 잡았다는 것이다.

또 『한시외전(韓詩外傳)』[3])에는 이런 기록도 있다. 제나라 환공이 주연을 벌이고 여러 대부에게 늦게 온 사람은 벌주를 한 잔씩 해야 한다고 하였다. 마침 관중이 늦게 오는 바람에 벌주를 한 잔 해야만 했다. 그러나 그는 절반만 마시고 절반은 버려 버렸다. 그러자 환공이 물었다.

"중부는 벌주로 술 한 잔을 다 마셔야 하는데 어찌하여 버리는 것이오?"

그러자 관중이 아뢰었다.

"신하는 술이 입으로 들어가면 혀가 나오게 되고, 혀가 나오게 되면 말을 잘못하게 되며, 말을 잘못하면 목숨을 잃는 재앙을 불러오게 된다고 들었습니다. 그러니 목숨을 잃는 것 보다 술을 버리는 것이 낫지 않겠사옵니까?"

환공이 사람의 마음을 잘 헤아리는 개명한 군주였기에 망정이지 화를 자초할 뻔한 대답이었다. 이 일화의 전말은 다음과 같다.

환공이 잔치를 베풀어 군신을 초대하였는데 유독 관중만 지각하였다. 규칙대로 관중은 벌주 한 잔을 마셔야 했다. 그러나 그는 반잔도 안 되게 마시고는 잔에 남은 술을 땅에 부어버렸다. 뭇 신하들 앞에서

---

3) 한시외전(韓詩外傳) : 중국 전한(前漢)의 학자 한영(韓嬰)이 쓴 『시경(詩經)』의 해설서.

체면이 깎인 환공이 기분이 언짢았을 게 당연한데도 환공은 관중에게 "왜 그랬소?"하고 물었다. 관중은 태연자약하게 지각을 한 이유는 급한 용무를 처리하느라고 늦었다고 설명한 다음, "자신은 주량이 약해 술 한 잔을 다 마실 수 없어 남은 술을 부어버렸다"고 설명하면서 "술을 버리는 것보다 술에 취해 실언하여 목숨을 잃는 재앙을 불러오는 것이 더 나쁜 것이 아니옵니까?"하고 반문한 것이었다. 그러자 사리에 밝은 환공은 공적으로는 벌주를 주는 것이 나쁘다는 것을 알고 있었지만, 사적으로는 용서할 만한 일이라고 생각하여 마음에 담아두지 않았다는 것이 이 이야기의 내용이다. 이러한 주덕(酒德, 술에 취한 뒤에도 주정을 하지 않고 몸과 마음을 가지런하게 하는 몸가짐)에 관한 일화가 이 이야기 속에 담겨 있기 때문에 고금의 미담으로 전해지고 있는 것이다.

관중은 환공에게 술을 끊기를 권하기도 하였다. 한번은 환공이 술에 취해 왕관을 어디다 두었는지조차 생각이 나질 않아 낯이 뜨거워서 사흘을 연속해서 조회에 나오질 않았다. 그러자 관중이 즉시 권하였다.

"대왕께서는 이 일로 비록 체면을 잃으셨지만, 정전(正殿, 왕이 나와서 조회를 하는 곳)에 나오시는 것을 피하고 정무를 안 보실 정도는 아닌 것 같습니다. 선행을 하시어 나빠진 체면을 만회하시는 것은 어떠하십니까?"

이 말을 듣자 문득 깨달은 환공은 창고를 열어 가난한 백성을 구제하고, 경범죄를 저지른 사람을 석방하라고 명하였다. 3일 후 사람들은 "우리 국왕은 왜 또 왕관을 잃어버리지 않으시죠?"라는 민요를 지어 불렀다고 한다. 환공은 이처럼 과실을 범함으로써 명성을 얻게 되었던 것인데, 이 또한 관중의 기지였음을 알 수 있다.

또 한 번은 환공이 관중의 집에서 술을 마시게 되었는데, 해질 무렵이 되어도 마음껏 즐기지 못한 것 같아서 계속 마실 수 있도록 사람을 시켜 촛불을 켜놓게 하였다. 그러자 관중이 "폐하께서는 낮에만 술을 드실 것이라고 생각했는데, 저녁까지 술을 드실 줄은 몰랐사옵니다. 이제 그만 일어나시지요. 대접이 변변치 못함을 양해해 주시옵소서."

라고 환공의 비위에 거슬리는 말을 하였다. 환공은 당연히 체면이 서지 않게 되자

"나라의 군주가 그대의 집에 와서 술을 마시는 것은 그대를 중요하게 생각하는 것인 만큼 그대도 내 체면을 좀 세워줘야 도리가 아니겠는가?"

라고 관중에게 말했다. 그러면서

"중부! 우리 모두 이 나이가 되었는데 손가락을 꼽아가며 헤아려봤자 몇 년을 더 살겠소. 왜 이 아름다운 야경을 마음껏 즐기지 못하게 하는 것이오?"

라며 한탄 반, 애원 반조로 말했다.
그러나 관중은 꿈쩍도 않으며 정색하여 말했다.

"부당하신 말씀이옵니다. 구미(口味)에 지나치게 집착하는 사람은 덕양(德陽, 덕을 밝게 하는 것)에 소홀할 수밖에 없고, 술에 빠지는 사

람은 우환이 생길 것이라고 흔히들 말합니다. 대왕께서는 방종하시지 말고 뜻한 바를 이룰 수 있도록 힘써주시옵길 바라옵나이다.”

환공은 관중의 말이 진지하면서도 이치에 맞는다는 것을 느끼고 기꺼이 받아들여 궁으로 돌아가 다시는 밤에 술 마시는 야음(夜陰)활동을 하지 않았다고 한다.

환공이 집정하여 혼란스러운 천하를 바로잡고 여러 차례 제후국과 연합하여 춘추시대의 눈부신 패업을 열어갈 수 있었던 것은 이러한 관중의 보좌와 떼어놓을 수가 없는 것이다.

사실 환공이 어리석은 군주였다면, 그에게 아무리 좋은 권유를 했어도 효과는 없었을 것이다. 비간(比斡)이 취생몽사(醉生夢死)4)하는 주왕(紂王)에게 누차 간언하였지만, 결국 주왕은 그런 비간을 미워해 그의 심장을 도려내는 잔인한 형벌을 가했던 점을 생각하면, 환공의 넓은 아량을 알 수 있는 고사가 아닐까 한다.

---

4) 취생몽사 : 술에 취해 자는 동안 꿈속에서 살고 죽는다는 뜻으로 한평생을 아무 하는 일도 없이 흐리멍덩하게 사는 것을 비유한 말

02. 공자(孔子, BC 551~BC 479)

- 술을 마시는 것도 배움의 일부이다 -

4대 성인 중 한 사람인 유학의 시조 공자도 감탄을 자아낼 정도로 유명한 애주가였다. 공자는 술을 잘 마셨을 뿐만 아니라 마시는 양도 엄청 많았다고 한다. 『10국 춘추(十國春秋)』에 따르면 "문왕(文王)은 천 잔을 마시고, 공자는 백 바가지를 마신다."는 기사가 있다. 이로부터 공자의 주량이 엄청나다는 점을 충분히 알 수가 있다.

　공자가 "음주는 단지 음식을 먹는 것이 아니라 배움과 관련되는 일이다."라고 말한 데서, 공자는 술을 즐겼을 뿐만 아니라 음주를 하나의 배움으로 간주했음을 알 수 있다. 그 배경에는 그가 한 번에 술 수십 병을 마시고서도 절대로 실수를 한 적이 없었기 때문이 아닌가 한다. 이는 공자가 『논어 · 향당편(鄕黨篇)』에서 "술은 얼마든지 마시되 난잡함에 이르러서는 안 된다.(惟酒無量, 不及亂.)"(『論語』·「鄕黨」)[5]"고 음주 태도에 대해 말한 것에서 알 수 있다. 조선 22대 국왕

---

[5] 열국을 주유하는 과정에서 공자가 천하의 명주를 품평하는 일이 적지 않았는데, 그럴 때마다 조집촌에서 만든 술에 대한 찬사를 아끼지 않았는데, 노자와의 이런 연분 때문이 아닐까 한다. "술을 마실 때 정해진 양은 없지만 난잡한 데까지 이르지는 않아야 한다."라는 논어에 나오는 처세의 잠언(箴言)도 조집촌의 술에서 유래되었다는 것이 녹읍(鹿邑) 사람들의 한결같은 말인데, 근거의 분명 불분명을 떠나 공자에게도 흠이 되는 일은 아닐성싶다

인 정조에게 한 신하가

"전하, '공자님께서 술은 얼마든지 마시되 난잡함에 이르게 돼서는 안 된다.' 고 하셨는데, 그 의미는 무슨 뜻이옵니까?'

하고 여쭈었다. 그러자 정조는 이렇게 대답했다. 즉 중요한 일이 있어 절대로 술을 마시지 않아야 할 상황이면 주변의 유혹을 극복하고 술을 마시지 않고 해야 할 일을 할 수 있어야 하는 것이고, 중요한 일이 끝나서 기쁜 자리가 되어 축하해야 할 일이 있을 때에는 함께 즐거워하며 기쁘게 마시되 난잡함에 이르기까지 먹어서는 안 된다는 것이었다. 이는 정조의 음주 철학이자 공자의 음주 철학을 나름대로 엿볼 수 있는 바로미터가 아닐까 한다. 공자는 주역(周易)을 완성하면서 64괘 중 마지막 괘인 "화수미제(火水未濟)"[6]는 마지막을 음주문화와 관련해서 정리했다. "술을 마시는 데 믿음을 두면 허물이 없거니와(有孚于飮酒 無咎), 그 머리를 적시면 믿음을 두는 데 바름을 잃으리라(濡其首, 有孚失是)!" 즉 술을 마실 때 상대방과 믿음을 갖고 사이좋게 마시면 불신과 허물을 없앨 수 있지만, 너무 많이 먹고 취해 이성을 잃으면 잘못된 행동으로 오히려 신뢰를 깬다는 것이다. 공자가 『주역(周易)』의 마지막 괘를 "술 마시는 것을 경계하라."고 한 것은 그 당시에도 그만큼 잘못된 음주문화가 많았고, 그로 인해 역사 발전을 저해

---

6) 화수미제 : 물을 건너지 못했다는 뜻에서 미완성을 말한다. 세상의 모든 사물은 완성에만 머물러 있을 수는 없다. 계속 진화하고 발전해도 늘 미완성인 미제로써 끝을 맺는다. 원문은 "미제는 앞에 할 일이 창창하게 남아서 형통하다. 그러나 무모한 짓은 하지 말아야 한다. 어린 여우가 물을 건너려고 겁 없이 뛰어 들었다. 거의 건너다가 결국은 꼬리를 적셨다. 못 건너고 만다(未濟 亨 小狐 汔濟 濡其尾 无攸利). 이렇게 되면 그간 공들인 모든 노력이 수포로 돌아가고 만다. 미제의 시기에는 주의 깊은 심사숙고와 조심스러운 행동이 성공의 기본조건이다. 얼어붙은 물위를 걸어가는 노련한 여우처럼 늠름해야 한다. 미제는 모두 제자리를 잃고 있는 상태이다. 그런 때에는 각 물건의 속성과 태생을 비롯한 모든 것을 분별하여 제자리를 찾게 해주어야 한다. 만물이 각기 제자리를 찾는다는 것이 이상사회의 실현이다(萬物各得其所).

할 수 있다고 판단했기 때문이었으리라. 그래서 공자는 『논어』에서 "몸가짐에 부끄러움이 없으며, 곳곳에 사신으로 가서 군주의 명을 욕되게 하지 않으면, 이를 선비라 부를 만하다."라고 바른 처신을 하는 관료를 칭송했던 것이다.

여기서 공자가 술을 좋아했던 일화를 하나 소개해보자. 춘추시기에는 학파가 다양했고, 각 학파의 주장이 다들 독특했기 때문에 우열을 가르기 힘들 정도였다. 이는 각 학파간의 경쟁을 유발시켰다. 그중에서도 유가(儒家)와 도가(道家)는 박학(博學)하기로 소문난 학파였다. 그렇기 때문에 두 학파 간의 경쟁은 타 학파가 못 미칠 정도였다. 그러나 각 학파의 차이에 대해 크게 개의치 않았던 공자는 노자(老子)의 재능과 학문을 경모해 왔기 때문에, 노자의 집을 직접 방문해 함께 학문을 연구하고 토론하기로 마음먹었던 것이다. 마침 시간을 낸 공자는 노자를 만나기 위해 제자인 자로(子路)를 데리고 산동의 곡부(曲阜)에서 노자의 고향인 하남성(河南省) 녹읍(鹿邑)으로 떠났다.

객지에서 오랜 여정을 보내느라 온갖 고생을 다 겪은 스승과 제자는 피곤함에 짓눌려 있었다. 그러는 가운데 마침내 고현(苦縣. 녹읍의 옛 명칭 - 역자 주)에 도착한 두 사람은 갑자기 풍겨오는 특이한 향기를 맡으며 의아한 생각이 들었다. "향기가 매우 특이하군 그래. 혹시 술 향기가 아닐까?" 공자는 마음속으로 이렇게 생각했다. 그리하여 향기를 따라 가다보니 조집촌(棗集村)이라는 동네에서 풍겨 나왔음을 알았다. 마음을 사로잡는 향기로 인해 더욱 피곤함을 느끼게 된 두 사람은 이곳에서 하루 밤을 묵었다가 이튿날 다시 길을 떠나기로 했다.

밤이 점차 어두워지자 산들바람이 살랑살랑 불어왔는데, 바람을 타고 갈수록 짙어져 가는 조집촌의 그윽한 향기는 참으로 그 유혹을 떨치기가 어려웠다. 멀리 산동 곡부에서 살던 공자는 조집촌이 유명한 술의 고장이라는 것을 몰랐지만,[7] 피곤함에 젖어 있던 두 사람에게 그것은 중요한 일이 아니었다. 그저 피곤함을 떨쳐내기 위해 목젖이 요구하는 대로 여관 주인장에게 이게 술 냄새 아니냐고 허겁지겁 물었던 것이다. 주인장은 친절하게 조집촌에 대한 자랑을 늘어놓더니 그중에서도 유명한 집을 소개해 주었다.

공자는 술집 장소를 듣자마자 바로 자로에게 술을 사오라고 시키고는 홀로 술 향기에 도취해 황홀경에 빠져있었다. 얼마 지나지 않아 자로가 술을 사왔다. 그들은 먹음직스러운 닭과 오리 요리를 안주로 해서 허리를 풀어 제치고 실컷 마셔댔다. 신선이 마신다는 맑고 투명한 미주(美酒)에 푹 빠진 스승과 제자는 술 한 방울도 남기지 않고 몽땅 마셔버렸다. 밤이 깊어지고 달이 서산으로 기울자 취기가 오르기 시작했다. 피로함과 허기를 달래기 위해 술병 밑바닥까지 다 마셔버린 그들은 눈앞이 몽롱해지면서 잠에 빠져버렸다.

이튿날 해가 중천에 떠서야 그들은 꿈속에서 깨어나 창문을 바라보았다. 그러나 어떻게 해서 자신들이 이곳에 있게 되었는지 전혀 기억이 나질 않았다. 찬물로 세수를 하고 나서야 엊저녁 술을 마셨던 일이 스치듯 떠올려졌다. 그러나 여기까지 오느라 쌓인 피로가 완전히 사라져버려 마치 천일합일(天人合一)[8]의 경지에 이른 것만 같았다.

이에 공자는 "고기는 많이 먹으면 안 된다. 먹는 양을 제한해야지 그렇지 않으면 느끼해지기 쉽다. 그러나 음주에는 제한이 없다. 취하

---

7) 노자가 태어난 '도교 발상지'인 짜오지진(棗集鎭)이 있는 중국 허난성(河南省) 루이현(鹿邑縣)은 노자가 태어난 곳으로 도교 문화의 발상지로 일컬어진다. 그리고 오늘날 이곳에서 생산되는 중국의 국가 명주가 '송하량액(宋河粮液)'이다.

8) 천인합일 사상 : 중국인의 일상생활 각 방면에 직접적인 영향을 끼친 이 사상은 '인(仁), 의(義), 예(禮), 지(智), 신(信)'과 '선악유보(善惡有報, 선악에는 보응이 있다)'라는 보편적 세계관을 가지고 일을 할 때 도리와 규범에 비추어 자기의 언행이 도의에 맞는지를 살폈는데, 이처럼 하늘에는 상제(皇天)가 있고, 푸른 하늘(蒼天)에는 눈이 있어 하늘이 안배한 '도'를 따르는 것을 매우 중시한 사상이다.

지 않고 예의를 잃지만 않으면, 얼마든지 마셔도 좋은 것이 아닌가!'
하며 감탄해 했다. 즉 고기는 많이 먹지 말아야 하지만 술의 양은 제
한하지 않아도 된다는 뜻이었다. 다시 말해 개인의 주량에 따라 취하
지 않을 정도로만 마시면 되지만, 과하게 마시면 음주 후 일을 그르쳐
즐거움 끝에 슬픈 일이 생길 수 있다는 것을 경고한 말이었다.

　한결같이 언행에 신중을 기하고 예를 극히 중요시하기로 소문난 공
성인(孔聖人, 공자)조차 조집촌 미주의 유혹을 이겨내지 못했으니 하
물며 후인들이 술을 즐기는 마음을 어찌 탓할 수 있겠는가!

　위대한 인물들이 역사상 동시대에 나타나는 때는 따로 정해져 있다
는 얘기가 있다. 이들 성인들이 만나 교분을 나누면서 생각을 주고받
는 가운데 자신의 학문을 더욱 성취시킨다 해서 중국에서는 "성대한
만남"이라고 표현하고 있다. 예를 들면 서구에서는 소크라테스와 플
라톤의 만남이 대표적이며, 중국에서는 노자와 공자의 만남, 이백과
두보의 만남이 그것이다.

　유가와 도가는 근본부터 다르지만 노자를 존경한 공자는 첫 방문으
로 당시 노자가 53세, 공자가 34세 되는 해였다.[9] 열아홉 살 연장자에
게 예를 올리며 공자가 배움을 청하자 노자는 고향 조집촌(棗集村)의
좋은 술을 내어 그를 환대했다.[10]

　녹읍에는 예로부터 손님맞이를 좋아하는 풍습이 있었는데, 이 풍습
은 노자 당시에도 이미 세상에 널리 알려져 수레와 말의 왕래가 그치
지 않았다. 특히 집집마다 조집촌에서 만든 술을 갖추어 놓고 손님을
접대했다고 하니, 노자 또한 공자가 찾아왔을 때 이 술로 그를 맞이했
으리라 짐작된다.

---

9) 노자는 기원전 571년생이고, 공자는 기원전 552년생이라고 학계는 비정하고 있으나 확실한 것은 아니다.
10) 이런 이야기는 여러 사서(史書)에 남아 있는데, 이들 사서에 따르면 공자는 기원전 503년과 518년 두 번에
　　걸쳐 하남(河南) 녹읍(鹿邑)에 가서 노자를 만난 것으로 되어 있다.

03. 여불위(呂不韋, BC ? ~ BC235)
- 역사상 술 덕을 제일 많이 본 사람 -

여불위는 진(秦)나라 양구(陽翟, 오늘날 허난[河南]성 위[禹]현) 사람으로 아버지와 함께 제(齊)·초(楚)·조(趙)·위(魏) 등 여러 나라를 왕래하며 장사를 하여 엄청난 부자가 되었다. 진나라 소양왕(昭襄王) 42년(기원전 265년)에 여불위가 조나라 한단(邯鄲)에 가서 장사를 하게 되었는데, 우연한 기회에 진나라 태자 안국군(安國君)의 아들인 자초(子楚)를 만나게 되었다. 자초의 준수한 용모에 여불위는 속으로 몰래 찬탄하면서 급히 옆에 있는 사람에게 "저 사람이 누구야?"라고 물었다. 그 사람은 자초의 상황을 그에게 알려주었다.

　원래 자초는 조나라에 볼모로 잡혀와 있던 중이었다. 조나라 왕은 진나라 군사가 조나라 국경을 거듭 침략해오자 볼모로 잡아온 자초를 죽이고 싶은 생각까지 했다. 그래서 그때 총대(叢臺)에 잠시 감금해 두고 있었던 것이다.

　집에 돌아온 여불위가 그의 아버지에게 여쭈었다.

　"농사를 지어서 이윤을 몇 배나 얻을 수 있습니까?"

그러자 그의 아버지는

"열 배는 얻을 수 있지."

라고 대답하였다. 여불위가 또 여쭈었다.

"보석장사를 하면 이윤을 몇 배 얻을 수 있겠습니까?"

그러자 아버지는

"백 배 정도의 이윤은 얻을 수 있을 께다"

라고 대답하였다. 여불위가 또 다시 여쭈었다.

"한 사람을 보필하여 왕의 자리에 앉히고 강산을 손에 쥐게 되면, 몇 배의 이윤을 얻을 수 있겠습니까?"

그러자 그의 아버지가 웃으면서 말했다.

"어떻게 사람을 왕의 자리에 앉힐 수 있단 말이냐? 정말 그리할 수 있다면 그 이윤은 계산할 수 없을 정도로 많겠지만 말이다. 허허."

그래서 여불위는 황금 백 냥을 써서 자초를 감시하는 공손건(公孫乾)과 교분을 쌓기 시작했다. 어느 날 공손건이 연회를 베풀어 여불위를 초대하였다. 여불위는 이 기회를 이용하여 공손건에게 자초도 불러 함께 술을 마시자고 제안하였다. 여불위는 은근히 공손건에게 술을 많이 마시게 권하였다. 그리고 공손건이 술이 거나하게 되어 뒷간에 간 틈을 타 목소리를 낮추어 자초에게 말했다.

"현재 진나라 임금이 연로하신데다 황태자가 총애하는 화양(華陽) 부인이 아들이 없지 않습니까? 20명이 넘는 자초님의 형제들 중에서도 총애를 받는 사람은 한 사람도 없습니다. 그러니 자초님께서 진나라로 돌아가서서 화양 부인의 아들이 된다면 앞으로 왕위를 이을 희망도 있을 것 아닙니까?"

그 말에 자초가 눈물을 글썽이며 말했다.

"고국이라는 말만 들어도 마음이 설레어 칼로 도려내는 것처럼 아픕니다. 단지 몸을 뺄 수 있는 방도가 없다는 게 문제지요?"

여불위가 말했다.

"우리 집 재산에서 황금 천 냥을 헐어 진나라로 가 자초님이 고국으로 돌아갈 수 있는 방도를 찾아보겠습니다."

그러자 자초가 말했다.

"정말 그대의 말대로 될 수만 있다면 앞으로 나는 그대와 함께 영원히 부귀영화를 누리겠소."

공손건이 자리로 돌아올 때 즈음에는 여불위와 자초가 계획을 다 짠 뒤였다. 이것이 바로 처음 술의 도움으로 여불위가 자초를 만나게 된 줄거리이다.

여불위는 공손건과 작별하자마자 금과 은을 가지고 곧장 진나라 수도인 함양(咸陽)으로 갔다. 그는 금과 은으로 진나라의 태자와 화양 부인의 주변 사람들을 매수한 뒤 또 감언이설로 화양부인을 구슬려 화양 부인이 자초를 총애하는 마음이 생기도록 하였다. 이러한 여불위를 기특하게 여긴 화양 부인은 주연을 베풀어 후하게 대접하기까지 했다.

이날 주연에서 여불위는 술에 취한 척하며 말했다.

" '아름다운 용모로 님의 환심을 샀다가 늙어서 자색이 쇠퇴하면 총애를 잃게 된다' 고 들었습니다. 지금 부인에게는 비록 아들이 없으시지만 황태자의 총애를 받고 계시니 이때를 틈 타 황태자의 여러 아들들 중에서 어질고 효성이 있는 이를 아들로 삼으시게 되면, 앞으로 그 아들이 왕위에 오를 경우 영원히 부귀영화를 누릴 수 있지 않겠습니까? 그렇지 않으면 앞으로 늙어서 총애를 잃으시게 되면 후회해도 소용이 없으십니다. 제가 보기에 조나라에 볼모로 계신 자초님이 어진데다가 효성도 지극하여 부인의 안위를 걱정하며 도와드리지 못함을 애석해 하고 있습니다. 만약 부인께서 그를 친아들로 삼으신다면 의지할 곳도 생기시고, 총명한 그를 부인이 도우신다면 그가 앞으로 왕위를 이을 수도 있을 것 아닙니까? 그러면 부인께서는 영원히 평안하게 지내실 수 있을 것입니다."

화양 부인이 여불위의 말을 듣고 보니 일리가 있는지라 그의 제안을 따르기로 하였다.

어느 날 밤 화양 부인이 연회를 열어 황태자 안국군과 나란히 술잔을 기울이게 되었다. 태자가 반쯤 거나하게 취했을 때를 기다려 화양 부인이 갑자기 흐느껴 울기 시작하였다. 깜짝 놀란 태자가 그 연유를 묻자 부인이 마지못해 대답하였다.

"신첩이 운이 좋아 후궁을 차지하고는 있으나 불행히도 아들이 없습니다. 제가 보기에 저하의 그 많은 아들들 중에서 자초가 가장 어질고 효성이 지극하다고 제후들 가운데서 칭찬이 자자합니다. 그러니 그를 저의 아들로 삼게 해주시고, 그를 후계자로 지정해 주시면 신첩도 의지할 곳이 생길 것 같습니다만, 미천한 신첩의 말을 어찌 들으실지를 몰라 애통한 생각에 갑자기 눈물을 보이게 되었습니다. 너그러이 용서해 주십시오."

그때 태자는 술이 반쯤 얼근히 취한 상태인지라 좋아하는 여인이 가엽게 여겨지자 당장에서 그의 청을 허락해주었다. 그러자 부인이 또 말했다.

"오늘은 허락하셨지만 내일 다른 후궁의 말을 들으시고 마음이 바뀌시기라도 할까봐 걱정입니다."

그 말에 태자가 "부인이 믿지 못하겠다면 이 자리에서 부절(符節, 돌이나 대나무 따위로 신표로 삼던 물건)을 새겨 맹세하리다!"라고 말했다. 그리고 옥 부절을 가져오게 하여 그 위에 "적사자초(適嗣子楚)"라는 네 글자를 새겨 가운데를 쪼갠 후 화양 부인과 각각 절반씩 간직하기로

하였다. 그 후 여불위는 황후와 소통하면서 태자 안국군을 만나게 되었고, 어떻게든 자초를 고국으로 데려올 수 있는 대책을 강구하기에 이르렀다. 최종적으로 의논을 거쳐 그 방법을 결정한 후, 왕후와 부인은 여불위에게 황금 5백 일(鎰, 옛날의 중량 단위. 약 20량에 해당함)을 주며 자초를 데려 오는 노자로 쓰게 하였다.

여불위가 한단으로 돌아가 자초에게 그동안 있었던 일을 알려주자 자초는 크게 기뻐하면서 말했다.

"공께서 나를 구해 귀국하게 해준다면 반드시 크게 보답하오리다."

여불위가 조나라에서 장사를 할 때 한단의 미인 조희(趙姬)를 첩으로 맞아들였었다. 조희는 용모가 아름다울 뿐 아니라 가무에도 능하였다. 여불위는 조희가 회임한 지 2개월이 되었음을 알고 한 가지 꾀를 생각해냈다. "만약 조희를 자초에게 시집을 보내 아들을 낳게 한다면, 그것은 자신의 혈육인지라 앞으로 왕위를 물려받게 되면 지금의 영(嬴) 씨 천하를 여 씨가 물려받게 되는 셈이 될 것이다." 그렇게 생각이 들자 여불위는 자초와 공손건을 자기 집으로 청해 주연을 베풀어 후하게 대접하였다. 주연에는 진수성찬을 마련하고 악기 연주와 노래까지 곁들여 시끌벅적하였다. 손님이 반쯤 거나하게 취하기를 기다려 여불위가 말했다.

"제가 첩을 하나 들였는데 노래도 잘하고 춤도 잘 추니 이곳에 나와 두 분의 흥을 돋우게 함이 어떠실는지요?"

자초와 공손건이 바라마지 않던 바였다. 잠시 후 화려하게 단장을 한 조희가 사뿐사뿐 걸어 나오는데 눈이 부실 지경이었다. 조희는 먼저 황금 술잔에 술을 부어 자초와 공손건에게 권한 뒤 긴 소매를 늘어뜨리고 노래하며 춤을 추었다. 자초와 공손건은 조희에게서 얼이 빠져 눈을 떼지 못하였다. 춤추기를 마친 조희가 또 큰 술잔에 술을 부어 권하자 두 사람은 단숨에 잔을 비웠다. 그리고 나서 조희는 안채로 돌아갔다. 손님과 주인은 또 권하거니 받거니 하면서 통쾌하게 마셨다. 공손건은 자신도 모르는 사이에 취해서 쓰러졌다. 그러자 이미 조희에게 반해 얼이 빠져버린 자초가 술기운을 빌려 말했다.

"홀로 이국타향에서 지내다보니 너무 외로워 견딜 수가 없습니다. 조희를 내 처로 맞아들일 수 있다면 평생 원이 없겠소이다. 하지만 술기운에 미친 소리를 지껄인 것이니 탓하지는 말아주시오."

여불위는 자기가 바라던 대로 일이 되어가자 바람에 돛 단 듯이 말했다.

"자초님을 위해 귀국시킬 방법을 강구하느라 이미 천금까지 허비한 마당에 그깟 무희가 뭐 대수겠습니까? 자초님께서 조희가 마음에 드신다니 당연히 보내드려야죠."

자초는 거듭 감사의 뜻을 전하였다. 그리하여 공손건이 중매인이 되어 조희를 자초에게 시집을 보내게 되었다. 이로써 여불위는 두 번째로 술의 도움을 받아 조희를 바치는 계략을 실현하게 되었다. 훗날 조희가 아들을 낳아 이름을 정(政)이라 지었으니 그가 바로 최초로 천하를 통일한 진시황제 영정(嬴政)이다.

진나라 소양왕은 재위한지 50년(기원전 273년)에 군대를 보내 조나라를 공격케 하였다. 여불위는 조나라 왕이 자초를 살해할까 걱정되어 자초를 구해 진나라로 돌려보낼 계책을 세웠다. 여불위는 황금 3백 근으로 한단 남문을 수비하는 군사를 매수하고, 또 황금 1백 근을 공손건에게 바치며 남문 수비 장수에게 말을 좀 잘해달라고 공손건에게 부탁하였다. 그리고는 미리 조희 모자(母子)를 몰래 그 집에 맡겨 보살피게 하였다. 모든 준비를 마친 뒤 여불위는 주연을 베풀어 자초를 감시하는 군사와 공손건을 청해 후하게 대접하였다.

좌석에서 여불위는 "3일 안에 이곳을 떠나게 되어 특별히 조촐한 주안상을 마련해 작별인사를 하려고 한다"고 밝혔다. 그리고 술을 많이 권해 공손건이 취해 쓰러지게 하고 군사들도 모두 취해서 곯아떨어지게 했다. 밤이 되자 공손건과 여러 군사들이 취해 곯아떨어진 틈을 타서 자초는 하인들 틈에 섞여 여불위를 따라 급히 남문으로 도망을 쳤다. 남문을 수비하던 장수는 검문도 하지 않은 채 몰래 성문을 열어 그들을 내보내주었다. 여불위와 자초 등은 밤을 도와 한단을 벗어나 진나라로 도주하였다. 이로써 여불위는 술의 도움으로 자초를 조나라에서 도주시키는 계획을 완성했던 것이다.

훗날 황태자 안국군이 즉위하여 진나라 효문왕(孝文王)이 되자 자초를 황태자로 세웠다. 효문왕이 죽은 뒤 자초가 즉위하여 장양왕(莊襄王)이 되었으며, 조희를 황후로 앉히고 여불위를 승상(丞相)에 임명하여 국사를 모두 여불위가 담당토록 하였으니, 역사상 여불위처럼 술 덕을 제대로 본 사람은 더 이상 없었다.

04. 항우(項羽, BC232 ~ BC202)

- 술과 자신의 운명을 바꾼 슬픈 바보 -

초회왕(楚懷王)이 진(秦)나라를 무너뜨리기 위하여 "누구든 먼저 함양에 공격해 들어가는 자를 진나라 왕으로 세울 것"이라는 명을 내렸다. 항우(項羽)와 유방(劉邦) 두 장수가 군사를 거느리고 서쪽에 위치한 함양을 공격하겠다고 밝혔다.

유방은 장량(張良) 등의 계책을 받아들여 얼마 안 가 함양을 점령하였다. 유방은 함양의 백성을 안무하고 항우의 의심을 사지 않기 위하여 파상(灞上. 오늘날 산시[陝西]성 시안[西安] 시 동쪽에 위치한 바이루위안[白鹿原] 일대의 옛 명칭)으로 옮겨 주둔하였다. 항우는 조나라를 구하느라 진나라 군사의 주력 부대와 수 개월간 악전고투를 벌인 뒤에야 함양에 당도할 수 있었다.

항우가 함양에 당도하여 보니 유방이 먼저 함양에 와 있는지라 화가 나서 펄쩍 뛰었다. 그는 군사를 이끌고 유방의 군대가 수비하는 함곡관(函谷關)을 들이쳐 빼앗고 홍문(鴻門)에 군사를 주둔시켰다. 그리고 군영에서 주연을 베풀어 군사들의 노고를 위로하면서 여러 장수들과 유방을 토벌할 방법을 함께 강구하였다. 어떤 장수는 공개적으로 토벌할 것을 주장하였고, 또 어떤 장수는 유방과 연합하여 진나라에 맞서 싸울 것을 주장하였다. 항우가 망설이면서 결단을 내리지 못하고 있을 때 유방의 좌사마(左司馬)인 조무상(曹無傷)이 사람을 파견하여 밀고를 해왔다.

"유방이 관중(關中)에서 왕을 자칭하면서 진나라의 세자 자영(子嬰)을 승상에 봉하고 궁궐 내 모든 진귀한 보물을 점유하였습니다."

그 말에 항우가 탁자를 치며 욕설을 퍼부었다.

"유방 이놈! 정말 안하무인이구나. 나는 내일 그놈을 반드시 멸하고 말리라!"

모사 범증(范增)이 당장 명을 내려 출격할 것을 진언하였으나 항우는 아무렇지도 않다는 듯이 말했다.

"나는 유방을 썩은 나무 쓰러지듯 무찌를 것이다. 모두들 오늘은 연회를 즐기고 내일 아침에 진군하여도 늦지 않다. 그 자의 목숨이 하룻밤만 더 붙어 있게 둘 것이다!"

그때 당시 항우의 군사는 40만 명이었고 유방의 군사는 고작 10만이어서 두 진영 간의 병력 차이가 현저하였기 때문에 유방은 위태위태한 상황이었다. 그러나 속담에 "하늘이 무너져도 솟아날 구멍이 있다"고 하듯이 유방에게도 이 상황을 벗어날 묘책이 있었다.
초나라의 좌윤(左尹)이자 항우의 숙부인 항백(項伯)이 과거 위기에 처하였을 때 장량의 도움으로 구원된 적이 있었는데, 줄곧 잊지 않고 보답하려고 하였으나 기회가 없었다. 그러던 차에 범증이 항우에게 유방을 공격할 계략에 대해 진언하는 말을 듣고 속으로 장량이 걱정되었다. 그래서 밤을 새워 준마를 달려 유방의 군영으로 가서 장량을 만나기를 청하였다. 그는 장량에게 자신과 함께 유방에게 갈 것을 재촉하였다. 그런 중대한 소식을 접한 장량은 급히 유방에게 달려가 아뢰었다. 유방이 소식을 전해 듣고 놀라서 어찌할 바를 몰라 쩔쩔매자 장량은 유방의 자녀와 항백의 자녀를 혼인시킬 것을 제안하였다. 그 뜻을 깨달은 유방은 즉시 혼인을 맺기로 승낙하였다. 그러나 항백은 감히 바랄 수 없는 일이라며 사양하였다. 그러자 장량이 나서서 항백을 거듭 설득하였다. 그때 유방이 일어서더니 두 손으로 잔을 받쳐 들고 항백의 장수를 기원하며 술을 권하였다. 그러자 항백이 호쾌하게 잔을 비우더니 마찬가지로 유방에게 술을 한 잔 권하였다. 유방도 호쾌하게 잔을 비웠다. 그러자 장량이 말했다.

"술잔을 기울여 맹세하였으니 약정한 것입니다. 훗날 두 집안이 경사를 치를 때 내가 잔치에 참석할 것입니다."

유방과 항백이 크게 기뻐하면서 또 연거푸 술잔을 기울였다.

항백은 본영으로 돌아온 즉시 중군영으로 갔다. 그때까지 항우는 자지 않고 있었다. 어딜 다녀오느냐고 묻는 항우의 말에 그가 대답하였다.

"장량이라고 내 목숨을 구해준 적이 있는 친구가 있는데 현재 유방의 군에 있네. 내일 유방을 치게 되면 그 친구를 지킬 수 없게 될까봐 항복하라고 설득하러 갔었네."

그 말에 항우가 눈이 휘둥그레져서 물었다.

"장량이 왔습니까?"

항백이 말했다.

"항복할 마음이 없는 것은 아니지만 유방이 관중을 점령한 뒤 장군에게 미안한 일을 하지 않았는데도 내일 장군이 유방을 공격하는 것은 이치에 어긋나는 일이라서 민심을 얻지 못할까 걱정하여 감히 항복할 결심을 내리지 못하고 있다네."

그 말에 항우가 분노하여 말했다.

"유방이 관중을 차지하고 나에게 맞서고 있는 데도 나에게 미안한 일이 아니란 말입니까?"

항백이 말했다.

"만약 유방이 먼저 관중을 점령하지 않았더라면 장군이 어찌 이렇게 빨리 입성할 수 있었겠는가?. 공을 세운 사람을 오히려 해치려고 한다면 이 또한 불의가 아니겠는가? 그리고 또 유방이 관중을 수비하고 있는 것은 전적으로 도둑을 막기 위함이라네. 유방은 재물도 탐하지 않았고 여색도 가까이 하지 않았네. 관가의 곳간(官庫)이며 궁실을 모두 그대로 봉하여 보존한 채 장군이 관중에 입성하기를 기다렸다가 함께 의논하여 처리할 계획이라고 하네. 심지어 진나라 왕자인 영(嬰)조차도 함부로 처리하지 않았네. 그런 진심을 이해하지 못하고 공격을 받게 된다면 사람들이 실망하지 않겠는가?"

그 말을 들은 항우는 반신반의하면서 한참 생각을 한 뒤에야 말했다.

"숙부의 뜻에 따라 정말 유방을 공격하지 않는 것이 옳을까요?"

항백이 말했다.

"내일 유방이 사죄하러 온다고 하니 후하게 대접하여 인심을 얻는 것이 어떻겠는가?"

그 말에 항우는 고개를 끄덕이며 동의하였다.
이튿날 이른 아침 군사들은 항우의 진군 명령을 기다리고 있었는데 뜻밖에도 항우가 줄곧 출병 명령을 내리지 않자 황당해 하고 있었다. 그때 유방이 장량・번쾌(樊噲) 등을 거느리고 당도하였다. 유방 등이 군막 안으로 들어가서 보니 항우가 한가운데 있는 자리에 높이 올라앉아 있었, 항백은 왼쪽에 범증은 오른쪽에 서 있었다.
유방이 절을 한 뒤 말했다.

"장군께서 관중에 입성하신 것을 유방이 미처 알지 못하여 멀리까지 마중을 나가지 못한 점을 부끄럽게 여겨 오늘 특별히 찾아와 사죄를 드립니다."

그러자 항우는 차갑게 웃으면서 말했다.

"그대도 죄가 있음을 아는가?"

유방이 대답하였다.

"장군께서 저와 함께 진나라를 공격하기로 약속하고 군사를 두 갈래로 나누어 장군께서는 하북을 공격하고 저는 하남을 공격하기로 하였습니다. 저는 장군의 위세를 등에 업고 먼저 관중에 입성하여 진나라를 무찔렀습니다. 진나라 법이 포학하고 잔혹하여 백성들의 아우성이 하늘을 찌르는지라 장군께서 입성하기를 기다리지 못하고 그들을 무찌르고 가혹한 법을 폐지하였습니다. 하지만 장군의 동의를 얻지 않고 먼저 일을 실행한 것에 대해 생각이 짧았던 점을 장군께서 널리 용서하여 주십시오. 그리고 백성들과는 간단한 규정을 약정하였을 뿐 다른 것은 일절 손대지 않고 장군의 처분을 기다리고 있었습니다. 장군께서 관중에 입성하는 시간을 미리 알 수가 없어 병사를 보내 도둑을 막기 위해 관문을 엄히 지키고 있었을 뿐입니다. 장군께서 오해하고 계신다는 말을 전해 듣고 오늘 특별히 장군을 뵙고 진심을 밝히고자 온 것입니다. 잘 헤아려 주시기 바랍니다!"

항우가 듣고 보니 유방의 말이 구구절절 이치에 맞았고, 또 항백이 한 말과도 대체로 맞아떨어지는지라 유방을 공연히 오해했었다는 생각을 갖게 되었다. 그는 자리에서 일어나 유방에게 다가가 손을 맞잡으며 유방을 이끌어 자리에 앉히고는 주연을 베풀라고 명을 내리고 후하게 대접하였다. 주연에서 둘은 서로 술잔을 들어 술을 권하면서 예전처럼 사이좋게 환담을 나누었다. 술이 얼근히 되자 항우는 무슨 말이나 다하였다. 항우가 유방에게 설명하였다.

"그대가 관중에서 패왕을 자칭하고자 한다고 그대 군의 좌사마 조무상이 사람을 시켜 나에게 밀고하였네. 그래서 군사를 일으켜 그대를 칠 생각을 한 걸세. 그렇지 않고서야 내가 왜 그런 생각을 하였겠는가!"

원래는 범증과 항우가 의논하기를 유방이 오면 연회를 열어 기회를 보아 유방을 죽이기로 계획하였었다. 그런데 항우가 유방과 기분 좋게 술을 마시면서 환담을 나누는 것을 보자 범증은 마음이 많이 급해 있었다. 그래서 항우에게 유방을 죽이라고 세 번이나 눈짓을 하였지만 항우는 아무런 반응도 없이 술만 마셔댔다. 범증은 핑계를 대고 군막을 나와 항우의 족제(族弟)인 항장(項莊)을 불러 계책을 일러주었다.

"마음이 약한 대왕이 차마 손을 쓰지 못하고 있는데, 절호의 기회를 놓쳤다간 후환이 있을 것일세. 자네가 어서 들어가서 술을 권하고 검무를 추다가 기회를 봐 유방을 죽이도록 하게."

그 말을 듣고는 항장이 성큼성큼 연회장으로 들어가서 먼저 항우에게 술을 부으며 말했다.

"대왕께서 패공(沛公)과 술을 마시고 있는데 군영에 특별이 즐길 수 있는 오락거리이 없으니 제가 검무라도 추어 흥을 돋우면 어떻겠습니까?"

항우가 "좋지."라고 말하며 찬성하였다.

그러자 항장이 바로 검을 뽑아들고 연회석 앞에서 칼춤을 추기 시작하였다. 장량은 항장의 칼끝이 유방에게 점점 가까이 접근하고 있는 것을 눈치 채고는 급히 항백에게 눈짓을 하였다. 장량의 뜻을 알아차린 항백도 자리에서 일어서더니 말했다.

"검무는 본디 상대가 있어 대무(對舞)를 추어야 제격이지요."

하며 말을 마치자마자 항백이 칼을 뽑아들고 항장과 함께 춤을 추면서 항장이 유방을 찌르려고 할 때마다 자기 몸으로 유방을 막아서 곤 하였다. 그 바람에 항장은 손을 쓸 수가 없었다.

연회 도중에 장량이 핑계를 대고 군막을 나와 번쾌를 찾았다. 그러자 기다렸다는 듯이 번쾌가 물었다.

"지금 상황은 어떻습니까?"

장량이 대답했다.

"지금 항장이 검을 뽑아들고 검무를 추고 있는데 패공을 노리는 것 같소이다."

그러자 번쾌는

"상황이 너무 위급합니다! 내가 들어가서 패공과 생사를 같이 하겠습니다!"

라고 말을 마치기 바쁘게 군막 안으로 뛰어 들어갔다. 번쾌는 연회석 앞에 이르러 두눈을 부릅뜨고 노기가 충천하여 항우를 노려보았다. 항장과 항백은 장수가 갑자기 뛰어드는 바람에 검무를 멈추고 뛰어든 번쾌를 멍하니 바라보고 서 있었다.
그러자 항우가 급히 물었다.

"이자는 누구냐? 왜 뛰어 들어와 훼방을 놓는 것이냐?"

그러자 장량이 앞질러 대답하였다.

"이자는 패공의 참승(驂乘) 번쾌라는 자이옵니다."

항우는 패기가 넘치는 번쾌를 보는 순간 매우 마음에 들어 궁금해하던 참이었다.

"아 그런가! 매우 훌륭한 장수로다. 저 장수에게 술과 고기를 내리거라."

항우의 명을 받고 부하들이 좋은 술 한 말에 돼지 허벅지 하나를 번쾌에게 가져다주었다. 번쾌는 술을 받아 단숨에 들이키고는 칼로 돼지 허벅지 고기를 베어 먹는데 잠깐사이에 다 먹어치웠다.

항우가 또 물었다.

"아직 더 마실 수 있겠는가?"

번쾌가 대답하였다.

"신은 죽는 것도 두렵지 않은데 그깟 술이 두려울 리 있겠습니까?"

잠시 후 장량이 또 유방에게 눈짓을 하자 유방이 뒷간에 간다는 핑계를 대고 일어서면서 번쾌에게 같이 나가자고 하여 나와서 대책을 의논하였다. 장량은 유방에게 한시각도 지체하지 말고 즉각 돌아갈 것을 권고하였다.

그러자 유방이 말했다.

"작별인사도 하지 않고 어찌 당장 떠날 수 있단 말이요?"

번쾌가 급히 말했다.

"당장 떠나서야 합니다. 항우에게 작별인사를 할 필요가 없습니다. 일을 이루려면 사소한 일에 구애 받지 말고 큰 것부터 생각하셔야 합니다."

장량이 말했다.

"그렇습니다. 지금 항우는 술이 거나하게 되었으니 트집을 잡지는 않을 겁니다. 지금 가지 않으면 어느 세월에 가겠습니까? 제가 대신 작별인사를 전하겠습니다."

그러자 유방이 장량에게 말했다.

"내가 가지고 온 백옥 한 쌍을 항우에게 바치고, 옥두(玉斗, 옥으로 만든 국자) 한 쌍은 범증에게 선물로 주게. 아까는 그들이 화가 나 있어서 감히 주지를 못했으니 그대가 대신 전해주시게나."

말을 마치고 유방은 번쾌를 데리고 지름길로 해서 파상으로 돌아갔다.
장량은 패공이 파상까지 안전하게 돌아갔을 것이라고 확신한 뒤에야 군막으로 들어갔다. 항우는 술에 취해서 몽롱해진 눈을 해가지고 자는 듯이 앉아 있었다. 그러다가 한참이 지나서야 물었다.

"유방은 어디 갔는가?"

장량이 대답하였다.

"술이 약해서 실례라도 할까 걱정되어 직접 작별인사도 드리지 못하고 군영으로 돌아갔습니다. 장군께 백옥 한 쌍을 바치라고 명하셨습니다. 그리고 이 옥두 한 쌍은 범 장군께 드리라고 하셨습니다."

항우는 티 하나 없이 눈부시게 반짝이는 백옥 한 쌍을 받고 너무 마음에 들어 좋아서 어쩔 줄을 몰라 했다. 범증은 유방을 죽이려던 계책이 완전히 실패로 돌아가자 화가 나서 옥두를 받아 땅에 내던지더니 검을 뽑아 내리쳤다. 와장창 하는 소리와 함께 옥두가 산산조각이 나버렸다. 그는 화가 잔뜩 나서 씩씩거리면서 항우가 들으라는 듯이 말했다.

"장군과는 함께 대사를 도모할 수가 없소이다! 앞으로 천하를 얻을 사람은 패공이 될 것이오. 우리의 운명은 그의 포로가 될 것이라 이미 정해졌소이다."

항우는 범증이 화를 내는 것을 보자 자리를 박차고 나가버렸다. 장량과 항백만 서로 마주보며 의미 있게 웃었다. 이것이 바로 역사적으로 유명한 '홍문연(鴻門宴) 사건' 내막이다.

05. 유방(劉邦, BC256 ~ BC195)
- 술기운을 빌려 천하의 패권을 도모한 대장부 -

유방은 젊은 시절 사수(泗水, 지금의 장쑤(江蘇)성 패(沛)현 동쪽 지역)에서 정장(亭長)[11]벼슬을 할 때부터 술을 즐겨 마셨으며, 늘 술집에 가서 외상으로 술을 마시고는 취하면 땅바닥에서 잠이 들곤 하였다.

한 번은 그가 여산(驪山)으로 복역하러 가는 농부들을 압송하는 임무를 맡았는데, 중도에서 도주하는 농부들이 계속 늘어나자 이러다가는 목적지에 도착해서 책임을 추궁당할 것이 두려웠다. 그래서 풍읍(豐邑) 서쪽의 호수 지대에 이르자 그는 압송대오를 멈춰 세우고 술을 마시기 시작하였다. 그리고 밤이 되자 농부들에게 "모두들 다 가세요. 나도 이제 도망갈 겁니다." 라고 말했다. 그런데도 여전히 십여 명의 농부가 떠나지 않고 그를 따랐다. 유방은 술를 거나하게 마시고는 그날 밤 지름길을 내달아 호수 지대를 통과하였는데, 앞서 가던 길잡이가 돌아와 "큰 뱀이 길을 가로 막고 있으니 우리 그냥 돌아가는 것이 좋겠습니다." 라고 보고하였다. 유방은 취기가 도도하여 "사내대장

---

11) 정장(亭長) : 관직명으로 한대(漢代)에는 현(縣)이 향(鄕)을 관할하고, 향은 정(亭)을 관할했다. 정(亭)에는 정장(亭長)을 두어 사회의 치안을 맡아보게 했다. 정(亭) 아래에는 이(里)를 두었는데, 50가구 혹은 100가구가 하나의 이(里)를 구성했다. 그리고 10리(里)마다 하나의 정(亭)을 설치했다

부가 길을 가는데 무서울 게 뭐가 있나?'고 말하면서 앞장서서 검을 뽑아 큰 뱀을 두 동강 냈다. 그리고 몇 리를 더 걸어가다가는 결국 술기운이 올라 쓰러져 자고 말았다. 이것이 바로 유방이 술에 취해 백사를 벤 이야기이다.

진(秦)2세 원년, 진승(陳勝)과 오광(吳廣)이 봉기를 일으켰을 때,[12] 유방은 바로 패 현에서 군사를 일으켜 호응하였으며 패공(沛公)으로 불리기 시작하였다. 그때 당시 소하(蕭何)·조참(曹參)·번쾌(樊噲)·장량(張良)·한신(韓信) 등을 비롯한 문관과 무장들이 그를 보좌하였다. 진나라는 빠르게 무너졌고, 항우(項羽)가 서초패왕(西楚霸王)을 자처하며 수많은 제후왕을 봉하였다. 그는 유방을 한왕(漢王)에 봉하고 파촉(巴蜀)과 한중 지대를 차지하게 하였다. 얼마 지나지 않아 유방은 항우와 5년 동안 지속된 쟁탈전을 벌였으며, 기원전 202년에 항우를 이기고 서한 왕조를 세워 황제자리에 올랐다.

---

12) 진승과 오광의 난 : 진승의 자는 섭(涉)이고 오광의 자는 숙(叔)으로, 둘은 하남성의 가난한 농민 집안에서 태어났다. 진승은 집안이 가난하여 머슴으로 일하며 남의 땅을 경작하며 살았지만 가슴에 큰 뜻을 품고 대성하고자 다짐했다. 어느 날 그는 친구와 농사일을 하다가 자신이 후에 재산을 모아 지위가 높아지면 지금의 가난한 형제들을 잊지 않을 것이라고 말했다. 이를 듣고 사람들이 모두 그를 비웃자 진승은 "어찌 참새, 제비 같은 작은 새가 기러기, 고니와 같은 큰 새의 큰 뜻을 알겠는가?" 하며 탄식했다고 한다. 기원전 210년 시황제가 순행을 나갔다가 사구(沙丘)에서 병을 얻어 세상을 떠났다. 시황제가 승하한 후 시황제의 막내아들 호해(胡亥)가 황위를 계승해 2세 황제에 즉위했다. 2세황제는 승상 이사(李斯)와 환관 조고(趙高)에게 정사를 맡기고 자신은 사치와 향락에 빠져 민생은 살피지 않았다. 형법은 시황제 때보다 더 가혹하고 엄격하게 적용해 무고한 사람이 죽는 일도 다반사로 일어났다. 또한 그는 시황제가 착수했던 만리장성 축조, 도로 건설, 아방궁 건설 등의 국책사업을 그대로 진행했고, 여기에 시황제의 능인 여산릉(廬山陵)을 빨리 완성하고자 백성들을 무자비하게 동원했다. 이런 과도한 국책사업으로 인해 백성들의 조세와 부역에 대한 부담이 가중되었고, 민심은 극도로 황폐해졌다. 당시 진승은 기원전 209년 변방 수비군 동원령에 하급 장교로 징발되어 북쪽의 변방인 어양(漁陽)으로 향하게 되었다. 이렇게 징발된 수는 약 900명 정도였는데, 이들 중에는 오광도 있었다. 그러나 어양에 도착하기 전 대택향(大澤鄉)이라는 곳에서 홍수를 만나 더 이상 나아갈 수 없어 도착해야 할 기일을 넘기고 말았다. 당시 진나라에는 징발령이 내렸을 경우 장교가 기한 내에 도착하지 못하면 참형에 처한다는 법령이 있었다. 이러한 징발법에 의해 진승과 오광의 무리는 참형을 당할 위기에 처하게 되었다. 진승과 오광은 대책을 논의하고 책임자를 설득하려 했지만 오히려 심한 매를 맞았다. 이에 분노한 두 사람은 "목적지까지 가도 죽고, 도망가도 죽고, 봉기를 일으켜도 죽는 것은 매한가지이니 어차피 죽을 운명이라면 난을 일으켜 나라를 세우고 죽자."라며 봉기를 결심하고 징발 인솔자를 죽였다. 이 때 "왕후장상의 씨가 따로 있나!"라는 말로 무리를 선동했다. 중국 역사상 최초의 농민 반란을 시작했던 것이다.

7년 후, 유방은 협포(英布)의 반란을 평정하고 고향으로 금의환향하여 연회를 베풀어 동네 어른과 마을 사람들을 초대하였으며, 또 어린이 120명을 골라 그들에게 노래를 배워주었다. 주흥이 오르자 유방은 '대나무 자(竹尺)'로 축(柷, 민속 음악에 쓰는 타악기의 일종)을 치면서 자작한 노래 「대풍가(大風歌)」를 불렀다.

"큰 바람 불어닥쳐 구름은 흩날리고(大風起兮雲飛揚),
위엄 해내에 떨쳐 고향에 돌아오다(威如海內兮歸故鄉).
이제 어떻게 맹사(猛士)를 얻어 천하를 지킬거나(安得猛士兮守四方！)"

그는 어린이들에게도 따라서 노래를 부르게 하였다. 그 자리에서 유방은 춤까지 추었고 감개무량하여 뜨거운 눈물을 흘린 뒤 그 자리에 있는 사람들에게 이렇게 말했다.

"멀리 떠나 있는 사람은 늘 고향을 그리워합니다. 내가 비록 관중에 수도를 세웠지만 밤낮으로 고향을 그리워하고 있고, 천추만세 후에도 나의 혼백은 돌아올 것입니다. 그래서 나는 패현을 탕목읍(湯沐邑)으로 삼아 전 현 백성의 부역을 면제해 줌으로써 그들이 대대로 그런 고생을 하지 않도록 하겠습니다."

고향 사람들은 이를 듣고 너무나 기뻐 유방을 모시고 술을 실컷 마셨다. 그렇게 열흘이 넘게 계속됐고 유방이 돌아가려 할 무렵 고향 사람들이 만류하였다. 헤어지기 전에 전 성의 사람들이 모두 유방에게 술을 가져다주었다. 유방은 사람을 시켜 장막을 치게 하였고, 그들과 다시 사흘 동안 통쾌하게 마신 후에야 뭇사람들은 비로소 유방을 전송하였다. 이것이 바로 '고조의 환향(高祖還鄉)'과 고조가 주흥이 올라 높은 목소리로 기세 높이 '대풍가'를 부른 이야기이다.

이 때의 상황은 항우가 술을 마시고 '패왕별희(覇王別姬)'를 슬프고 애절하게 부른 이야기와 강렬한 대비를 이루고 있으니, 이것이 바로 역사의 한 페이지를 수놓았던 것이다. 서로 다른 환경에서 술을 마실 때의 기분과 상황을 보여주는 양면성을 보여주는 술의 일화이다.

06. 우희(虞姬, BC ? ~ BC202)

- 세상에서 가장 슬픈 술을 따라야 했던 비련의 여인 -

고대부터 벗이나 친척과 헤어질 때는 늘 주연을 베풀어 송별의 아쉬움을 나누곤 했다. 그런 송별연에 깃든 이야기 중에 감동적인 이야기가 많은데, 그중에서도 가장 슬프고 처량한 이야기가 패왕별희(覇王別姬. 초[楚]나라 패왕 항우[項羽]가 왕비 우미인[虞美人]과 이별하는 이야기)이다.

패왕별희는 원래 실제적인 이야기로 그 대략적인 내용은 다음과 같다. 서초패왕(西楚覇王) 항우(項羽)는 용맹하지만 지략이 좀 떨어지는 아둔한 자였기에, 훌륭한 참모 범증(范增)의 간언(諫言)을 듣지 않고 정에 매여 강성하던 위치에서 점차 쇠락의 길로 접어들기 시작하더니 결국에는 겹겹이 매복해 있던 유방(劉邦)의 군사들에게 포위되는 곤경을 맞게 되었다. 그러자 항우는 대세가 이미 기울었음을 알고 슬픔에 잠겨 술에 흠뻑 취해 노래를 부르며 자신의 처지를 한탄하고 있었다. 그때 그가 총애하는 왕비 우희(虞姬)가 검무를 추면서 그의 근심을 달래주려 했지만, 그 순간 들이닥친 유방의 군사를 보면서 우희는 검으로 스스로 목을 베어 정조를 지켰고, 초패왕 항우는 쫓기다가 오강(烏江)에 이르러 스스로 목을 베어 자결한다는 것이 이 이야기의 줄거리이다.

사마천의 『사기(史記)』를 비롯해서 후세의 많은 문학예술 작품들은 이 처연한 이야기에 대해 기록하고 서술하였는데, 특히 사마천은 기록을 통해 자신이 가장 흠모했던 사람이 초나라의 항우이며, 그의 여인 우희가 꽃을 피워보지도 못한 채 정조를 지키기 위해 자결하는 아름다운 희생과 그러한 그녀의 슬픔을 높게 흠모하였음을 알리고 있다.

이러한 우희(虞姬)는 항우가 총애하던 비(妃)로 이름이 우(虞)로 알려져 있다. 진(秦)나라 말기 지금의 장쑤(江蘇) 우현(吳縣)의 우(虞)지역에서 태어났고, 자태가 미려하고 검무를 잘 추었다고 한다. 기원 전 209년 항우가 봉기하여 삼촌 항량(項梁)을 도와 회계(會稽)태수를 죽였을 때, 우희가 항우의 용맹성에 감복하여 스스로 항우의 첩이 되었다고 한다. 이후 우희는 항우가 전쟁터를 누빌 때 늘 따라다녔다고 한다. 항우가 '해하(垓下)의 결전'에서 한고조 유방의 군사에게 포위되어 식량은 바닥났고, 밤에는 사방에서 초나라 노래가 들려오자(四面楚歌) 적에게 영토를 다 빼앗긴 것을 안 항우는 최후의 주연을 베풀어 비장하게 해하가(垓下歌)를 부르자, 우희는 눈물을 삼키며 다음과 같이 답하여 노래를 부르고는 자진(自盡)하고 말았다. 항우에게 회답하여 불렀다는 이 노래는 「우희가(虞姬歌)」라 하여 『초한춘추(楚漢春秋)』에 전해진다.

漢兵已略地 한나라 군대가 이미 이 땅을 차지하였고
四方楚歌聲 사방에서 들리는 것은 초나라 노래뿐이네
大王義氣盡 대왕의 뜻과 기운이 다하였으니
賤妾何聊生 천한 제가 어찌 살기를 바라겠나이까.

이러한 내용을 극적으로 표현한 것이 경극(京劇, 청나라 때 시작된 노래 · 춤 · 연극이 혼합된 중국의 전통극) 「패왕별희」이다. 이 경극에서 표현한 정경과 노래가 가장 섬세하고 애틋하며 처절하고도 감동적이라고 평가되고 있다. 이 「패왕별희」에 나오는 주요 내용은 역사이야기와는 달리 좀 더 내용을 가미해 감동적으로 꾸며놓았는데, 이를 감상해 보자.

유방(劉邦)은 홍문연[13]에서 빠져나온 후 각지의 제후들을 규합해서는 항우에게 싸움을 걸어왔다. 항우는 군사력이 부족하여 싸움에서 이길 수 없을까봐 걱정하고 있을 때, 유방의 모사인 한신(韓信)은 방문을 붙여 항우를 모욕하고 자극하려는 새로운 계책을 내놓았다. 그러자 항우는 군사력이 열세인 것도 감수하며 화가 나서 이를 부득부득 갈면서 곧바로 출병하여 유방과 싸우고자 하였다. 초패왕 항우가 총애하는 왕비 우희는 대왕이 뭇 신하들의 간언을 받아들이지 않고 유방과 교전하려 한다는 소식을 전해 듣고는, 한신이 파놓은 함정에 빠져 약한 군사력으로 강한 유방군에 대적하려다가 패할까봐 걱정이 태산 같았다. 이에 우희는 "신첩이 보기에 지금은 굳게 성을 지키는 것이 마땅하다고 봅니다. 절대 경거망동해서는 안 됩니다."라고 항우에게 간언하였다. 그러나 항우는 이미 싸우기로 정한 마음을 되돌리려 하지 않았다. 우희는 더 이상 권유할 엄두가 나질 않았다. 항우는 우희에게 이튿날 동행하게 하였다. 우희는 후궁에서 주연을 마련해 대왕과 함께 술을 마시면서 초왕의 승전을 기원하였다.

이튿날 항우가 인마를 정비하고 막 출정을 하려는데 갑자기 광풍이 휘몰아치더니 깃대가 부러지고 말들은 건지도 못하였다. 그런데도 항

---

13) 홍문연(鴻門宴) : 홍문의 회(鴻門之會)라고도 하며, 기원전 207년 12월에 진나라가 멸망한 후 초한쟁패기 직전에 진나라의 수도 함양근처의 홍문(鴻門, 현재의 섬서성 서안시 임동구 홍문보촌)이라는 곳에서 있었던 사건으로 항우의 모사 범증이 함양에 먼저 입성한 유방을 견제하여 홍문의 연에서 유방을 제거하고자 하였으나, 유방은 모사 장량의 꾀로 위기에서 벗어난 초한지의 명장면 중 하나.

우는 무리하게 패군(沛郡)에 대한 공격을 강행하였다. 결국 유방이 겹겹이 설치한 매복에 빠져 얼마 안 되는 군사마저 대부분 사망하거나 흩어져버리자 유방의 강군에 대적할 수 없음을 알고는 허둥지둥 도망길에 올라야 했다. 항우는 도망 길에 올라야 하기에 시름도 달랠 겸 잠을 청하려 술잔을 기울였으나 워낙 많이 지쳐있는 상태였기에 몇 잔 마시지도 못하고 취해서 옷을 입은 채로 잠이 들어버렸다.

그러자 우희는 바람을 쐬려고 장막을 나섰다가 병사들이 마음이 해이해져서 탄식하는 소리를 들었다. 또 얼마 지나지 않아 성 밖에서 초나라 노래(楚歌)를 부르는 소리가 들려왔다. "집에 계시는 양친은 아들이 돌아오기만 손꼽아 기다리네." 이 노래는 사실 한나라 병사들이 부르는 초나라 노래였다. 우희는 깜짝 놀라 돌아와 항우를 큰소리로 불러 깨우니 항우도 유방이 이미 초나라 땅을 점령한 줄을 알게 되었다.

항우는 대세가 기울었다고 생각하자 어쩌면 오늘이 우희와 헤어지는 마지막 날이 될 것만 같았다. 그가 이런저런 생각을 하며 우울해 있을 때 그가 아끼던 말 '오추마(烏騅馬)'의 슬프게 울부짖는 소리가 들려오자 오추마도 이미 대세가 기울었음을 알고 있는 것이라고 여겼다. 우희는 항우가 이처럼 비관적으로 변해가는 것을 보고는 다시 부하에게 술상을 봐오라고 하여 술을 따르면서 "승패는 '병가지상사(兵家之常事, 전장에서의 승패는 흔히 있는 일)'이니만큼 너무 염려하지 마세요."하며 대왕의 답답한 마음을 달래주려 하였다. 우희가 항우에게 술을 몇 잔 권하자 항우는 가슴 가득이 밀려오는 슬픔을 억제할 수가 없어 시 한 수를 지어 읊으니 그 유명한 〈해하가(垓下歌)〉이다.

力拔山兮氣蓋世 강산도 뒤흔들 힘과 온 세상을 덮을 기개를 갖추었거늘,

時不利兮騅不逝 세상사 순조롭지 않고 애마 오추마도 더 이상 달리려
　　　　　　하지를 않누나.
騅不逝兮可奉何 말이 달리려 하지 않는데 난들 어찌할꼬?
虞兮虞兮奉若何！우희여! 우희여! 나는 어찌하면 좋겠소!

　이 시를 듣는 우희는 눈물을 비 오듯 쏟아냈다. 그러면서도 우희는
항우가 술을 몇 잔 들이키더니 어느 정도 안정되는 기미가 보이자 대
왕의 시름을 덜어주겠다고 하며 노래를 부르며 춤을 추기 시작하였
다.

勸君飮酒聽虞歌 군왕께서는 술을 마시며 우희가 불러드리는 노래를
　　　　　　들으세요.
解君憂悶舞婆娑 당신의 시름을 덜어주려고 너울너울 춤을 추렵니다.

　그리고 나서 초왕의 짐이 되지 않으려는 우희는 항우의 삼척 길이
의 보검을 뽑아 초패왕이 보는 앞에서 스스로 목을 베었다. 이튿날 날
이 밝자 초패왕은 오강(烏江) 강가에서 한나라 병사 수천 명과 대적하
였으나 더 이상 버틸 수 없음을 알고는 스스로 목을 베어 세상을 하직
하였으니 이 이야기가 패왕별희의 줄거리이다.
　항우는 한때 천하의 주인이었으며, 그 위세는 천지를 진동시킬 정
도로 대단했다. 항우를 크게 비판했던 사마천(司馬遷)조차 『사기(史
記)』에 「항우본기(項羽本紀)」를 넣어 항우가 중국의 지배자였다는 점
만은 확고히 기록해주었다. 하지만 패배자가 된 항우는 사실상 자업
자득인 셈이었다. 역사적으로 패배자가 된 인물에 대한 평가는 "도대
체 왜 졌는가?"를 따져보는 작업이다. 그러나 항우에게 있어서 이 문
제는 따질 것도 없다. 그에게는 패배할 수밖에 없는 이유가 너무나 많

았기 때문이다.

어느 비오는 새벽에 사마천은 「항우본기」를 쓰면서 몇 번이고 이슬을 머금은 양귀비를 내다보았다고 한다. 우희가 죽은 무덤에 한 떨기 꽃이 피자 사람들은 그 꽃을 우미인초(虞美人草)라 했는데, 이 꽃은 비단처럼 얇으나 그 아름다움은 무릇 따를 자가 없으니 꽃 중의 꽃이라고 했다. 사마천이 이 양귀비꽃을 우미인초라 여겨 우미인을 생각하며 그녀의 마지막 눈물과 항우의 한스러운 자결에 대한 문장을 마치면서 끝내 붓을 놓고는 날이 새도록 눈물을 멈추질 못했다고 한다.

당송 팔대가 중의 한 사람인 증공(曾鞏)은 그 주인공 우미인을 주제로 하여 시를 지었다.

鴻門玉斗粉如雪　홍문에선 옥두(옥으로 만든 국자)가 깨져 눈처럼 흩어졌고
千萬降兵夜流血　수많은 항복한 병사들이 밤새도록 피를 흘렸으며
咸陽宮殿三月紅　함양의 궁전은 석 달 동안이나 붉게 타올랐으니
霸業已水煙燼滅　항왕의 꿈은 그 때의 연기 따라 사라졌다네
剛强必死仁義王　강하기만 한 자는 반드시 죽고 인의 있는 자 만이 왕이 되니
陰陵失道非天亡　음릉의 길 잃음은 결코 하늘이 멸망시키려는 뜻이 아니었네
英雄本學萬人敵　영웅은 본디 만인적[14]을 배우지만
何用屑屑悲紅粧　무슨 소용이 있는가! 고작 곱게 화장한 여인만을 생각하며 슬퍼하니
三軍散盡旌旗倒　삼군은 흩어지고 깃대는 넘어지니
玉帳佳人坐中老　휘장 속 가인은 앉은 채 늙어갔다네
香魂夜逐劍光飛　향기로운 혼은 밤중에 칼 빛 좇아 날아가니

---

14) 만인적(萬人敵) : 군사를 쓰는 전술이 매우 뛰어난 사람.

靑血化爲原上草　흘린 선혈 들녘의 풀이 되었다네

芳心寂寞寄寒枝　미인의 꽃다운 마음 그녀의 연약한 가지에 깃들었
　　　　　　　　으니

舊曲聞來似斂眉　옛 노래만 들려오면 눈썹을 찡그리는 듯하네

우희는 해하에 묻히어 지금도 안훼(安徽) 링현(靈縣) 동남쪽에는 우
희의 묘가 있다. 진정으로 사모하는 남자에 대해 잘나고 못남을 논하
지 않는다는 여인의 순정 일화는 동서고금 여기저기에서 전해지고 있
다. 우희의 항우에 대한 순정이 그 대표적인 것이 아닐까?

07. 동방삭(東方朔, BC154 ~ BC93)

- 술을 좋아했던 처세의 달인 -

동방삭은 서한(西漢)의 문학가이며, 자는 만천(曼倩)으로 옛날 평원군(平原郡) 염차(厭次, 오늘날 산동성 훼이민[惠民]현 동북쪽) 사람이다. 한무제(武帝) 때 태중대부(太中大夫), 급사중(給事中) 등의 벼슬을 지냈으며, 재능이 많고 학식이 풍부하며 해학적인 풍모를 가지고 있었다. 그러한 동방삭은 술을 좋아하였다. 그는 미흠산(糜欽山)에 대추나무가 있는데 세상 사람들이 그 멧대추를 한 알 먹으면 일 년 내내 취해 지낼 수 있다고 하는 말을 전해 듣고 멧대추를 주워 와서 향초를 섞어 환약을 만들어 물에 담가 "미흠주"를 만들었는데 그 술 향기가 "오랜 세월이 흘러도 전혀 변하지 않았다"고 할 정도로 술에 집착했던 인물이다.

그러나 동방삭은 술을 좋아하고 두주불사하는 인물이었지만, 밝고 지혜로운 처세를 잘하여 중도(中道)에 부합하는 표본이었다. 즉 보기에 차분하고 자유스러워 자연히 중도에 부합되는 인물이었다는 말이다. 가령 백이와 숙제는 군자처럼 맑고 고고했지만 너무 고집스러워 처세에는 서툴렀고, 반면에 유하혜(柳下惠)[15]는 정직하고 일을 존중

하여 치세건 난세건 늘 같은 태도를 유지하였으니 그야말로 가장 뛰어난 사람이라 할 수 있는데, 동방삭이 그러한 사람이었다.

당시 고대의 명인들은 대부분 속세를 떠나 깊은 산에 은거하는 것을 유행처럼 처신하였으나 동방삭은 스스로 조정에 은거하는 은사라고 자칭하였다. 즉 먹고 입는 것이 풍족하면 느긋하게 관직생활을 하다가 은퇴한 후에는 농사짓는 일을 하겠다는 식이었다. 다시 말해서 몸이 조정에 있더라도 조용하게 겸손하게 말하면서 마치 은둔자처럼 유유하게 살면 비록 시세에 영합하지는 못하더라도 화를 입지는 않는다는 처세론자였던 것이다. 그가 지은 시 속에서 그의 이런 처세관을 엿볼 수가 있다.

"속세에도 은거할 수 있고,
궁궐 안에서도 세상을 피해 살 수 있다네.
궁전 안에다 온 몸을 은거할 수가 있는데,
왜 하필 깊은 산 속에서 오막살이를 하려는가?"

그 뜻은 "속세에서 바람 부는 대로 물결치는 대로 흘러가며 살던지, 황궁 안에서 세상을 피해 은거할 수도 있는데, 왜 하필 깊은 산에다 오막을 짓고 살려고 하는가?"라는 의미였다. 이 노래는 동방삭이 "주연에서 술이 거나하게 취해 땅바닥에 웅크리고 앉아서 부른 노래"라고 해서 명·청(明·淸)시대 이후 고대시가선집(古詩選本)에서는 이

---

15) 유하혜 : 춘추시대 노(魯)나라의 현자로서 그는 보잘 것 없고 졸렬한 왕이라도 부끄러워하지 않았고, 그런 왕 아래서 낮은 벼슬자리 하는 것도 사양하지 않았다. 그리고 벼슬자리에 있으면서 반드시 정당한 방법으로 일하였고, 도리에 맞게 일이 시행되지 않고 자신의 뜻이 버림받아도 원망하지 않았다. 또한 곤궁한 처지에 빠져도 근심하지 않고, 도(道)와 예(禮)를 모르는 시골 사람들과 함께 있어도 지극히 자연스럽고 너그럽게 대해주었다. 그는 "당신은 당신이고 나는 나다. 비록 내 곁에서 벌거벗고 있다 한들, 당신이 어찌 나를 더럽힐 수 있겠느냐."라고 생각하는 사람이었다. 그러므로 유하혜의 기풍과 법도를 들은 사람은 아무리 도량이 좁은 사람이라도 너그러워지고, 야박하고 무정한 사람이라도 마음이 후해졌다고 한다.

노래를 「거지가(踞地歌)」라고 불렀다. 이렇듯이 동방삭은 항상 술을 접할 수 있는 궁궐에서의 생활이 즐거웠던 것 같았다.

한 번은 동방삭이 한무제의 '장생주'를 몰래 훔쳐 마셨던 적이 있었다. 그러나 그것은 자기가 장수하기 위해서가 아니라 술을 진상한 자의 거짓말을 까발리기 위해서였다는 것이었다. 풍몽룡(馮夢龍)이 『고금담개(古今談概)』에서 그 이야기에 대해 다음과 같이 서술하고 있다.

"오랜 세월을 황제로 살다보면 아무것도 두려울 것이 없지만 죽는 것이 제일 두려웠다. 한무제는 장생불로하기 위해 온갖 방법을 다 써보았다. 그러다보니 숱한 방술사에게 속임을 당하고, 또 궁을 온통 난장판으로 만들어 놨다. 그것을 본 동방삭은 안타까웠다. 그때 어떤 사람이 한무제에게 '신선주'를 한 항아리 진상하였다. 그러면서 그 술은 악양향산(岳陽香山)에서 빚은 것인데 그 술을 마시면 장생불로할 수 있다고 하였다. 한무제는 기뻐서 어쩔 줄을 몰라 했다. 그러자 이 일을 알게 된 동방삭은 기회를 엿봐 그 '신선주'를 훔쳐다가 전부 마셔버렸다. 일개 미천한 신하가 감히 임금님의 술을 훔쳐 마셨으니 이보다 더 엄청난 일이 또 있겠는가? 한무제는 노발대발하며 죽이려고 하였다. 그때 동방삭이 한무제를 알현하고 태연자약하게 말했다. '황제께서 신을 죽여도 신은 죽지 않을 것이옵니다. 신이 죽는다면 술 또한 영험이 없다는 것이 아니겠사옵니까? 그 뜻은 동방삭이 신선주를 마셨는데 임금이 어찌 그를 죽일 수 있겠는가? 만약 그를 죽여 버린다면 그 신선주가 영험이 없다는 것이 된다는 것이었다. 한무제가 곰곰이 생각해보니 일리가 있는 말인지라 동방삭을 풀어주었다."

송(宋)나라의 나대경(羅大經)은 자신이 편찬한 『학림옥로(鶴林玉露)』에서 또 이 일에 대해 다음과 같이 찬탄하였다.

"동방삭이 술을 훔쳐 마시게 된 연유를 원활하고도 간단명료한 몇 마디 말로 장생불로를 갈망하는 한무제를 초토화시켰다!"

동방삭은 이런 식으로 일을 벌려 한무제에게 충언도 올리고 또 자기 목숨도 보전할 수 있었는데, 이러한 일은 그 때나 지금이나 쉬운 일은 아니었다.

이처럼 그의 이론은 날카로움을 다 드러내면 위험을 당하기 마련이고, 뛰어난 명성은 꾸민 경우가 많아 이를 통해 많은 사람들로부터 명망을 얻으면 평생 바쁘기만 하고, 스스로 고고함을 자처하는 사람은 주위와 조화하지 못한다는 것을 알고 실천하는 사람이었던 것이다.

마치 성인들이 나서고 숨고 움직이고 멈추기를 시기적절하게 조절하듯이 때로는 사방으로 화려하게 꾸미기도 하여 절묘하게 드러내고, 때로는 말없이 엎드려 그 깊은 속내를 헤아릴 수 없게 했던 것인데, 그들은 만물과 시기의 변화에 따라 가장 적절한 처세법을 운용하지 고정불변하지 않으며 꽉 막혀 통하지 않는 행동은 절대 하지 않았던 것과 같은 이치였던 것이다.

술과 연관된 이야기는 아니나 동방삭의 이런 재치 있으면서도 거리낌 없는 행동을 보인 일화는 아주 많다. 그중에서 대표적인 일화를 두 가지 서술하면 다음과 같다.

한 번은 한무제가 생일을 쇠게 되어 수라관에게 생일상을 마련하도록 명하였다. 수라관은 황궁에서는 매일 산해진미를 먹기 때문에 무제가 벌써 싫증이 났을 것임을 알고 메뉴를 바꿔 맛도 있으면서 경하하는 의미도 표현할 수 있는 생일상을 마련하려고 생각하였다. 그는 머리를 쥐어짠 끝에 밀가루 음식을 색다르게 만들기로 하였다. 그는 밀가루로 반죽을 한 뒤 아주 가늘게 국수를 뽑아 삶아 그릇에 담은 뒤 다양한 맛의 양념을 얹어 한 상 푸짐하게 차렸다. 차려온 생일상을 본 무제는 화가 상투 끝까지 치밀어 노발대발하면서 꾸짖었다.

"짐을 위해 준비한 생일상이 이처럼 간단한 국수라니 너무 보잘 것 없는 것 아닌가!"

점점 더 화가 난 무제는 얼굴이 붉으락푸르락하며 곧 목을 칠 태세였다. 황제가 노기충천한 것을 본 동방삭이 말했다.

"경사를 축하드리옵니다! 마마!"

무제가 화가 나서 씩씩거리면서 물었다.

"경사라니 웬 말이냐?"

동방삭이 웃으면서 말했다.

"『상서(相書)』에 이르기를 인중의 길이가 한 치이면 백세까지 살 수 있다고 하였사옵니다. 수성(壽星) 팽조(彭祖)는 880세까지 살았다고 하니 그의 인중은 8치가 넘었을 것이옵니다. 얼굴 '검(臉)' 자의 뜻은 즉 얼굴 '면(面)' 자와 같은 뜻이니 얼굴 길이가 곧 국수 면(麵)의 길이와 같다는 의미가 아니겠사옵니까? 길고 가는 이 국수들이 맛깔스러운 축수연(祝壽宴)을 위한 음식일 뿐만 아니라 더 오래사실 수 있음을 상징하는 것이 아니오니까? 오늘 이 국수로 마마의 생신을 경축하게 되었으니 마마께서도 팽조처럼 장수하시옵기를 축복하는 의미가 아니겠사옵니까?'

한 무제가 그의 말을 듣더니 화를 풀고 기뻐하면서 국수그릇을 들고 맛있게 먹었다는 것이다.

동방식이 말한 것처럼 옛날 사람들은 '얼굴'을 '면(面)'이라고 했고, 국수 면(麵)을 동일시하였다. 사람들은 누구나 장수하기를 바란다. 그래서 자기 인중이 길었으면 하지만 그것은 불가능한 일이었다. 그래서 국수 면(麵)처럼 길다는 의미로 얼굴 면(面)을 대신하게 되었는데, 이 때문에 생일에 장수면을 먹는 습관이 지금까지 전해져 내려오고 있다는 것이다. 이런 세속은 제량(齊梁)시기에 시작되어 수당(隋唐)시기에 성행하였으며, 그 후 지금까지 계속해서 이어져 내려오고 있다.

동방삭이 황제의 생신을 축하한 또 다른 이야기는 아라비안나이트의 색채를 띠고 있다. 한 무제의 생신날에 궁전 앞에 까만 새 한 마리가 하늘에서 뚝 떨어지자 무제가 그 새의 이름이 뭐냐고 동방삭에게 묻자 "이 새는 서왕모(西王母, 중국 신화에서 곤륜산에서 산다는 반인반수의 신녀를 말하는데 일몰의 여신이기도 하다.)가 타고 다니는 청란(靑鸞. 봉황과 비슷한 전설상의 영험한 새)이옵니다. 왕모께서 상감마마의 생신을 축하드리러 오려나 봅니다."라고 대답하였다. 아니나 다를까 서왕모가 선도(仙桃. 전설 속에서 선경에 있다는 복숭아) 7개를 가지고 날아 내리더니 2개만 남기고 나머지 5개는 모두 무제에게 주었다. 무제가 복숭아를 먹은 뒤 씨를 남겼다가 심으려고 하자 서왕모가 이르기를 "이 복숭아는 삼천 년 만에 꽃이 피고 또 삼천 년 만에 열매가 열리며, 그리고 또 3천 년 만에 과일이 익습니다. 중원은 땅이 척박하여 심어도 자라지 못할 것입니다." 그리고는 또 동방삭을 가리키면서 말했다.

"저 자는 세 차례나 나의 선도를 훔쳐 먹었지요."

이 이야기에 근거하여 "동방삭이 선도를 훔쳐 먹었다는 설" 그리고 또 1만 8천여 세까지 장수하여 수성에 봉해졌다는 설이 전해지기 시작하였다. 후세에 제왕의 생신날이 되면 축수연에 늘 동방삭이 복숭아를 훔치는 그림을 사용하였다고 전해지고 있다. 제백석(齊白石)을 비롯한 유명한 화가들은 모두 「동방삭이 복숭아를 훔치는 그림(東方朔盜桃圖)」을 그린 바가 있다.

한무제는 종종 신하들을 모아놓고 고기를 나눠주어 불에 구워 먹도록 하였다. 어느 해 복일(伏日. 삼복철의 제삿날)에 무제가 조서를 내려 여러 대신들에게 돼지고기를 나눠줄 것이라고 알렸다. 동방삭은 고기를 나눠주는 대관승(大官丞. 관직명)이 도착하기 전에 제멋대로 검을 뽑아 고기 한 점을 베어내서는 "복날이라 일찍 돌아가야 해서 먼저 가지고 가니 그대들은 무제께서 내려주시는 고기를 받아가시게."라고 다른 대부들에게 말한 뒤 고기를 가지고 가버렸다. 동방삭이 함부로 고기를 베어간 것을 알게 된 한무제가 이튿날 조정에서 꾸중을 하였다.

"어제 짐이 고기를 내리려고 하였는데 경은 왜 대관승이 올 때까지 기다리지 못하고 함부로 고기를 베어갔는가?"

동방삭이 땅에 꿇어 엎드려 사죄하면서 자책하였다.

"동방삭아, 동방삭아! 황제께서 내리는 고기를 받으면서 대관승이 오기를 기다리지 않고 제멋대로 가져갔으니 무례하기 짝이 없구나! 허나 제멋대로 검을 뽑아 고기를 베었으니 얼마나 호기로운 신하인가? 더구나 고기를 아주 작게 한 점만 베었으니 욕심 또한 없는 것 아닌가? 거기에다 고기를 아내에게 가져다주었으니 이 얼마나 어질고 착한 일인가?"

무제가 이를 듣더니 웃으면서 말했다.

"경에게 반성하라고 하였더니 오히려 자기 칭찬만 하고 있구려."

그리고는 그에게 다시 술 한 섬과 고기 백 근을 내려 처자식에게 가져다주라고 하였다.

동방삭이 황제가 내린 맛있는 음식을 받을 때는 다른 사람과 많이 달랐다. 황제가 음식을 내리면 관직에서 물러난 원로 신하들을 포함하여 일반 대신들은 모두 허리를 굽히고 머리를 숙이고 천천히 씹어서 넘기면서 공손하고 황송해 하는 모습을 보였다. 그러나 동방삭은 그런 예의범절의 구애를 받지 않고 무제가 보는 앞에서 게걸스럽게 먹어대곤 했다. 다 먹은 뒤에는 먹다 남은 음식을 버리는 것이 아까워 아예 겉옷을 벗어 싸가지고 가곤했다. 그래서 동방삭의 옷은 늘 형편없이 꼬질꼬질한 모습이었기에 사람들의 경멸의 대상이 되곤 하였지만, 그 자신은 대수롭잖게 여겼다고 하는데, 이처럼 동방삭은 풍자와 해학으로 시대를 진단했던 탁월한 처세가였던 것이다.

08. 유령(劉伶, 221 ~ 300)

- 술 마시다 죽은 자리에 묻어달라고 삽을 가지고 다닌 술고래 -

대나무 수풀 속의 일곱 현인이라고 해서 "죽림칠현"이라고 하는 이들은 삼국시대의 위(魏)나라 말기 사마(司馬) 씨 일족들이 국정을 장악하고 전횡을 일삼자 이에 등을 돌리고, 노장(老莊)의 무위자연 사상에 심취하여 당시 사회를 풍자하고 방관자적인 입장을 취했던 지식인들을 말한다.

이들 중 완적(阮籍)·혜강(嵇康)·산도(山濤)·상수(向秀)·유령(劉伶)·완함(阮咸)·왕융(王戎) 등 7인을 죽림칠현이라고 하는데, 이들은 위나라의 황위를 찬탈하고 진(晉)나라를 세운 사마염(司馬炎) 등 사마 씨 일족에 회유당해 해산되었다.

"「진류의 완적, 초국의 혜강, 하내의 산도 등 세 사람이 나이가 비슷한데 혜강이 조금 어렸다. 이 모임에 참여한 자는 패국의 유령, 진류의 완함, 하내의 상수, 낭야의 왕융이었다. 이 일곱 사람이 항상 죽림의 아래에 모여 마음 내키는 대로 술을 즐기며 지냈으므로, 세상에서 그들을 죽림칠현이라 불렀다.(陳留阮籍, 譙國嵇康, 河內山濤, 三人年

皆相比, 康年少亞之. 預此契者, 沛國劉伶, 陳留阮咸, 河內向秀, 琅邪
王戎. 七人相集於竹林之下, 肆意酣暢, 故世爲竹林七賢.)」(《세설신어
(世說新語) 〈임탄(任誕)〉》)

이들 이후로 난세를 살면서 세속의 어지러움에 휩쓸리지 않고 산수
에 묻혀 사는 풍조가 성행하기 시작했다. 이들 모두는 모두 술고래였
는데, 유령은 그중에서도 으뜸가는 술고래였다. 유령에 관한 기록을
보면 그가 얼마나 술을 좋아했는지를 알 수 있다.

"유령은 자가 백륜이고 패국 사람이다. 모습은 매우 추하고 파리했
지만, 뜻과 기상은 거리낌이 없어서 우주가 작다고 여겼다. 성품이 술
을 좋아해서, 늘 술을 휴대하고 스스로 지녔으며, 사람들로 하여금 삽
을 메고 따르게 하여 말하길, '죽거든 바로 나를 묻어라' 라고 했다.
그러므로 이 송을 지어 술의 덕이 아름다운 것을 노래했다.(劉伶, 字
伯倫, 沛國人. 貌甚醜悴, 而志氣放曠, 以宇宙爲狹. 性好酒, 常携酒自
隨, 使人荷鍤從之, 云: '死便埋我.' 故著此頌, 頌酒德之美也.)"

"멈추면 술잔을 잡고, 움직이면 술통을 들고 술병을 끌고, 오직 술
이 바로 힘쓰는 것이니, 어찌 그 나머지를 알겠는가?(止則操卮執觚,
動則挈榼提壺, 唯酒是務, 焉知其餘?)"

"선생이 이에 바로 술단지를 들고 술통을 받아, 잔을 입에 물고 탁주
로 양치질하며, 수염을 쓰다듬고 다리를 쭉 뻗고 기대앉아, 누룩을 베
고 지게미를 깔고 누웠다.(先生於是, 方捧罌承糟, 銜盃漱醪, 奮髥踑踞,
枕麴藉糟.)"

이들 기록에서 알 수 있듯이 유령은 "키가 6척, 용모가 추하여" 몸매나 생김새나 모두 볼품이 없었으며, 게다가 "과묵하고 벗도 함부로 사귀지 않았다." 그러나 혜강(嵇康)·완적(阮籍)과는 오히려 첫 만남에 잘 통하여 "흔쾌히 서로 마음을 헤아릴 수 있어" 함께 대숲으로 들어가 술을 마시며 세상사를 두고 서로 이야기하는 사이가 될 정도로 아량이 컸던 인물이기도 했다.

유령은 서진(西晉)시기에 건위장군(建威將軍)[16]을 지낸 적이 있다. 그러나 그는 벼슬에는 뜻이 없고 오로지 "술을 마시는 것만 일삼았으니" 유람을 하면서도 늘 한시도 빠뜨리지 않고 술을 마시곤 하였다. 유령은 사슴이 끄는 수레를 타고 다녔는데 이 한 가지만으로도 이미 충분히 기상천외한 일이었다. 그런데 그는 또 수레에다 술을 가득 싣고 다니면서 가는 길에서 내내 술을 흠뻑 마시곤 하였다. 더욱 기발한 것은 수레에 늘 삽을 싣고 다니는 일이었다. 누군가 "그 삽은 무엇에 쓰려고 싣고 다니느냐?"고 물었더니 유령은 "내가 술을 많이 마시고 취해서 죽을지도 모르니, 어디서 죽으면 거기에 흙을 파고 묻어달라고 하인에게 분부해뒀소."라고 초연하게 대답하더라는 것이다. 술을 마시는 것이 그 정도였으니 참으로 최고 경지에 이르렀다고 하지 않을 수 없다. 죽는 것도 두렵지 않은데 술 마시는 것이 두려웠을 리가 없었던 것이다.

술 실력을 자랑하던 유령은 하늘에서 내려와 술집 주인으로 변신한 주신 두강[17]이 "한 잔에 맹호가 취하고(猛虎一杯山中醉), 두 잔에 바다 용도 잠든다(蛟龍兩盞海底眠)"며 인간으로서 석 잔은 어림도 없는

---

16) 건위장군(建威將軍) : 삼국시대 위(魏)와 오(吳)에서 설치한 장군의 명칭. 제4품(品)이고, 속관도 두었다.
17) 두강주(杜康酒) : 삼국지의 시대에 이미 두강은 대표적인 술이 되었는데, 그 이유는 조조가 닦은 일통천하의 길을 따라 전 중국에 퍼뜨렸기 때문이다. 두강은 고대 중국의 경제와 문화의 중심지였던 허난(河南)성 낙양(洛陽)의 술이다. 두강이라는 이름은 두강이라는 젊은 목동이 뽕나무 구멍에 보관한 밥이 발효되어 생긴 액체를 맛보고 술을 발명하게 되었다는 전설에서 시작되었는데, 두강을 찬양한 대표적 문인에는 백거이, 소동파, 원호문 등 대시인들이 있다.

일이라고 자극하자 단숨에 석 잔을 들이켜고는 3년을 깨어나지 못했다는 일화가 있을 정도다. 두강공원의 이선교(二仙橋)는 유령이 무덤에서 일어나 두강과 함께 신선이 되어 하늘로 올라간 것을 기념해 마을 사람들이 놓았다는 다리를 되살린 것이다.

술고래라면 추태를 보이는 경우가 많다. 유령의 추태는 일반 술고래들보다도 더 많고 더 기발하며 더 웃긴다. 그는 술을 마시면 늘 곤죽이 되게 취하곤 하였는데, 술에 취하면 세속의 예법에 얽매이지 않고 방종하며 제멋대로 행동했다. 심지어 방안에서 옷을 홀랑 벗고 알몸뚱이로 있는 것이 흔한 일이었다고 한다. 그러는 모습을 본 손님들이 크게 불쾌해하면서 이구동성으로 맹비난을 하면, 유령은 오히려 "누가 나더러 옷을 안 입었다고 그래? 누가 나더러 알몸뚱이라고 그래? 나는 하늘과 땅을 큰 집으로 삼고 방을 내 몸에 붙는 속옷으로 삼고 있단 말이오!(天地爲棟宇, 屋室爲裈衣!)'. 당신들은 어찌하여 내 바짓가랑이 속에 들어와 쓸데없는 소리를 지껄여대는 거요?"라면서 당당하게 맞서곤 하였다 한다.

「세설신어·임탄(世說新語·任誕)」에는 또 더욱 재미있는 술에 취한 유령의 이야기가 있다. 유령이 술을 너무 많이 마시는 바람에 주병(酒病)이 도졌는데도, 목이 마르자 술을 마시고 싶어 아내에게 술을 달라고 했다. 그러자 그의 부인은 술을 쏟아버리고 술병을 깨뜨리고는 울면서 유령을 타일렀다. "술을 너무 많이 드시는 것은 양생하는 방법이 아니니 술은 반드시 끊으셔야 합니다!" 유령은 "그러지. 내 혼자서는 끊을 수 없고 신령 앞에서 기도하고 맹세해야만 술을 끊을 수 있으니 술과 고기를 준비하시오!"라고 말했다. 부인은 "당신의 뜻에 따르겠습니다."라고 말하고는 술과 고기를 신탁 위에 차려놓고 유령을 불러 기도하게 하였다. 유령은 신탁 앞에 무릎을 꿇고 앉아 큰 소리로 말했다.

"하늘이 나 유령을 낳았고 술은 내 목숨입니다. 한 번에 한 곡(斛, 한 곡은 열 말)을 마셔야 하는데, 다섯 말을 마시면 술을 깬 후 병에 걸린 것처럼 의식이 또렷하지 못한 느낌이 들곤 한답니다. 아낙네의 말은 절대 들으시면 안 됩니다!"

말을 마치자 그는 술과 고기를 집어 들고 진탕 마시고 먹기 시작하더니 바로 곤드레만드레 취해버렸다고 한다. 이처럼 유령은 참으로 묘책을 내는 총명함도 있었지만, 장난꾸러기이기도 했던 것이다.

이처럼 묘안을 내어 부인을 속여 술을 사취하기까지 했으나 속는 것을 알면서도 부인은 너그러운 사람이었기 때문에 유령은 평생 술을 가까이 할 수 있었다. 그러나 이는 최고의 권력자였던 집안 내에서는 넘어갈 수 있었으나 밖에 나가면 상황은 복잡해지지 않을 수 없었다.

어느 날 유령이 밖에서 술을 마시다가 술주정뱅이와 입씨름이 일어나 옥신각신 다투게 되었다. 그 술주정뱅이는 소매를 걷어붙이고 유령에게 주먹을 휘둘렀다. 현묘한 도리를 토론하는 데서는 고수지만, 주먹질에는 약한 유령이니 술주정뱅이를 상대하기에는 역부족이었다. 그러나 그도 일가견이 있었다. 그는 침착하게 두루마기의 앞섶을 활짝 열어젖히더니 이렇게 말하였다.

"서두르지 마십시오. 이것 보십시오. 내 이 허약한 체질이 당신의 그 고귀한 주먹을 받아들일 주제나 되겠습니까?"

유령의 말에 그 술주정뱅이는 웃음을 터뜨리더니 '고귀한' 주먹을 거두고 유령과 마주 앉아 기분 좋게 술을 마시기 시작했다.

　이로 보아 유령은 용문을 뛰어넘어 용이 될 대담한 용기를 갖추었을 뿐 아니라 한편 개구멍으로도 기어들어갈 만큼 자세를 낮출 줄도 아는 사람이었음을 알 수 있다. 그는 낌새가 이상하다 싶으면 " '사내대장부라도 발등에 떨어진 불은 우선 피하고 봐야 한다"는 격으로 바로 꼬리를 내리고 공손한 자세를 취하곤 했던 것이다. "술만 마실 수 있다면 자세를 한 번 낮추는 게 뭐가 대수겠는가" 하고 말이다.

09. 조조(曹操, 155년 ~ 220)

- 애주가이며 호주가(豪酒家)였던 정치가 -

자고로 남자들은 술을 좋아한다. 영웅은 특히 술을 좋아하면서도 많이 마신다. 이런 사람들을 호주가[18]라 부르는데, 이처럼 영웅과 술은 예로부터 떼어놓고 말할 수 없는 것이다. "좋은 술을 마주하고서는 마땅히 신나게 마시고 노래를 불러야 한다. 인생에 좋은 시절이 또 얼마나 있겠는가?" 이러한 「술의 노래」가 사람들에 의해 수 천 년 동안 불리면서 조조처럼 대단한 인물도 양성해냈던 것이니, 얼마나 많은 영웅호걸들이 술의 매력에 정복되었던가!

　삼국시기 한(漢)나라의 재상 자리에 오른 조조는 권력이 어마어마했고 야심도 컸다. 그는 허창(許昌)에서 한헌제(漢獻帝)를 조정하며 제후들을 호령했다. 이를 극도로 두려워 난 한헌제가 비밀리에 국구(國舅, 왕비의 아버지) 동승(董承)에게 조조를 모살하라는 명을 내렸다. 동승은 유비(劉備)와 연락을 취해 거사를 도모코자 허창으로 불렀다. 그런 뜻도 몰랐던 조조는 풍문으로 영웅이라 칭송받고 있는 유비가 왜 허창으로 오게 되었는지 궁금하기도 하고, 경계할 필요도 있어 엄

---

18) 호주가(豪酒家) : 술을 잘 마시는 사람

하게 감시를 하게 했고, 아차하면 죽여 버리려고 상부(相府, 재상인 자신이 사는 집) 근처의 저택에 머물게 하였다.

이런 조조의 속내를 알고 있던 유비는 날마다 후원(後園)에서 채소를 심으며 아무 것도 모르는 척 자신의 속내를 감추며 지냈다. 그러나 의심 많은 조조는 혹여 유비가 앞으로 심복지환(心腹之患, 유능한 부하라고 생각하여 중용했다가 그에게 배반당하는 환란)을 일으키지는 않을까 하고 두려워했기에 특별히 유비를 초청해 술을 마시면서 그의 태도를 보면서 그의 속내를 알아내고자 했다.

어느 날 관우(關羽)와 장비(張飛)가 관사를 비웠다는 보고를 받은 조조는 혼자서 한가로이 후원에서 채소밭을 가꾸고 있는 유비를 갑자기 불러오라고 했다. 병사들이 후원으로 들어와 조조의 명으로 모시러 왔다고 말하자 혼자였던 유비는 속으로 겁이 나긴 했지만 그렇다고 안 갈 수도 없었기에 그들을 따라 승상부에 들어갔다. 처음 보는 그를 기다리고 있던 조조가 웃으면서 지나가는 인사말을 건넸다.

"집안에서 큰일을 하기 위해 준비하고 계신다지요?"

순간 유비는 깜짝 놀라 얼굴빛이 어두워졌다. 그러한 유비를 보면서 조조는 속으로 그를 비웃으면서 짐짓 친근한 척 유비의 손을 잡고는 허창(許昌)의 구곡(九曲) 강변에 있는 청매정(靑梅亭)으로 데리고 갔다.

"마침 매화나무 가지 끝에 매실이 푸르게 달린 것을 보니 갑자기 지난해 장수(張繡)[19]를 잡으러 갔던 때가 생각났소이다. 그가 있는 곳으로 가는 도중에 물이 떨어져 병사들이 모두 갈증에 시달려 더는 행군하려 하지 않기에 내가 한 가지 꾀를 내서 채찍으로 먼 곳을 가리키면서 소리를 질렀지요. '멀지 않은 곳에 매화나무 숲이 있다!' 그 소리를 들은 군사들은 매화열매의 신 맛이 생각나 입에 침이 생겨나와 갈증을 견딜 수 있게 되어 그 고비를 넘겼지요. 이제 이 매화나무를 보니 새삼 그때 일이 생각나는 구려. 한번 만나 술을 한 잔 기울이고 매화나무도 함께 구경하고 싶어서 이리로 모셔온 것이라오."

갑작스런 부름에 깜짝 놀라 얼굴빛이 흙색깔이 된 유비는 조조 말이 제대로 들어오지도 않은 채 전전긍긍하며 조심스레 대응하지 않으면 안 되었다. 조조와 유비가 마주앉아서 술 몇 잔을 기울였을 때, 마침 하늘에 먹장구름이 몰려오는 것이 큰 비가 당장이라도 퍼부을 듯한 기세였다. 조조가 하늘을 가리키며 유비에게 물었다.

"용은 커지면 구름을 일으키고 구름을 토해내며, 작아지면 딱딱한 껍질을 숨기고 형체를 감추고 드러내지 않는다지요. 또 오르면 높이 올라 우주 공간에 떠오르고, 숨으면 파도 속으로 몰래 숨어 엎드려 있

---

19) 장수(張繡) : 무위(武威) 조여(祖)사람으로 표기장군(驃騎將軍) 장제(張濟)의 조카(족자)이다. 변장(邊章)·한수(韓遂)가 양주(涼州)에서 반란을 일으켜 금성(金城)의 국승(麴勝)이 조여의 장인 유준(劉雋)을 습격하여 죽였다. 장수는 현리였는데 기회를 보아 국승을 죽이니, 군내에서는 그를 의로운 사람이라고 칭송했다. 동탁(董卓)이 패망하자 장제는 이각(李傕) 등과 여포(呂布)를 공격하여 동탁의 복수를 하려 하였다. 장수가 장제를 따라 공을 세워 건충장군(建忠將軍)에 이르고, 선위후(宣威侯)에 봉해졌다. 장제는 홍농(弘農)에 주둔하였는데, 군사들이 굶주려 남쪽으로 양성(穰城)을 치다가 화살에 맞아 죽었다. 장수가 무리를 거느리고 완(宛)에 주둔하여 유표(劉表)와 연합하였다. 조조가 남쪽으로 그들을 정벌하고자 육수(淯水)에 주둔하니 장수 등이 항복을 해왔다. 조조가 장제의 처를 범하자 장수가 한이 맺혔다. 조조는 장수가 기분 나빠하고 있다는 말을 듣고는 은밀하게 죽이려는 계책을 짰으나 누설되는 바람에 오히려 습격을 받아 조조군이 패했고, 동시에 자기의 두 아들도 죽었다. 장수는 돌아와 양성을 지켰다. 조조가 몇 년 동안을 공격했지만 이기지 못했다. 조조가 원소(袁紹)를 상대로 관도(官渡)에서 대치하자, 장수는 가후(賈詡)의 계책을 받아들여 다시 항복하였다. 장수가 오자 조조는 장수의 손을 맞잡고 환영잔치를 열었으며, 아들 조균(曹均)을 장수의 딸과 혼인을 맺게 했으며, 장수를 양무장군(揚武將軍)에 임명하였다. 관도전투에서 전공을 세워 파강장군(破羌將軍)에 임명되었다. 그리고 원담(袁譚)을 남피(南皮)에서 격파하자 식읍(食邑) 2천호를 주었다. 이 때 천하는 호구가 줄어 열에 하나를 겨우 얻는 처라지라 모두들 1천호를 채우는 자가 없었으니, 장수는 특별히 많은 셈이었다. 그러나 오환(烏丸)을 정벌하러 유성(柳城)으로 가다가 이르지 못하고 죽으니 시호를 정후(定侯)라 하였다.

기에 겉으로는 드러나지 않는다지요. 지금은 바야흐로 봄이 깊은 때라 용이 때를 타고 변화하려는 시기인 것 같소이다. 이렇듯이 뜻을 세워 천하를 누비는 세상의 영웅들도 용과 비교될 수 있지 않을까요? 현덕(玄德)께서는 사방으로 오랜 세월을 편력하였으니 당세의 영웅이 누구인지 잘 알고 있을 것이라 보오. 그래서 묻는데 그게 누구인지 가르쳐 주실 수 있겠소?"

유비가 대답했다.

"저의 식견 없는 눈으로 어찌 영웅을 알아보겠습니까?"
조조는 술을 마시면서 계속해서 물었다. 유비의 의중을 반드시 파악해야겠다는 심산이었다. 총명한 유비는 조조의 뜻을 잘 알고 있었다. 그래서

"회남(淮南) 땅의 원술(袁術)은 군사와 식량을 충분히 마련하고 있으니 영웅이라 할 수 있지 않을 까요?"

하고 말하자 조조가 웃으며 말했다.

"원술은 말라빠진 뼈다귀나 다름없지요, 내 조만간 그 자를 붙잡아서 요절을 내려 하오."

그러자 유비가 다시 말했다.

"하북(河北)의 원소(袁紹)는 4대에 걸쳐 3공을 지냈으니, 문중에 관

리가 많고 오늘날 또 기주(冀州) 땅을 차지하고 있는데다 능수능란한 부하를 많이 거느리고 있으니 영웅이라 할 수 있지 않겠습니까?'

그러나 조조는 역시 머리를 절레절레 흔들며 말했다.

"원소는 여자를 좋아하고 담력이 부족하지요. 꾀가 있기는 하지만 결단성이 없다고 할 수 있지요. 큰일을 맡았을 때는 몸을 사리고, 비록 작은 이익에 관한 일일지라도 목숨을 걸고 덤벼드니 어찌 영웅이라 할 수 있겠소."

유비가 또 말했다.

"팔준(八俊)이라 부르는 사람이 있습니다. 구주(九州, 중국을 지칭하는 말)에 위세를 떨치고 있는 유표(劉表)를 영웅이라 할 수 있지 않겠습니까?'

그러자 조조는 거들떠볼 가치도 없다는 듯이 말했다.

"그것은 허명일 뿐이요. 유표는 실속이 없는 자라 영웅이 될 수는 없지요."

유비가 말했다.

"혈기가 넘치는 사람이 있는데 강동(江東)의 영수 손책(孫策)은 어떤 가요? 가히 영웅이라 할 수 있지 않겠습니까?' 조조는 손책도 안중

에 없다는 듯이,

"아버지의 명성에 편승하는 것뿐이지요. 그러한 자를 어찌 영웅이
라 할 수 있겠소?"

유비가 말했다.

"그러면 익주(益州)의 유장(劉璋)은 어떻습니까?"

조조가 또 다시 웃으며 대답했다.

"유장이 비록 황실의 종친이긴 하나 집 지키는 개나 다름없지요. 그
러니 어찌 영웅이라 할 수 있겠소?"

유비가 당시 세상에서 떠도는 풍운인물들을 일일이 언급했지만, 조
조는 일일이 부인해 버렸다. 조조가 술잔을 들며 말했다.

"영웅이라면 마음속에 큰 뜻을 품고 있어야 하고, 뱃속에 좋은 계략
을 갖고 있어야 하며, 우주의 기를 마음에 품고 천지지지(天地之志, 하
늘과 땅의 생각 혹은 뜻)와 호흡하는 자를 말하는 것 아니겠소?"

이처럼 유비가 일부러 당시 소문이 나 있는 자들을 영웅이라고 말
하면서 자신의 좁은 식견을 피력하자 이들 '영웅'들을 조조가 인정할
리가 없었다.

그러자 유비가 반문했다.

"그런 사람이 누구입니까?"

조조가 손가락으로 유비를 가리킨 후 또 자신을 가리키며 말했다.

"오늘날 천하의 영웅은 당신과 나뿐이지요. 저런 무리들은 이 안에
들지 못한다오."

이때 유비의 심정은 마치 당겨진 화살이 곧바로 자신을 향해 날아
올 것 같은 위태로운 지경이었다. 이런 상황에서 조조의 말 한 마디
한 마디는 자신의 목숨과 직결되는 것이기 때문에 그는 최대한 자세
를 낮추고 겸손하게 행동해야만 했다.

그렇기 때문에 "오늘의 영웅은 오로지 나와 유비 당신 둘 뿐이라
오!"라는 말을 듣자마자 유비는 깜짝 놀라 그만 손에 쥐고 있던 젓가
락을 떨어뜨리고 말았던 것이다. 유비는 분위기가 심상치 않음을 직
감하고 술 힘을 빌려 다시 정신을 가다듬으며 마음을 안정시키고자
했다. 그때 마침 하늘에서 번개가 요란하게 치더니 하늘이 찢어질 듯
큰 천둥소리가 울렸다. 유비는 차분하고도 조용히 머리를 숙여서 젓
가락을 주우며 말했다.

"천둥소리가 어찌 이토록 요란하단 말입니까?" 조조가 큰 소리로
웃으며 물었다.

"아니 사내대장부도 천둥소리를 무서워합니까?!"

유비가 침착하게 말했다.

"성인께서도 광풍과 천둥번개가 변고를 몰고 온다고 하시지 않으셨습니까? 그러니 어찌 두렵지 않겠습니까?"

유비는 교묘한 답변을 내놓으며 젓가락을 떨어뜨린 사실을 숨겼을 뿐만 아니라 소심하고 규율을 잘 지키며 별로 중요하지 않은 작은 인물이라는 점을 다시금 조조에게 어필한 셈이었다. 이러한 유비를 보면서 조조는 유비에 대한 의심을 어느 정도 거두게 되었다.

비가 그치자 손에 보검을 쥔 사람들이 정자 앞으로 다가왔다. 좌우에 서 있던 사람들이 결코 그들을 제지하지 못했다. 조조가 보아하니 활을 쏘러 외출했던 관우와 장비가 돌아왔다는 것을 알았다. 그들은 조조가 술을 마시려고 유비를 데려갔다는 말을 전해듣고 황급히 돌아왔던 것이다. 운장(云長, 관우의 호)이 말했다.

"승상이 우리 형님과 술을 마시고 계신다는 말을 듣고 검무를 추어 흥을 돋궈드리고자 이렇게 찾아왔습니다." 조조가 웃으며 말했다.

"이 자리가 홍문연(洪門宴)[20]도 아닌데 어찌 항장(項莊)[21]을 불러 검무를 추게 하라고 항백(項伯)을 시키겠소?"

그러자 유비도 웃었다. 한참이 지나 연회가 끝나자 유비와 조조는 서로 인사를 나누고 각자 집으로 돌아갔다. 유비는 젓가락을 떨어뜨

---

20) 홍문연(鴻門宴) : 항우가 홍문에서 연회를 열어 유방을 해치려 했으나 유방이 구사일생으로 살아났다는 고사에서 나온 말로, 홍문연은 겉보기엔 화려한 잔치처럼 보이지만 속에는 살의가 가득 차 겉과 속이 다른 상황을 비유하는 말로 사용되며, 홍문지연, 홍문지회라고도 한다.

21) 항장(項莊) : 진말(秦末)에 나라가 어지러워지자 항우(項羽)와 유방(劉邦)은 관중(關中)에 먼저 들어가려고 다투는데, 유방이 먼저 관중에 들어가자 항우가 노하여 군사를 홍문(鴻門)에 머무르게 하고, 다음날 아침을 기하여 유방을 치려 한다. 항우의 계부(季父) 항백(項伯)은 유방의 부하 장량(張良)과 사이가 좋았던 관계로 이 계략을 말해주자 유방은 그 다음날 홍문에 나가 사과를 한다. 그 때 항우의 모신(謀臣) 범증(范增)은 항장(項莊)으로 하여금 칼춤을 추게 하여 유방을 찔러 죽이려 하였으나 유방의 부하 번쾌(樊噲)의 변설(辯舌)로 무사하였다.

린 일을 관우와 장비에게 얘기했다.

"채소밭을 가꾸는 것은 내가 큰 뜻이 없는 사람이라는 것을 조조가 느끼게 하도록 하기 위한 것이었는데 뜻밖에 조조가 나를 영웅이라고 하기에 나는 일부러 깜짝 놀란 척하며 젓가락을 땅에 떨어뜨렸다네. 조조가 나에게 의심을 품을까 두려워 천둥소리에도 겁을 먹는 못난이처럼 보여 속내를 감추려 했던 거지."

이 이야기를 들은 관우와 장비는 장딴지를 치면서 유비의 탁월한 계략에 감탄을 금치 못했다. 그 후에도 유비는 일부러 날마다 후원에서 야채를 가꾸며 큰 뜻이 없음을 보여주는 것으로서 조조를 안심시키려 했다. 그러나 마음이 놓이지 않았던 조조는 늘 사람을 파견해 술을 전달해주면서 유비의 동정을 살피도록 했다. 이렇게 처신하며 목숨을 유지한 그는 마침내 향후의 삼국정립을 위한 기반을 마련하기 위해서는 허창에 더 이상 머물 수 없음을 깨닫고는 관우·장비와 함께 기회를 보아 조용히 먼 곳으로 떠나버렸다.

조조와 유비의 술자리는 평범해 보였지만, 실은 살기가 도처에 도사리고 있었음을 알 수 있다. 유비가 말 한 마디만 잘못해도 목숨을 잃을 수 있는 자리였던 것이다. 조조가 술을 마시며 영웅을 논한 이야기는 후인들의 높은 평가를 받고 있는데, 이 이야기는 『삼국지·촉지·선생전(三國志·蜀志·先生傳)』에 실려 있다.

술을 마시면 영웅처럼 대담해지고, 남자들은 사업에서 성과를 거둘 수 있는 것처럼 자신만만해 진다. 조조와 술을 마시며 영웅을 논하는 자리에서 술 몇 잔을 마신 유현덕(劉賢德)도 덕분에 담이 더 커졌다. 비록 "술기운을 빌려 자존심을 죽이며 한 말"이기는 하지만, 이로 인

해 조조의 예리한 눈빛에서 벗어날 수 있었던 것도 미래에 대한 자신
감을 느꼈기 때문이었다.

정사(正史)『삼국지(三國志)』저자 진수(陳壽)는 "조조는 비상한 사
람이고, 세상을 넘어서는 천재이다."라고 평했고, 대 명사(名士)였던
허소(許劭)는 조조를 "태평시대에는 신하가 되었고, 난세에는 간웅이
되었다."고 평했다. 명나라 때 나관중(羅貫中)이 『삼국연의(三國演
義)』를 창작한 후부터는 조조가 악명 높은 간신이 되어 여성과 어린
이를 포함해 모르는 사람이 없을 정도가 되었다. 그러나 역사상에서
조조에 대한 이러한 평가는 사실 너무 불공평한 것이라고 생각한 루
쉰(魯迅)은 그의 편을 들며 이렇게 말했다. "조조는 재능이 있고, 최소
한 영웅이라 할 수 있으며, 또한 문장을 개조한 조사(祖師, 어떤 학파를
처음 개설한 사람)이기도 하다."

그러나 이러한 역사적 평가보다도 조조는 술을 좋아했을 뿐만 아니
라 잘 마시기로도 유명한 애주가였다는 사실이다. 평생 동안 술을 마
신 그는 술에 취해 살았고, 술의 힘을 빌려 사람을 죽이기도 했으니,
공융(孔融)[22]이 조조의 금주령을 반대하자 조조가 핑계를 대어 그를
살해한 것이 그 대표적인 예이다. 비록 조조는 술로 나라가 망할 수
있다며 금주령을 내리고 다른 사람들이 술을 마시지 못하게도 했지
만, 자신은 음주가 버릇처럼 되어 술 속의 깊은 뜻을 속속들이 깨닫고
있었으며, 아래에서 말한 것처럼 술을 극구 찬양했다.

"술을 마주하고 노래하니 인생이란 과연 얼마나 좋은 것인가?", "근
심을 달래는 건 오로지 술뿐이로다." 조조가 금주령을 내렸지만 사사

---

22) 공융(孔融) : 후한 말의 관원으로 삼국시대 초기의 인물이다. 자는 문거(文擧)이고. 노나라 사람이다. 공자의
20대 후손으로 명망이 높았던 그는 그의 작품이 전해지지는 않지만, 몹시 뛰어난 문재를 지녔으며, 건안문
학(建安文學)을 빛낸 건안칠자(建安七子) 중의 한 명이었다. 건안(建安)은 지금의 귀주성(貴州省) 사남현(思
南縣)의 서쪽 일대를 말하는데, 후한 말부터 삼국 시대에 걸쳐 이루어진 문학 활동. 건안은 중국 후한 헌제
때의 연호로, 이 시대에 조식(曹植)을 중심으로 한 문학 집단이 형성되었고 오언시의 창작이 왕성해졌다. 이
때에 비로소 개인의 서명이 들어간 작품집이 탄생했다. 중국 문학사에서 한 획을 긋는 시대이다.

로이 술을 마시고 취하는 사람들도 있었다. 『삼국지 · 위서 · 서막전(三國志 · 魏書 · 徐邈傳)』의 기록에 따르면 서막(徐邈)은 조조의 부하 상서랑(尙書郞)이었다. 유명한 애주가로 알려진 그에게 술을 끊으라는 것은 하늘에 오르는 것보다 더 힘든 일이었다. 비록 조조가 금주령을 내리긴 했지만, 서막은 위험을 무릅쓰고 날마다 거나하게 취할 정도로 술을 마셨다. 하루는 교사(校事) 조달(趙達)이 관청 일로 서막에게 문의를 하러 간 적 있었는데, 그때 서막은 취한 상태였기에 그의 질문과는 동떨어지게 자신을 '중성인(中聖人, 중은 중독됐다, 취했다는 뜻이고, 성인은 청주를 마셨다는 의미)'이라 자찬하는 말만했다고 한다. 즉 나는 '취했다'라는 뜻이었다. 그 후부터 후세인들은 술에 취한 상태를 '중성인'이라 칭하게 되었다고 한다.[23]

조달이 사실대로 조조에게 보고하자 조조가 대노했다. 그러나 조조가 '성인'이 무슨 뜻인지를 몰라 하는 지라 도료(度遼)장군 선우보(鮮于輔)가 옆에서 진언했다.

"평소 술에 취한 사람들이 청주를 '성인'이라 하고, 탁주를 '현인'이라고 부릅니다. 그러니 청주를 먹은 서막이 간혹 술김에 허튼 소리를 잘 하는데, '중성인'이라 함은 '청주를 마셔 취했다'고 자신을 말한 것입니다."

사실을 알게 된 조조는 서막을 용서하고 더 이상 추궁하지 않았다고 한다. 유명한 애주가인 조조는 비록 금주령을 내렸지만, 술을 좋아하는 사람의 마음을 알기에 서막의 일에 대해서는 흐지부지 처리하는

---

23) 『태평어람(太平御覽)』은 『위략(魏略)』을 인용하여 이렇게 말했다. "태조가 술을 금지시켰을 때 사람들은 몰래 술을 마셨다. 술에 관한 일을 입 밖에 내기 어려워지자 청주(淸酒)를 성인(聖人)이라 하고, 탁주(濁酒)를 현인(賢人)이라 칭했다" 그리하여 술에는 '성인'과 '현인'이라는 별칭이 생겨났고, 고대인들은 이로써 술이란 단어를 대신해 불렀다.

수밖에 없었다. 훗날 위문제(魏文帝)가 된 조비(曹조)가 서막에게 물었다.

"자네는 요즘도 '중성인' 인가?"
그러자 서막이 대답했다.
"네, 늘 그렇사옵니다."
조비가 큰 소리로 웃으며 말했다.
"과연 명실상부한 자네로구만 그래.....하하"

10. 장비(張飛, 165?~221)

- 술로 살다가 술 때문에 죽은 가엾은 의리의 돌쇠 -

장비는 의리가 있고 강직하며, 술을 마시면 늘 감정적으로 일을 처리하여 군사적 계획을 그르치곤 하였다. 서주(徐州)를 잃은 것도 술을 마시고 성깔을 부리며 조표(曹豹)에게 채찍질을 하였다가 원한을 품은 조표가 여포와 결탁한 것이 원인이었다. 그러나 장비는 술을 마시고 취한 체하여 적을 유인한 적도 있었다.

　어느 날 장비가 명을 받고 유대(劉岱)를 치게 되었는데, 용맹한 장비가 두려웠던 유대는 성을 튼튼히 쌓고 굳게 지키기만 할 뿐 감히 나와서 싸울 엄두를 내지 못하였다. 장비는 성을 아무리 공격하여도 함락시키지 못하자 한 꾀가 떠올랐다. 그는 그날 밤 성을 공격할 것이라는 명을 내렸다. 명을 내린 뒤 그는 군막에서 술을 마시고 취한 척 하면서 일부러 트집을 잡아 군사(軍士) 한 명을 호되게 매질하여 군영에 가두고, 그자를 출정을 위한 제물로 신령에게 바칠 것이라고 떠벌리고는 암암리에 옥졸에게 일러 그자를 풀어주게 하였다. 죽을 뻔했다가 살아난 군사는 그 길로 유대의 군영으로 달려가 밀고하였다. 유대는 시기가 왔다고 판단하고는 즉각 출병하였다. 이것이 바로 장비가 바라던 것이었다. 이렇게 유대와 그 부하들을 유인하여 일거에 섬멸시킨 장비는 유비에게 칭찬을 받았다.

만약 술에 취한 체하여 유대를 무찌른 것이 장비가 어쩌다 기지를 발휘하여 이룬 것이라고 한다면, 술로 계책을 써서 장합(張郃)을 유인하여 하산케 한 것은 장비의 지혜로움이 극치를 이룬 결과였다고 할 수 있다. 당시 장비는 장합을 공격하여 암거(岩渠)·몽두(蒙頭)·탕석(蕩石) 등 세 곳의 산채를 점령하라는 명을 받고 있었다. 그런데 장합이 험준한 지세를 이용하여굳게 지키면서 나와 싸우려 하지 않았다. 장비가 아무리 욕설을 퍼부으며 도발을 해도 소용이 없었다. 어떻게 해야 할지 이맛살을 찌푸리며 궁리하던 장비의 머릿속에 한 가지 계략이 떠올랐다. 장비는 장합의 산채 앞에다 진을 치고 매일 술을 마시면서 거나하게 취한 체 하면서 산채 앞에 앉아 욕설을 퍼부었다. 유비는 장비가 매일 술을 진탕 마시며 일을 그르칠까 심히 불안하여 급히 공명(孔明)을 찾아가 물었다. 공명은 장비가 과거의 수법을 다시 쓰고 있음을 벌써 알고 있었다. 공명의 설명을 듣고는 유비가 웃으면서 말했다.

"그런 일이었구려. 전선엔 좋은 술이 없을 듯하니 성도(成都)에 있는 좋은 술 50통을 세 대의 수레에 나눠 실어 전선으로 보내 장 장군이 마실 수 있게 해주시오."

장비는 술을 산채로 싣고 들어가 군사들에게 크게 떠벌리며 마음껏 마시게 하고 자기도 군막 앞에 앉아 술을 마시면서 졸병들에게 씨름을 붙여놓고 구경하였다. 장합은 장비의 방자함에 노기가 충천하였다. 그날 밤으로 출병하여 장비를 공격하였는데 결국 여지없이 패하였고, 자기도 하마터면 목이 날아날 뻔하였다.

　장비(張飛) · 유비(劉備) · 관우(關羽)는 도원에서 의형제를 맺고 "한날한시에 태어나진 못했어도 한날한시에 죽기를 원한다"고 맹세하였다.

　건안(建安) 24년(195년) 12월에 관우가 동오(東吳)의 손권(孫權)에게 살해당했다. 군사를 이끌고 낭중(閬中, 사천성에 있던 성)을 지키고 있던 장비는 그 소식을 접하고는 억장이 무너지는 슬픔을 견딜 수가 없어 눈물로 옷깃을 적시며 밤낮으로 통곡하였다. 그런 그의 모습에 다른 장수들이 술자리를 마련하여 위로하였다. 그런데 술을 마신 장비가 더 노기충천하여 툭하면 부하들에게 채찍질을 해대곤 하였다. 그로 인해 많은 병사들이 그의 채찍질에 맞아죽었다. 이 말이 유비의 귀에까지 들어가자 유비는 장비에게 부하들을 너그럽게 대하며 절대 함부로 사람을 때려서는 안 된다고 하면서 그렇지 않으면 큰 화를 입게 될 것이라고 거듭해서 타일렀다. 그러나 장비는 들은 체 만 체하면서 술에 취하면서 계속 제멋대로 채찍을 휘둘렀다.

　그때 막 제위에 오른 유비는 관우의 원수를 갚기 위해 동오로 출병하기로 결정하고 장비에게 낭중에서 출병할 것을 명하였다. 명을 받은 장비는 즉시 범강(范疆)과 장달(張達) 두 부하 장수에게 사흘 안에 흰 깃발과 흰 갑옷을 마련하여 3군이 상복을 입고 오나라를 정벌할 수 있도록 할 것을 명하였다. 범강과 장달은 시간이 너무 촉박하여 제 기한에 마련하지 못할 것을 알고는 기한을 며칠 늘려줄 것을 요구하였다. 그런데 장비는 이러한 그들의 요구를 받아들이지 않았을 뿐만 아니라 범강과 장달 두 사람을 나무에 묶어놓고 채찍으로 각각 50대씩 매질을 하였다. 장비는 그들이 피를 토할 때까지 매질하고도 성이 차

지 않아 "기한을 어기게 되면 즉시 목을 베어 대중에게 보여줄 것"이
라고 떠벌렸다.

　군영으로 돌아온 범강과 장달은 대책을 의논하였다.

　범강이 말했다.

"사흘 안에 임무를 완성하지 못하면 처형당하게 되는데 어떡하지?"

그러자 장달이 말을 받았다.

"그 자에게 죽임을 당하느니 차라리 내가 먼저 그자를 죽이겠어."

범강이 말했다.

"그런데 그 자에게 어떻게 접근하지?"

장달이 말했다.

"우리 둘이 죽을 팔자가 아니라면 그 자가 술에 취해 침대에 쓰러져
있을 것이고, 우리 둘이 죽을 팔자라면 그 자가 술에 취하지 않고 있
을 것이다."

　의논을 거쳐 계획을 세운 둘은 밤에 행동에 옮기기로 하였다.
　그날 밤 군막에서 장비는 정신도 흐리터분하고 몸놀림도 어눌해지
는 느낌을 갖게 되자 부하 장수에게 물었다.

"오늘은 심장이 두근거리고 불안한 것이 도대체 무슨 연고인가?"

부하 장수가 얼른 대답하였다.

"관 장군에 대한 그리움이 사무쳐서 그런 것 같습니다."

그러자 장비는 사람을 시켜 술을 가져오게 하여 여러 부하 장수들과 함께 마신 뒤 곤드레가 되어 침대 위에 쓰러져 잠이 들었다. 범강과 장달이 그 소식을 전해 듣고 밤이 어둑해질 무렵 각각 단도 하나씩을 품에 지니고 장비의 군막으로 잠입해 들어갔다. 장비가 자고 있는 침대 옆에 이르러 보니 장비가 수염을 곤두세우고 두 눈을 부릅뜨고 있는지라(원래 장비는 잠을 잘 때 눈을 감지 않음) 둘은 그가 깨어 있는 줄 알고는 깜짝 놀라 감히 손을 쓸 엄두를 내지 못하였다. 그러다가 장비의 우레와 같은 코고는 소리를 듣고서야 장비가 잠든 것임을 확신하고는 침대 가까이로 다가가 단도를 장비의 복부에 찔러 넣었다. 장비는 크게 외마디비명을 지르고는 죽어버렸다. 그때 장비의 나이가 55세였다.

범강과 장달은 장비의 목을 베어 가지고 군사 수십 명을 이끌고 밤을 도와 적진이 있는 동오의 손권에게로 도주하였던 것이다. 단순한 성격으로 의리만을 생각하던 장비는 의리에 살다 의리에 죽고 만 결과로 끝났지만, 의형제끼리의 의리만 알았지 자신을 따르는 부하들과의 의리는 조금도 생각지 않은 덕성이라고는 조금도 없었던 조폭두목에 불과했던 소인배였던 것이다.

11. 조비(曹丕, 187 ~ 226)
- 포도주에 빠진 도량 좁은 문장가 -

위(魏)나라 고조 문황제(文皇帝) 조비는 조위(曹魏)의 초대 황제로, 자는 자환(子桓)이다. 무제와 무선 황후의 아들로, 무황제(조조의 시호)가 다진 기반을 이어받고 후한 헌제(獻帝)의 선양을 받아 조위를 건국하였다.

배잠(裴潛)[24]은 조비에 대해 부친 조조와 그의 막내 동생 조식(曹植)과 함께 시재가 뛰어난 삼조(三曹)라 불렸고, 지략과 지모가 아비 조조에게는 미치지 못하나 간교함은 버금간다고 하였다. 그리고 주변에 책사들이 많아 훗날 조조의 후계자가 될 수 있었다고 평했다.

위나라 문제(文帝)는 휘를 비(丕)라 하고 자를 자환(子桓)이라 했다. 조조의 쫓겨난 본처 정부인(丁夫人)의 뒤를 이어 가기(歌妓) 출신으로 황후에 오른 무선변황후(武宣卞皇后)의 맏아들이다. 후한(後漢) 영제 중평(中平) 4년인 187년 겨울 초현에서 태어났다. 조비가 태어날

---

24) 배잠(裴潛, ? ~ 244) : 중국 후한 말기, 삼국 시대 조위의 관료로, 자는 문행(文行)이다. 명문가인 하동 배씨(河東裴氏) 출신으로 위왕 조예(魏王 曹叡)의 신임을 얻어 재상을 역임했고, 말미에는 상국(相國)에 임명되었으며, 위나라에 큰 영향을 끼친 문학가이다.

때 푸른색 운기(雲氣)가 둥근 모양으로 수레 덮개처럼 걸쳐 있다가 하루 만에 없어졌는데, 이것을 본 사람들은 지극히 존귀한 거목이 탄생한 증거라고 생각했다.

조비는 나이 여덟에 이미 글을 잘 지었고 재주가 뛰어나 경전과 제자백가 서적을 두루 꿰뚫었다. 또 말타기와 활쏘기에도 뛰어났고 검술을 좋아했다. 여러 자식을 두고 있던 아버지 조조는 그러나 맏아들인 조비보다 막내인 조식을 후계자로 점찍어 두었다.

건안 13년(208년)에 한수와 마초를 무찌른 공으로 오관중랑장이 된 조비는 조식과 제위 계승 문제를 놓고 보이지 않는 내부 전쟁을 치르고 있었다. 그런 조비에게 관도대전의 일등공신인 가후(賈詡)[25]가 이렇게 말했다. "바라건대 장군께서는 인덕과 관용을 발휘하고 숭상하며, 평범한 선비의 업을 행하고, 아침부터 저녁까지 바쁘게 지내며, 아들의 도리를 그르치지 않으면 됩니다."(『삼국지 · 가후전』)

조비는 가후의 가르침에 따라 은인자중하며 때를 기다렸는데, 조조의 신임을 받는 가후는 결국 조조에게 원소와 유표를 거론하며 그들의 멸망 원인이 후계자 문제에 있다는 말을 건의해 조비를 후계자로 지명토록 했다.

당시 저명한 관상가 고원려(高元呂)는 조비가 나이 마흔이 고비일 만큼 단명의 상을 타고났다고 해서, 이 말을 믿은 아버지 조조가 정신적인 갈등을 하며 고뇌에 차 있던 상황에서 지명되었던 것이다.

이렇게 어렵게 위왕(魏王)이 된 조비였기에 처음에는 어진 정치를 했다. 아랫사람들의 의견을 듣고 법규와 제도에 따른 정치를 하고, 사대부들에게는 육예(六藝)를 잘 살펴보라고까지 했다. 심지어 출정했다 사망한 병사들을 위해 작고 얇은 관을 만들었고, 전사한 유해를 집으로 보내 장례와 제사를 지내도록 영을 내리기도 했다. 더구나 지은

---

25) 가후(賈詡) : 중국 후한 말과 조위의 정치가로, 자는 문화(文和)이다.

작품이 100편에 이를 정도로 인문학적 소양이 풍부했던 그는 나이 마흔에 세상을 떠나기까지 문학을 애호하고 저술에 힘썼던 인물이었다.

그러나 친동생 조식(曹植)뿐만 아니라 주위 인물까지도 자신의 신상과 관련된 문제가 들려올 때마다 냉철함을 잃고 범인(凡人)과 다를 바 없는 면모를 보이며 정치적으로 탄압하는 등 도량이 좁고 공평한 마음 씀씀이가 없었다. 즉 제왕이 될 수 있는 자질이 부족했던 인물이었던 것이다.

마침 당시에는 이미 상당히 높은 수준의 포도주를 양조하고 있었다. 장건(張騫)이 사절로 서역에 갔을 때, 유라시아에서 가져온 좋은 질의 포도종자를 심어 재배한 포도를 대량으로 사용했다는 기록에서도 알 수 있다. 동시에 빛깔이 아름다울 뿐만 아니라 맛 또한 일품인 포도주를 영조하기 위해 포도 선택에도 매우 신중을 기했다고도 했다. 조식은 『종갈편(種葛篇)』에다 "남산 아래에 심은 칡(포도)이 무성하게 자라났다. 당신(포도)과 부부가 될 수 있다면 서로 아끼고 사랑할 것이라 믿어 의심치 않는다."고 포도에 애정을 생동적으로 묘사하기까지 했다.

특히 위문제(魏文帝) 조비(曹조)는 유별나게 포도주를 좋아했다고 한다. 그는 붉은 포도주를 널리 보급하여 군신들이 함께 누릴 수 있게 하려는 취지에서 포도주를 마신 후의 느낌을 조서로 작성해 천하에 발표토록 명을 내리기까지 했을 정도였다.

위문제 조비는 『소군의(詔群醫)』에서 이렇게 기록하였다.

"중국에는 진귀한 과일이 많은데, 그중에서도 포도가 제일 꿀맛이다. 여름에서 가을로 넘어가는 계절이라 아직 더위가 조금은 남아 있지만, 술이 취해도 저녁 이슬을 머금은 포도를 먹으면 곧바로 숙취에서 깨어난다. 달지만 엿처럼 단 것은 아니고, 새콤하지만 무르지 않으며, 시원하지만 차지는 않고, 맛이 좋으면서도 즙이 많아 걱정도 없애고 목마름도 해소해준다. 또한 술로 빚으면 누룩보다 달콤하여 곧잘 취하면서 깨는 것도 쉽다. 얘기하는 것만으로도 침을 삼킬 정도이니 하물며 직접 맛을 보면 어떠하겠는가? 그러니 다른 곳의 과일은 이에 견줄 것이 없도다. (中国珍果甚多, 且复为说葡萄, 當其朱夏涉秋, 尚有餘暑, 醉酒宿醒掩露而食. 干而不饴, 酸而不脆, 冷而不寒, 味长汁多, 除烦解渴. 又酿以为酒, 甘于甘于曲糵, 善醉而易醒. 道之固已流涎咽唾, 况亲食之邪. 他方之果, 宁有匹之者)"

　이처럼 포도주란 얘기만 들어도 군침을 삼키게 된다고 언급했다. 한나라의 제왕으로써 조비는 음주에 대한 사랑을 조서에 써넣고 붉은 포도주 양조를 특히나 좋아하는 심정을 마음껏 얘기하는 등 유달리 붉은 포도주를 총애하는 마음을 그의 필치에서 고스란히 느낄 수가 있다. 이처럼 포도주에 대한 남다른 애착을 가지고 이를 조서에 써넣기까지 한 사람은 아마 조비 한사람이었을 것이다.
　술은 시의 친구이다. 한 나라의 제왕인 조비 역시 문인의 기질이 다분했던 인물이었기에, 『삼국지 · 위서 · 위문제기(三國志 · 魏书 · 魏文帝纪)』에는 이런 구절이 있다. "타고난 총명함을 가진 문제는 문학적 재능이 뛰어나 붓을 대기만 하면 글을 지어낼 수 있을 뿐만 아니라 견문이 넓고 기억력도 좋아 그야말로 모르는 것이 없는 박식가이다."
　위진 시기 포도주 업계의 발전이 전성기를 맞이했고, 작업장이 도성 곳곳에 분포되어 있었는데 이는 붉은 포도주에 대한 위문제의 숭배와 깊은 연관이 있는 것이다. 위문제의 제안과 체험 덕분에 포도주는 당시 왕공대신이나 유명 인사들의 주연에서 빠질 수 없는 미주가 되었다고 한다.

하지만 아무리 좋은 재료와 좋은 양조기술로 만든 포도주라고 해도 포도주는 음미하는 데 적격인 술이지 두주불사하는 통쾌함을 자아내는 술은 아니었다. 그런 포도주를 좋아하는 중국인이란 시대가 요구하는 인물이 될 수는 없었던 것이다. 왜냐하면 당시의 중국인들은 백주를 선호하고 있었기 때문이었다.

이러한 조비에 대해 진수(陳壽)는 정사 『삼국지』의 「문제기(文帝紀)」에서

"문제는 천부적으로 문학적 소질이 있어서, 붓을 대면 문장이 되었고, 넓은 지식도 갖추고 있었으며, 기억력이 탁월해 다방면으로 재능을 갖추었다. 만일 여기에 그의 도량이 약간만 더 크고 공평한 마음 씀씀이에 힘쓰며 도의의 존립에 노력을 기울이고 덕망이 있는 마음을 더욱 넓힐 수 있었다면, 어찌 고대의 현군이 멀리 있었겠는가?"

라고 평했다. 서진(西晉)이 위나라의 선양을 받아 건국했기 때문에 위나라를 건국한 조비를 직접적으로 비판할 수 없어서 돌려 말했지만, 바로 말하면 "조비가 천부적인 문학적 소질은 갖추었을지는 모르지만, 도량도 작고, 마음 씀씀이도 공평하지 않았으며, 도의를 지키는 데 노력을 기울이지 않았고, 덕망도 없었으니, 고대의 현군과는 거리가 멀었다."라는 뜻이었다. 제왕의 덕목과 별로 상관없는 예술가적 기질은 갖추었지만, 정작 제왕이 갖추어야 할 덕목은 전혀 갖추지 못했다는 점에서 송의 휘종(徽宗)[26]과 유사한 면이 있었던 인물이었던 것이다.

---

26) 휘종 : 북송의 8대 황제인 그는 문인, 음악가, 화가로서 재능은 높게 평가되며, 송대를 대표할만한 인물의 한 사람으로 손꼽힌다

12. 완적(阮籍, 210~263)

- 술로써 자신을 망각해야 했던 자유인 -

중국 삼국 시대 위나라 말의 시인이며, 혜강(嵇康)과 함께 죽림칠현 27)' 의 중심인물이었다. 부친인 완우는 조조를 섬긴 건안칠자(建安七 子)28)의 한 사람이었다.

　완적의 자(字)는 사종(嗣宗), 하남성(河南省) 개봉(開封) 사람이다. 성격은 오만하지만 마음이 넓고 술과 풍류를 즐긴 낭만주의자였다. 유가의 명교(名敎)인 인의(仁義)를 반대하고 노장(老莊)의 무위(無爲) 와 소요(逍遙)를 추구했다. 완적이 살았던 시대는 한나라가 망하고 조 (曹)씨들의 위(魏)나라가 서고 다시 사마(司馬)씨의 진(晉)나로 교체 되는 와중에 혼란이 그치지 않아 많은 문인들이 비명횡사(非命橫死)

---

27) 죽림칠현(竹林七賢) : 대나무 수풀 속, 즉 속세를 멀리하고 은거하면 살아간 일곱 현인을 칭하는 말로, 삼국 시대의 위(魏)나라 말기 사마(司馬)씨 일족들이 국정을 장악하고 전횡을 일삼자 이에 등을 돌리고, 노장(老 莊)의 무위자연 사상에 심취하여 당시 사회를 풍자하고 방관자적인 입장을 취했던 지식인들을 말한다. 완 적(阮籍) · 혜강(嵇康) · 산도(山濤) · 상수(向秀) · 유령(劉伶) · 완함(阮咸) · 왕융(王戎) 등 7인을 말한다.
28) 건안칠자(建安七子) : 후한 헌제의 건안 연간(196~220)에 조조와 그의 아들 조비와 조식 밑에서 활약한 문 학 집단 가운데 특히 뛰어난 재능인 7인을 가리킨다. 조비가 쓴 전론(典論)의 논문(論文)편에 이들 7인의 문 학적 재능을 평가한 데에서 유래한다. 이들은 문학에 악부(樂府), 민가(民歌)의 형식을 도입하여 한 대 이래 성행하여 온 사부(辭賦)의 격식을 깨고 시가를 문학창작에 있어서의 주요 형식으로 확립시켰다. 그리하여 오언시(五言詩)는 이 때부터 흥성하기 시작하였고, 칠언시(七言詩)의 기초도 이 때에 잡혔다

했다. 그래서 완적과 같은 문인들은 변화무쌍한 현실에 도피하여, 허무주의에 입각한 노장사상의 길로 치닫는 기풍이 지배하게 되었다.

그의 시를 대표하는 5언시 82수의 연작시인 「영회시(詠懷詩)」는 미인을 찾아서 원유하면서도 옛 고향을 생각하는 굴원의 「초사」의 세계와 유사하나 보다 개인의 감회로 가는 경향이 강했다. 이 연작 오언시 전통은 진말송초의 도잠이 지은 「음주(飮酒)」 20수, 남북조시대의 유신(庾信)이 지은 「의영회(擬詠懷)」 27수, 초당(初唐)시기의 진자앙(陳子昂)이 지은 「감우(感遇)」 38수, 성당(盛唐) 시기의 이백이 지은 「고풍(古風)」 59수 등으로 이어졌으며, 중국 사인(士人)에게 자기표현을 하는 하나의 형태로 등장하게 된다.

완적은 죽림칠현 가운데서도 은자 성향이 강하다는 점에서 대표적인 인물이라 할 수 있는데, 그의 시에 대한 감정은 그저 자신의 마음에 품은 생각을 읊은 것에 불과할 뿐이고, 술 또한 어디까지나 술일 뿐 이라고 하여, 술고래인 그의 시에 술 마시는 심경에 대한 묘사가 없다는 점이 특징이라면 특징이라 할 수 있을 정도다. 왜냐하면 술을 마시며 시를 짓는 자가 있는가 하면, 술로 근심을 달래는 자들이 대부분이었기 때문이다. 그렇지만 완적은 술로써 정치적 의도를 숨기기 시작하면서부터 주림(酒林)에는 재미있는 이야기를 많이 생겨나게 한 의외의 시인이었던 것이다.

이처럼 그는 정치에는 전혀 관심이 없었고, 그저 술을 마시며 시를 짓는 한가로운 생활을 하며 살았다. 『진서 · 완적전(晉書 · 阮籍傳)』에는 이런 구절이 있다.

"완적은 나라를 평안하게 다스리려는 포부를 품고 있었다. 위조 · 진조 시기는 천하가 불안하고 복잡했던 때였기에 제명을 다 사는 유명 인사들이 극히 적었다. 이러한 이유로 완적은 세상일에 관여하지 않고 늘 술에만 취해 살았다."

당시 조정의 정치가 부패한 터라 자신의 포부를 펼치기 어려웠던 완적은 늘 술에 취해 있었으며 세상일에 관심을 두지 않았다. 완적은 한평생 비몽사몽인 상태에서 살았으며, 알코올로 심신을 마비시키면서 자신을 망각하려 했던 것이다. 그런 그였기에 그는 전혀 구애를 받지 않고 마음대로 술을 즐겼으며, 매일 몸을 가누지 못할 정도로 마시곤 했다. 술로 화를 피해가는 그의 방법에 사람들은 찬탄을 금지 못했다고 한다.

완적과 사돈을 맺고 싶었던 진문제(晉文帝) 사마소(司馬昭)는 아들 사마염(司馬炎)을 대신해 완적의 딸에 혼인을 청했다. 그러나 완적은 집권자와 사돈을 맺었다가 정치투쟁에 휘말려들어 후대에 해독을 남길까 두려웠다. 그렇다고 사마 씨에게 죄를 짓는 것도 못할 일이었다. 자칫 목숨을 잃을 수도 있었기 때문이다. 이를 안 그는 진퇴양난의 처지에 놓이자 술을 빌어 본심을 숨길 생각을 하게 되어 매일 미친 듯이 술을 마시며 곤드레만드레 취해 있었다. 사서의 기록에 따르면 완적이 60일 동안 계속 술에 취해 있었는데, 얼마나 취했는지 혀가 뻣뻣해지고 종일 허튼 소리만 했다고 한다. 완적이 매일 고주망태가 되어 있는 모습을 본 문제는 청했던 혼인을 그만두었다고 한다. 2개월 동안 취중에 있던 완적은 마침내 속임수로 힘든 고비를 넘겼던 것인데, 훗날 이 이야기는 미담으로 전해졌다.

완적은 성격이 시원시원하고 생활에서도 사소한 일에 얽매이지 않았지만, 특히 술에 강한 애착을 드러냈다. 하물며 어머니를 장례하는 날에도 장기를 두면서 술을 마셨다고 하니 어느정도 술 마니아였던

지를 알 수 있을 것이다. 하지만 완적은 소문난 효자였다. 어머니가 세상을 떠나자 자연히 비통한 마음을 금할 길이 없었음에도 형식적인 예교(禮敎)에 구애받기 싫어했기에 식육과 음주를 끊지 않았던 것이다. 누군가 이러한 완적이 너무 제멋대로라면서 도리에 어그러진 일을 하고 있어 풍속을 문란케 한다고 대놓고 비난하며 사마소에게 완적을 이간질하여 법도에 따라 완적을 유배시키는 방법으로 풍속과 교화를 바로잡도록 주청을 올렸다. 그러나 이런 상황마저도 완적은 전혀 개의치 않아 하면서 시종 술을 마시며 괴행을 했다고 한다. 다행히 인재를 아끼는 사마소가 완적을 추궁하지 않고 넘어가 형벌은 면했다는 이 고사는 자연인으로서 그의 면모를 확인할 수 있는 이야기이다.

원래 완적은 재능과 학문이 뛰어나고 성망이 높아 사마소의 총애를 한 몸에 받았다. 사마소가 최고위에 오를 때 실권자로서의 정식 등극을 만천하에 선포하는 문서(勸進)를 그에게 작성하도록 했는데, 이 때 생각지도 않게 완적이 자신의 기량을 선보였던 것이다. 사실 그는 친구 원효니(袁孝尼)의 집에 숨어 술을 마시면서 이 일을 맡지 않으려고 대충 속여 넘기려고 했던 것이지만, 생각과는 달리 사마소의 심복인 정충(鄭沖)에게 붙잡히게 되어 부득불 굴욕을 참으며 자신과 주변 사람들의 생명보전을 꾀하는 수밖에 없었기에 이에 응했던 것이다. 덕분에 사마소는 순조롭게 실권자로 등극할 수 있게 되었다. 그러나 본심에 어긋난 일을 하여 견디기 어려웠던 완적은 그 해 겨울 우울증으로 죽고 말았으니, 술로써 역경을 헤치며 자연인으로 살 수는 있었지만, 지식인으로서의 양심까지 속일 수는 없었던 것이다. 그를 품어 안지 못한 사마 씨 정권도 그의 죽음과 함께 종말을 고하지 않을 수 없었던 것이니, 시대를 잘못 만난 안타까운 희대의 지식인으로서만 회자되고 있는 것이다.

그는 생전에 사람을 대할 때 겉치레만 하는 속인(俗人)을 만나면 백안(白眼)[29]으로 그 사람을 흘겨보았고, 마음에 드는 상대를 만나면 청안(靑眼)[30]으로 맞이하여 백안시(白眼視)[31]라는 고사성어가 만들어지게 한 주인공이기도 했다.

완적은 혜강의 형인 혜희(嵇喜)에 대해서는 아첨하는 선비에 대한 백안(白眼)으로 대했으나, 아우인 혜강에게는 청안(靑眼)으로 대하여 여기서 죽림 교유의 중핵이 이루어지게 되었다. 원래 제세(濟世, 세상을 구한다)의 뜻이 있었다고 하는 그의 유가식 지조는 위진 사이를 전변(轉變)하는 경박한 군자들을 외면한 건안칠자의 으뜸이라 불리게 되었던 것이다.

---

29) 백안 : 업신여기거나 냉대하여 흘겨보는 눈
30) 청안 : 좋은 마음으로 남을 보는 눈
31) 백안시 : 뒤집힌 눈으로 상대를 본다는 뜻으로 "마음에 들지 않는 사람을 쌀쌀맞게 대하는 것"을 가리키는 말

13. 도연명(陶淵明, 365 ~ 427)

- 돈이 없어 술 못사는 것이 걱정이던 주성(酒聖)인 -

도연명(陶淵明)의 또 다른 이름은 잠(潛)이고, 자는 원량(元亮)이며, 강서(江西)성 구강(九江) 사람으로 동진(東晉)사회가 불안정한 시대에 태어났다. 조부 도무(陶茂)는 무창태수(武昌太守)를 지냈고, 부친 도일(陶逸)은 안성태수(安城太守)를 지냈다. 도연명이 8살 되던 해, 부친이 돌아가자 가정생활이 어려워지긴 했지만, 그래도 사망 전에 그에게 적잖은 전원 재산을 남겨주어 어린 시절은 풍족하게 지냈다.

그는 어렸을 때부터 서책을 두루 널리 읽었으며, 자연풍광을 감상하는 것을 즐겼다. 일찍부터 허영과 명리에는 관심이 없고, 오로지 술을 즐겨 마셨는데, 스스로 "술을 좋아하는 기질"이라면서 "이 세상을 살면서 별다른 욕구는 없고, 일 년 내내 술만 있으면 그만이다.(在世無所需, 惟酒與長年.)"[32]라고 하였다. 그는 노년에 술을 자기 목숨과 동등한 지위에 올려놓고 집안이 가난하여 늘 술을 사서 마시지 못하는 것을 두고 고민하였다. 이처럼 그의 개체적 존재는 뿌리 없는 근원

---

32) 陶淵明, 「讀山海經」之五.(도연명, 「산해경을 읽다」

이었으며, 술만이 그 개인의 정신적 욕구의 대용물이었고, 유한한 생명을 영원할 수 있게 만들었던 대상이었다.

도연명은 일찍부터 공훈을 세우고 업적을 쌓으려는 포부를 지녔던지라 여러 번 관직에 취임했기에, 29살에 벼슬을 시작하여 강주(江州) 좨주(祭酒)[33], 건위참군(建威參軍) 등 작은 벼슬을 지냈으며, 41살에 팽택(彭澤)의 현령(縣令)에 임명되었다. 그러나 생활형편이 어려웠던 탓에 그는 임명되자마자 찹쌀 3경(頃)[34]을 심으라는 명을 내렸다. 찹쌀이 술을 빚는 원료였기 때문이었다. 훗날 부인의 반대로 하는 수 없이 논밭에 자리를 조금 남겨 벼를 심게 했다고 한다. 그러나 이를 안군(郡)의 태수가 연말에 독우(督郵)[35]를 파견해 도연명을 만나서 이를 문책하라고 하자 현리(縣吏)는 도연명에게 의관을 단정히 하고 그를 맞을 준비를 하라고 조언했다. 이에 도연명이 "오두미(五斗米, 다섯 말의 쌀) 때문에 허리를 굽혀가며 향리의 소인(小人)을 섬길 수는 없다."고 하면서 즉시 팽택의 현령을 그만두고 돌아가 버린 고사가 있는데, 바로 이 때 관직을 떠나면서 읊은 시가 「귀거래사(歸去來辭)」이다. 이 시에서 짐작할 수 있듯이 그는 서로 속고 속이면서 비굴하고 음험한 관료사회의 생활에 혐오감을 느끼고 있었기에, 이를 구실로 그날로 관직을 그만두고 농사를 지으면서 죽을 때까지 은거생활을 하였던 것이다.

도연명은 문벌 세가가 정권을 장악하고 있던 시대에 살았다. 등급 제도가 삼엄한 벼슬생활의 속박을 받아 그는 자신의 재능과 인생의

---

33) 좨주 : 관직명으로 동한 삼국시대에 승상·사공·태상·주목(州牧) 등의 수하에 설치한 속관. 좨주(祭酒)란 본래 수석(首席)이라는 뜻을 지닌다. 옛날에 잔치를 열 때는 나이가 많고 덕망이 높은 사람이 맨 먼저 술을 들어 땅에 제사 지냈기 때문에 그들을 좨주(祭酒)라 불렀다. 그 후 이 존경스러운 칭호를 관직명으로 사용하게 되었다. 동한에서는 박사(博士)의 장(長)을 좨주라 불렀다.

34) 1경(頃)은 100묘(畝)인데, 1묘는 약 30평이므로, 1경은 약 3,000평이다.

35) 독우(督郵) : 속현(屬縣)을 순찰하면서 관리의 성적을 조사하는 관리로 지방 감찰관 혹은 찰방(察訪)의 별칭이다.

포부를 펼칠 수가 없었다. 그래서 그는 속세를 피하여 은거하면서 통치세력과 타협하지 않으려 했던 것이다. 그러자 술이 그의 삶에서 떨어질 수 없는 벗이 되었다. 그는 늘 집 앞에 자란 나무를 보며 홀로 술을 부어 권 커니 받거니 하면서 마시고는 흡족해하곤 하였다. 그는 술에 대해서 자주 그리고 많이 언급하기는 했지만 술에 의미를 둔 것이 아니라, 벼슬을 단념한 늠름한 기개와 순탄치 않은 인생에 대한 한탄, 그리고 은거하여 전원생활을 하면서 느끼는 한가로움과 활달함을 나타내는 수단이었으며, 더욱 중요한 것은 술을 마시면서 부패한 통치세력과는 타협하지 않겠다는 자신의 의지를 토로하기 위한 것이었다. 다시 말해서 술에 취하여 속세의 어지러움을 잠시나마 잊을 수 있고, 한편으론 자기 자신을 위해 깨끗한 공간을 만들어 자기 이상을 기탁하는 수단으로 삼았던 것이다.

관직에서 물러나 은거생활을 시작하자 도연명은 본격적으로 술을 많이 마시게 되었다. 그는 『음주·서(飮酒·序)』에 이렇게 적고 있다.

> "내가 조용하게 살다보니 기쁜 일이 별로 없는데다 요즘에는 밤까지 길어져 우울했는데, 우연히 귀한 술이 생겨 저녁마다 빼놓지 않고 술을 마시게 되었다. 등불에 비친 내 그림자를 벗 삼아 마시다 보니 금방 취하곤 한다. 취하면 시 몇 구를 지어 보고 혼자 흐뭇해하곤 했다. 이렇게 짓다 보니 종이와 먹 조가리가 많이 쌓이기는 했지만 그다지 정리하지는 않았다."

도연명은 술에 의탁하여 자신의 마음을 나타내기도 했고, 또 시를 지어 감정을 토로하기도 하였다. 이처럼 시와 술은 감정을 유대로 하여 끈끈히 이어지게 하는 수단이었고, 즐거움을 국화·소나무·산수와 함께 하는 전원생활의 도구였던 것이다.

그는 술을 소재로 하여 수많은 시를 지었다. 그 중에는 「음주 20수(飲酒二十首)」·「비 오는 날 홀로 술을 마시며(連雨獨飮)」·「술을 읊다(述酒)」·「단주(止酒)」 등 많은 시들이 있는데, 이들 시 속에 담겨 있는 술은 도연명 자신의 마음을 가볍게 하고 기쁘게 하는 기이한 효과가 있는 신통한 약이었음을 알게 해준다.

관직을 떠나 한가로운 생활을 하는 오류선생(도연명의 또 다른 이름)이 술 마시는 것을 얼마나 좋아했는지를 알 수 있게 하는 것이 자신의 음주생활에 대해 자술한 『오류선생전(五柳先生傳)』[36]이다. 그는 여기서 "나는 늘 술에 취해 사는 삶에 만족한다."고 하면서 특히 "술에 취한 후의 몽롱한 느낌을 매우 흡족해 한다."고 했다. 아마도 자술에서 "걱정을 잊게 해준다."고 하여 술을 '망우물(忘憂物)' 이라 불렀던 데서도 이를 알 수가 있다.

이러한 마음은 시를 통해 표현한 음주의 심경에서 헤아릴 수 있다. 예를 들면 그는 「음주」라는 제목으로 한꺼번에 20수의 시를 지었는데, 그는 여기서 술을 마시는 것에 의지하여 성정(性情, 타고난 본성)의 진실 됨을 얻었다거나(이는 은거에 대한 만족감과 세속에 대한 경멸의 반영임), 혹은 술을 빌려 답답함과 고민을 해소하거나, 혹은 술에 취했다는 구실로 구애받지 않고 하고 싶은 말을 다했다는 등 그의 심경을 남김없이 표현하였다. 그리하여 그의 시에는 자신의 감정과 포부, 참된 것과 착한 것을 숭배하는 마음, 이상사회에 대한 갈망 등을 모두 자연스럽게 표현할 수 있었던 것이다. 이는 소통(蕭統)[37]이 그의 시에 대해 "술기운을 빌려 속마음을 표명했다."고 한 것이나, 백거

---

36) 오류선생 : 도연명의 집 옆에 다섯 그루의 버드나무가 있어 스스로 오류선생이라 자칭했다.

37) 소통(蕭統, 501년 ~ 531년 5월 7일) : 중국 남북조시대 양나라의 황태자로 자는 덕시(德施)이고, 양 무제와 귀빈 정령광 사이의 첫째 아들로 태어났으나 31세의 나이로 절명했다. 그는 성인이 된 이후에 국정에 참여하여 백성에게 어진 정치를 펼쳐 보이기도 했으며, 문장가로서도 매우 유명하였다. 3만여 권의 장서들을 소장하였다고 전해지며, 그로 인해 주변에는 항상 유명한 문인들이 모였다. 소통은 문인들과 함께 여러 유명한 문장을 모은 《문선》을 편찬했고, 《금강경》을 32분(分)으로 편집하기도 하였다.

이가 "연명의 시는 작품마다 술이 있다."고 평가한 것에서도 알 수 있다.

그는 가끔 혼 술을 할 때도 있었지만, 비록 가난한 탓에 술을 충분히 살 형편은 안 되었어도 무슨 수를 써서라도 늘 지인 혹은 낯선 사람들에게 술을 대접하며 함께 술을 마시는 것을 좋아했다. 그럴 때마다 술에 푹 취해 돌아와서는 낡은 집에서 시를 짓곤 했다. 「고향으로 돌아와 살다(歸田園居)」 제5수에는 "집에서 새로 빚은 술을 준비하고 닭을 잡아 이웃을 대접했다.", 「사천을 유람하다(遊斜川)」에서는 "술병 들고 손님 맞아, 잔 가득 채우고 술을 권하네.", 「독산해경(讀山海經)」에서는 "봄 술을 즐겁게 따라 마시고, 텃밭에서 채소를 따네.", 「잡시(雜詩)」 제1수에서는 "즐거울 때는 마음껏 즐기고 한 말 술로 이웃들과 어울리네.", 「거처를 옮기고(移居)」 제2수에서는 "문을 지날 때 서로 불러 술을 따라 권하며 마시네.", 「계묘년 초봄 옛 집을 그리며(癸卯歲始春懷古田舍)」 제2수에서는 "해가 지면 함께 돌아오고, 항아리에 담긴 술로 가까운 이웃을 위로하네.", 「경술년 9월 서쪽 밭에서 올벼를 수확하고(庚戌歲九月中於西田獲早稻)」에서는 "사지가 그토록 고달프지만, 의외의 재난이 없기를 바랄 뿐이네. 손발을 씻고 처마 밑에서 쉬며, 술 한 잔으로 기분을 풀고 얼굴을 펴본다오.", 「곽주부에게 화답하여(和郭主簿)」 제1수에서는 "기장을 빻아서 술을 빚고, 술이 익으면 손수 따라 마신다네. 어린 아이가 내 곁에서 장난을 치며 말을 배우지만 아직 제 소리는 못한다네.", 「중양절에 한가로이 보내며(九日閑居)」에는 "술은 백 가지 걱정을 없애주고, 국화는 늙는 것을 막아준다네.", 「고향으로 돌아와 살다」 제2수에서는 "사립문 닫고 빈방에 앉아 있으니, 잡된 생각이 사라져 버리네.", 「사천을 유람하다」에서는 "술잔이 한참을 무르익으면 아득한 정이 있어도 저 천년의 근심을 잊게 한다오."

그는 「음주 20수」에서

"늘 함께 하는 사람이 있으나, 바라는 것은 서로 다르다네.

그중 한 사람은 늘 혼자 취해 있고, 한 사람은 늘 깨어있다네.

취하고 깨어 있음을 서로 비웃는데, 하는 말을 서로 알아듣지 못한다네.

틀에 박혀 사는 자들이여! 어리석고 자유롭게 사는 자가 더 영리한 것
아닌가?

술에 취한 자에게 한 마디 하노라, 해가 지면 촛불을 켜고 마시라고 말
일세."

라고 표현한 시구를 통해 여러 사람들과 어울려 마시는 것을 좋아
했음을 알 수 있다. 이처럼 도연명에게 있어 술은 주변 사람들과 더불
어 마음을 가볍게 하고 기쁘게 하는 기이한 효과를 지닌 주술사 같은
것이었다. 그런 모습을 본 사람들은 그의 시 안에는 술과 친구가 있
고, 술 안에는 시와 친구가 있다고 했을 정도였다.

『도연명집(陶淵明傳)』을 통계내본 결과 현존하는 시문 142편 가운
데서 음주 관련 시가 56편을 점했다. 이는 작품 전체의 40% 수준이다.
그래서 도연명은 술 문화의 역사와 시가의 역사에 대해 특수한 기여
를 한 인물이라고 평가 되는 것이다. 이러한 점은 그와 함께 정서를
공유했던 전후 세대 시인들의 그에 대한 평에서 엿볼 수 있다.

송나라(宋代)의 소식(蘇軾)은 「도연명과 술을 마시며(和陶淵明飮
酒)」에서 이렇게 말했다. "형태가 상이한 세상만물에 시적 정취가 묻
어있고, 술을 마시기만 하면 시가 저절로 나온다네." 즉 사물과 정서
를 막론하고 천태만상의 곳곳에 시가 있고, 술만 마시면 시들이 샘물
처럼 솟아나왔다는 뜻으로 도연명을 바로 이런 주당(酒黨, 술꾼) 시인

으로 평했던 것이다. 도연명을 지기라 했던 당나라(唐代)의 두보(杜甫)는 「아깝다(可惜)」라는 시에서 이렇게 적었다. "마음을 달래는 데는 술이 제일이고, 흥을 푸는 데는 시가 제일이다. 이런 마음을 (도)연명도 잘 알겠지만, 내가 그보다 늦게 태어났으니 이를 어찌할까나!"

그러다 보니 도연명의 술에 대한 일화도 많이 있다.

첫번째 일화는, 매번 술이 익을 때마다 그는 머리를 묶었던 갈건(葛巾, 갈포로 만든 두건)을 풀어 술을 걸러낸 뒤 그 갈건으로 다시 머리를 묶었다거나, 그의 처소 옆에는 큰 바위가 하나 있는데 매번 술에 취하면 그 바위 위에 눕곤 했다고 하여 그 바위 이름을 취석(醉石)이라고 했다. 도연명이 세상을 떠난 후 어느 날 한 농부가 그 바위를 뚫어보니 그 밑에 돌로 된 함이 하나 있었고, 그 함 속에는 구리로 된 납작한 술 주전자가 들어 있었는데, 그 주전자에는 술이 담겨 있었다고 한다. 그리고 주전자 옆에는 "산중에 핀 들꽃이여, 절대로 열지를 말게나. 봄을 기다려 술이 익거든, 귀찮지만 거문고를 안고 올 테니까 말일세.(語山花, 切莫開, 待予春酒熟, 煩更抱琴來.)"라고 쓰여 져 있었다고 한다. 이를 보고 사람들은 감히 그 술을 마시지 못하고 땅에 부어버리자 짙은 술 향기가 땅에 가득 스며들어 한 달이 지나도 풍겨났다고 한다.

두 번째 일화는, 남북조(南北朝) 시기에 혜원(慧遠)이라는 고승이 있었는데, 381년에 남방의 여산(廬山)으로 내려가 한때는 남북 불교의 최고 수행자로 각광을 받은 스님이었다. 여산에 있는 동림사(東林寺)에서 그는 18명의 유명 인사들을 규합하여 백련사(白蓮社)를 결성하고, 도연명에게 백련사에 들어오라고 몇 번이나 청하였다. 그러자 도연명이 혜원에게 "술이 있습니까? 제자는 술 마시는 것을 좋아해서 술을 마실 수 있도록 허락하면 가겠습니다."라고 대답했다고 한다.

불교의 계율에는 음주를 금한다는 규정이 있었지만, 혜원은 선례를 깨고 산에 술을 장만해 놓고 도연명이 산에 들어와 입사하도록 하였다. 그래서 도연명은 산에 들어가게 되었는데, 가서 보니 혜원의 계율이 너무 엄한지라 도연명은 이맛살을 찌푸리며 하산하였다고 한다.

세 번째 일화는, 전원에서 은거생활을 한 도연명은 평생을 고독하게 살며 빈객들과 거의 왕래를 하지 않았는데, 그러나 술만 보면 도연명의 눈빛은 반짝였다. 설사 술 주인과 알지 못하는 사이라 할지라도 그는 다가가 술을 함께 마시곤 했다. 가끔 주인 행세를 하며 손님을 청할 때도 있었는데, 먼저 취하게 되면 손님에게 "나는 취해 먼저 자려하니 자네는 가도 되네!"라고 말했다고 한다.

네 번째 일화는, 그의 친구 안연지(顏延之)가 시안군(始安郡) 태수를 지낼 때 도연명의 고향을 지나가다가 특별히 며칠 머물렀다고 한다. 술고래인 이들은 매일 만나 취할 정도로 술을 마셨다. 떠나면서 안연지는 도연명에게 2만 전을 남겨 주었는데, 도연명이 그 돈을 모두 술집에 보내놓고 술을 조금씩 가져다 마셨다고 한다. 도연명에게는 줄이 없는 거문고가 있었다. 주흥이 오를 때마다 그는 한바탕 거문고를 타곤 하였다. 비록 거문고소리는 없었지만 흥취는 다분했다고 한다. 이를 위해 그는 유명한 시구를 남겼다. "거문고의 정취만 알면 되지, 무엇하러 번거롭게 줄을 당겨 소리를 내려는가!" 훗날 안연지가 「도징사뇌병서(陶徵士誄並序)」를 지어 "도연명은 천성으로 술을 즐긴다."고 평가했다.

다섯 번째 일화는, 명예와 돈을 바라지 않고 공적을 하찮게 여기는 애주가가 농촌으로 돌아와 가난하고도 결백한 생활을 하게 된 도연명은 좋아하는 술을 마음대로 만족하게 마시지를 못하게 되자 거의 술을 구걸하는 지경에 이르렀다. 술에 목말랐던 그는 남의 집까지 찾아가 술과 음식을 얻어먹었다. 시 「걸식(乞食)」에는 이런 정경을 묘사한 구절이 있다. "주인은 내 뜻을 알아차리고 음식을 내어주니 어찌 헛걸음이라 할 수 있겠는가. 서로 이야기가 어울려 해가 질 무렵이 되었건만 술잔은 오는 대로 즉시즉시 마셨노라. 새로 안 사람이 술을 권해오니 너무나 즐거워서 말이 나오는 대로 읊어댔더니 마침내 시가 지어졌다네." 술이 없는 것은 도연명에게 있어서 고통스러운 일이 아닐 수 없었다. 친척이나 친구들이 그의 사정을 알고 가끔 술을 준비하여 그를 초대했고, 만취할 때까지 마음대로 마시게 했다. 그리고 가끔은 술단지를 보내 주욕(酒欲, 술 먹고 싶은 욕심)을 채우게 했다. 도연명의 시 「연우독음(連雨獨飮)」에는 이런 구절이 있다. "친한 늙은이가 내게 술을 주며 이 술을 마시면 신선이 될 수 있다고 한다. 한 잔 마셔보니 온갖 걱정이 멀어지고, 거듭 마시니 홀연 하늘이 있다는 것을 잊고 말았다."

여섯 번째 일화는, 옛 중국 사람들의 술 마시는 이야기 가운데 중양절(重陽節)에 술 마시는 이야기가 가장 많다. 음력 9월 9일 중양절에 국화를 감상하며 술을 마시고, 높은 곳에 올라 술을 마시는 2가지 풍속이 있었는데, 이 또한 모두 도연명과 연관이 있다. 도연명은 문인들이 국화를 감상하며 술을 마시는 풍습의 기원을 만들었던 것이다. 역대 문인들이 중양절에 시문을 읊으면서 도연명이나 그의 이야기를 전고(典故, 전거가 되는 고사)로 자주 언급하였는데, 가장 많이 인용한 내용이 바로 「백의송주(白衣送酒)」라는 부분이다.

당시 강주(江州) 자사(刺史) 왕굉(王宏)이 옛 친구 도연명을 만나고 싶어 몇 번의 기회가 있었지만 초청하지를 못했다. 한번은 도연명이 노산(廬山)으로 갈 준비를 하고 있다는 것을 알게 된 왕굉이 그의 고향인 시상(柴桑)과 노산 사이의 율리(栗裏)에 술상을 마련해 놓고 그를 기다렸다. 마침 도연명이 다리에 병을 앓고 있던 터라 그의 한 문하생과 아들 둘이 들러 멘 대나무 가마를 타고 길에 올랐다. 율리에 도착하자 도연명의 친구인 방통지(龐通之)가 왕굉의 지시에 따라 술과 음식을 차려놓고 그를 기다리고 있었다. 옛 친구들이 만나니 자연히 신이 나서 술을 마시고 있었는데, 한참을 지나서야 왕굉이 도착했다. 그러나 도연명은 그를 본척만척하며 계속 술만 마셨지만, 그의 그러한 행동에 익숙했던 왕굉은 전혀 개의치 않았다고 한다.

그 해 음력 9월 9일 중양절에는 도연명 집에 남은 술이 없었다. 그는 홀로 집밖을 나가 집 옆의 국화 숲에 앉아 멍하니 국화를 바라보고 있었다. 그때 갑자기 백의인(白衣人)이 술을 들고 찾아왔는데, 그의 친구 왕굉이 부하를 시켜 그에게 술을 보내왔던 것이다. 도연명은 기대도 하지 않았던 일이 뜻밖에 생기자 너무나 기쁜 나머지 그 자리에서 술 단지를 열어 국화를 마주하며 취할 때까지 마셨다고 했다.

당나라 사람이 쓴 시들 가운데 이 이야기를 중양절 노래의 전고로 사용하는 경우가 특히 많았다. 왕발(王勃)은 「9일(九日)」에 "누가 술을 보내왔는지 모르지만, 아마도 도 씨 아니겠는가!"라고 했다. 왕위의 「우연작6수(偶然作六首)」 제4수에는 "흰옷 입은 사람이 술과 술잔을 함께 들고서 바람이 부는 대로 옆집 늙은이를 찾아주었다네."라고 했다. 이백(李白)의 「9일 등산(九日登山)」에서도 "흰옷 입은 사람이 부르더니 웃으며 노란 국화 술을 따라주네."라고 했다. 두심언(杜審言)의 「중양절에 음강에서 연회를 펼치다(重九日宴江陰)」에는 "음력 9월에 서리가 내리고 흰 옷 입은 사람이 술을 보내왔다네." 등은 모두 도연명의 주사(酒事)로 중양절에 술을 얻고 연회를 베풀었던 일을 이야기한 것이다.

높은 곳에 올라 술을 마시는 것과 관련해 가장 유명한 시로는 「용산낙모(龍山落帽)」가 있는데, 주로 도연명의 외조부 맹가(孟嘉)의 주사 (酒事)를 다룬 시이다. 맹가는 서진(西晉) 대장군 항온(恒溫)의 참군 (參軍)[38]이었다. 어느 해 9월 9일인 중양절에 항온이 용산(龍山)에 올라 큰 연회를 베풀었다. 맹가가 연회석상에서 술을 통쾌하게 마셔 즐거워하고 있는데 갑자기 불어오는 바람에 쓰고 있던 모자가 날려 떨어졌다. 그러나 맹가는 알아차리지 못하고 술 마시는 데만 열을 올리고 있었다. 항온이 그 자리에 있는 문인 손성(孫盛)에게 이 모습을 풍자한 시를 지으라고 했다. 손성의 풍자시를 본 맹가가 주흥을 빌려 해조(解嘲)라는 시를 지었다. 막힘없이 단숨에 지은 시가 어찌나 재미있는지 그 자리의 사람들이 모두 탄복하면서 감탄을 금치 못했다고 한다. 그 후로 「용산낙모」가 미담으로 전해지면서 중양절의 연회를 노래하고 기분 좋게 노는 것을 표현하는 전고가 되었다. 당나라의 이백은 「중양절 등산(九日登山)」에서 "손님들이 낙엽 따라 흩어지고 모자는 가을바람을 타고 날아갔네."라 했고, 「중양절(九日)」에서는 "산 위에 뜬 달에 취하여 모자를 떨어뜨리고 부질없이 노래 부르며 벗을 생각하는구나."라고 했다. 「9일 용산에서 술을 마시다(九日龍山飮)」에서는 "술에 취해 바람에 모자가 떨어지는 것을 보면서 춤에 빠져 있는데, 달 또한 사람을 붙잡는구나."라고 했다.

술이 있으면 잊어버리는 맹가의 주풍(酒風, 술 마시는 풍도)이 얼마만큼이라도 도연명에게 유전된 듯 싶다. 도연명은 외조부를 위해 특별히 「서정서대장군장사맹부군전(晉征西大將軍長史孟府君傳)」를 지어 맹가가 술을 특히나 즐기는 것과 「용산낙모」에서의 맹가가 벌였던 주사를 기록했다. 항온이 맹가에게 물었다.

---

38) 참군 : 관직명으로 삼국시대 태위 · 승상 · 상임장군(常任將軍) 등의 수하에 설치한 속관이었는데, 군(軍)의 작전계획을 수립했던 직책이다.

"술의 좋은 점이 무엇이기에 이토록 즐기는 것인가?"

맹가가 웃으며 대답했다.

"장군은 술에 담긴 재미를 모르시는 것 같습니다."

술에 담긴 재미가 과연 무엇인지에 대해서는 맹가가 자세하게 말하지 않았지만 도연명의 「음주 20수」에는 이에 대한 해석이 있다. "술에 취해 내가 누군지 조차 모르는데 다른 사람이 귀한 줄을 어찌 알겠는가? 머무는 곳이 어디인지 가물가물 헷갈리는데, 술 속에는 깊은 맛이 들어있다네." 여기서 말한 "술 속에는 깊은 맛이 들어있다네"가 바로 술에 담긴 재미이다. 술에 취하고 나면 세상일을 잠시 잊고 무아지경의 경지에 이른다는 뜻이다. 그래서 술은 맹가와 도연명에게 있어서 그토록 큰 유혹의 힘이 되었던 것이다.

「음주 20수」 제7수에서는 이 부분에 대해 명확히 얘기하고 있다.

"이 시름을 잊게 하는 물건에 띄우니 속세를 버린 나의 정이 더욱 깊어졌다네.
비록 혼 술을 마시지만 잔이 비면 병을 기울이곤 했다오.
해가 지면 뭇 생명들은 움직이지 않으나, 돌아가는 새들은 술을 향해 가며 운다네.
동쪽 난간 아래에서 노래를 부르다 보면, 그런대로 이 삶의 참뜻을 알게 된다오."

즉 술에 약간 취하면 온갖 몸과 마음의 속박에서 벗어나고 애초의 순수함으로 돌아가 정신적으로 큰 즐거움과 자유를 얻게 된다는 말이다. 도연명이 술을 즐기는 것은 오로지 입과 배를 채우려는 것이 아니라 사실상 "여기에 참뜻이 있어 그 뜻을 헤아려 보려하나 어찌 표현할 방도가 없는 경지"를 추구하고, 술로 고귀한 품행을 키우려는 것이었다.

이상의 내용은 전해지는 이야기로서 사실 여부를 확인할 수는 없지만, 세간에서 보는 도연명의 술 사랑이 어느 정도였는지를 엿볼 수 있게 해준다. 이처럼 술 문화에 대한 그의 최대 공헌은 바로 술과 시를 밀접히 연결시켰다는 점이다. 시에 술을 많이 써넣어 거의 모든 시마다 술이 들어간 경우는 도연명 한 사람뿐이라고 해도 과언이 아니기에, 도연명을 '주성(酒聖)' 이라 불렀던 것은 자연스런 일이 아니었을까 한다.

14. 왕희지(王羲之, 303~361)

- 술이 탄생시킨 천하제일 행서(行書)「난정집서(蘭庭集序)」-

주흥이 무르익자 명첩이 태어났고(酒興酣時成名貼)
난정(蘭亭)에서는 유상곡수연이 열렸네(曲水流觴在蘭亭)

왕희지의 「난정집서」는 천하제일의 행서(行書)로 불린다. 그 천하
제일의 행서는 주흥이 무르익었을 때 붓을 날려 쓴 것으로 알려지고
있다. 술이 깬 뒤 다시 써보려고 했으나 마치 담비 꼬리에 개 꼬리를
잇는 격으로 아무리 애를 써도 그때 당시의 경지와 수준에 이를 수 없
었던 것이다.

'서성(書聖)'이라 불리는 왕희지는 처음에 위부인(衛夫人)의 글씨
를 배우다가 훗날 여러 글씨체를 두루 익히면서 마침내 중국 서법계
의 태두로 우뚝 섰다. 그는 평생 산수 간에서 놀고 즐기면서 친구를
사귀고 술을 마시며 시를 짓는 것을 좋아했다. 왕희지의 대표작 『난정
집서』가 바로 이런 음주연회 때 쓴 것이다.

중국 진(晉)나라 시기에는 음력 3월 3일마다 사람들은 이날이 되면

일반 백성들이 물가로 나가 답청(踏靑)[39]을 하고 제를 지내며 평안을 기원하였다. 이를 위해 물가에 모여 빨래하고 목욕하면서 불길함을 없애는 행사를 했으니 이를 '수계(修禊)'라고 하는데, 날씨가 화창하게 개이고 따뜻한 봄기운이 느껴지는 어느 해 음력 3월 3일 회계(會稽) 태수를 맡고 있던 왕희지가 사안(謝安)·사만(謝萬)·손(孫綽) 등 유명인사 41명과 약속을 잡고 난저산(蘭渚山) 아래 곡수(曲水)가에 모여 '수계축제(修禊節)'를 경축했다.

황홀한 풍경, 콸콸 흐르는 강물, 새들의 지저귐 소리와 향기로운 꽃들이 문인들의 모임을 뒷받침 해주어 생동적이고도 아름다운 풍경을 연출했다. 왕희지와 친구들은 구불구불한 강을 찾은 후 강변에 자리를 펴고 앉았다. 그들은 물가에 주연을 마련하고 술을 마시면서 경치를 감상하며 시를 지어 읊었다. 주흥과 시흥을 돋우기 위해 모두가 의논을 거쳐 우상(羽觴. 옷 칠한 나무로 되었으며, 양쪽 귀가 달리고 굽이 낮으며 무게가 가벼운 술잔)에 술을 부어 술잔을 물에 띄워 그 술잔이 누군가의 앞으로 흘러가면 그 사람이 시를 한 수 읊는 놀이를 하기로 하였다. 만약 읊지 못하면 벌주로 그 우상의 술을 마셔야 했다. 이를 '곡수유상(曲水流觴)'이라고 한다.

마음껏 술을 마시다보니 어느덧 점심이 지났다. 문인들은 눈앞의 정경에 느낀 감정을 술을 비러 표현하기를 좋아했다. 왕희지는 친구들과 난정(蘭亭)에 모여 각자 느끼는 감정을 시로 읊었는데 이를 책자로 묶은 것을 『난정집시(蘭亭集詩)』라 정하고 영원히 기념하기로 했다.

친구들의 적극적인 추천 하에 거나하게 술에 취한 왕희지가 쥐수염붓(鼠須筆)을 들고 잠란지(蠶卵紙, 누에의 알을 붙인 종이)에다 서문을 한

---

39) 답청(踏靑) : 청명절에 교외를 산책하며 자연을 즐기던 중국의 풍속.

편을 지어서 썼다. 전체 총 28행 324자로 되었는데 구름이 흐르고 물이 흐르는 듯 유창하게 단숨에 써버렸다. 필치가 다양하면서도 혼연일체를 이루며 신비롭고도 고상한 운치가 마치 자연적으로 이루어진 것 같았다. 서문에 '갈 지(之)' 자가 20개나 들어 있는데, 놀랍게도 똑같이 생긴 것이 한 자도 없었다. 이것이 바로 주흥이 무르익었을 때 쓴 천하제일 행서라 일컬어지고 있는 「난정집서」이다. 취중에 쓴 글을 보고 왕희지 스스로도 감탄하여 마지않았다고 한다. 이튿날 왕희지가 술이 깬 뒤 다시 보니 취중에 써내려가느라 몇 군데 틀린 글자가 있어서 다시 고쳐 쓰려도 시도했지만, 처음 것과는 비교가 되지 않았다. 왕희지는 그 친필 서문 원본을 가문의 대물림보물로 삼았다. 왕씨 가문에서는 이를 대대로 전해 내려오는 법서로 간주해 줄곧 7세손 지영(智永) 선사(禪師)에게까지 전해졌으며 특별히 서각(書閣)을 지어 소장했다. 지영이 죽은 후 제자 변묘(辨才)에게 물려주었다. 훗날 당태종(唐太宗)이 파견한 어사(御史) 소익(蕭翼)이 계략을 세워 이를 획득했다. 당태종은 너무 마음에 들어 잠시도 손에서 놓지 않았다고 한다. 훗날 당태종이 「난정집서」를 소릉(昭陵)에 순장함으로써 명작은 영원히 세상에서 사라지게 되었다. 이렇게 해서 주흥이 무르익어 서예 대가 내면의 최고의 재능을 깨운 상태에서 쓰여 진 이 서예대작은 두 번 다시 얻을 수 없게 되었다.[40]

천하제일의 이 행서가 이 세상에 태어나게 한 것은 곧 술로서, 술이

---

40) 현재 왕희지의 진적(眞迹-親筆)은 단 한 작품도 남아 있지 않고 모사본만 남아 있다. 난정서 석각본 중 가장 유명한 것은 당나라 때 구양순이 쓴 정무본(定武本)이다. 당태종은 생존시 글씨를 잘쓰는 여러 대신들에게 「난정서」를 임서(臨書)하게 했고, 전문가들을 시켜 구본(鉤本)을 뜨게 하여 황자와 근신들에게 하사하여 보물로 삼게하였다. 그 중에서도 가장 진본에 가깝다고 인정되는 것이 모사 전문가인 풍승소(馮承素)가 얇은 종이를 원본 위에 펼쳐 놓고 밝은 창문 같은 데에 대고 광선을 비치게 하면서 아주 가는 붓으로 윤곽을 베끼고 그 속에 먹을 채워 넣은 방식으로 모사한 것이다. 지금 유명 박물관에서 소장하고 있는 왕희지 작품은 당나라 때의 정모본(精摹本)이고, 이와 같은 모조본도 세상에 남아있는 것은 겨우 십여 작품에 불과하다. 가장 유명한 것은 대만 고궁박물관에 소장되어 있는 "쾌설시청첩(快雪時晴帖)"과 일본에 있는 "상란첩(喪亂帖)"이다

큰 공을 세웠던 것이다. 이처럼 한 세대를 풍미했던 대서성(大書聖) 왕희지(王羲之)는 술과 갈라놓을 수 없는 관계였던 것이다.

이러한 왕희지도 술에 취한 척 하며 화를 피한 이야기가 있다. 남조(南朝) 유의경(劉義慶)의 『세설신어(世說新語)』에 따르면 왕희지는 어릴 적부터 특별히 총명하고 영리했다고 한다. 그를 유달리 예뻐했던 대장군 왕돈(王敦)이 늘 그를 자신의 침상 휘장에서 잠을 자게 했다. 한번은 왕희지와 왕돈이 술을 마셨는데 주량이 약했던 탓인지 왕희지는 곧바로 침상 휘장으로 잠을 자러 갔다. 이때 왕돈과 상의할 일이 있다며 전봉(錢峰)이 찾아왔다. 그들은 왕희지가 침상에서 자고 있다는 사실을 까맣게 잊은 채 비밀리에 반역을 모의했다. 그들은 진나라(晉朝) 사마(司馬)씨의 강산을 빼앗을 생각을 하면서 반역의 절차와 방안까지 상세하게 논의했던 것이다. 잠에서 깨어난 왕희지는 그들의 대화를 전부 엿들었다. 왕희지는 심상치 않다는 생각이 들었다. 만약 대화 내용을 들었다는 사실을 왕돈과 전풍이 눈치 챘다면 고발할까 걱정되어 자신을 죽여서라도 입을 막을 것이 틀림없었기 때문에 살지 못할 것은 뻔한 일이었다. 그래서 왕희지는 침대 위에다 심하게 토했다. 얼굴이며 침대 위며 구토물로 엉망진창이 되었다.

밀담이 거의 끝날 무렵, 왕희지가 아직 침상에서 잠을 자고 있다는 사실이 떠오른 왕돈은 질겁하면서 왕희지를 없애려고 했다. 왕돈은 급히 촛불을 켜들고 모기장을 열어 보니 왕희지는 술에 푹 취해 잠을 자고 있었고, 너무나 많이 토해 인사불성이 되어 있었다. 그는 왕희지가 확실히 취해 잠을 자고 있다고 생각하고는 더는 의심하지 않았다. 이렇게 해서 왕희지는 목숨을 보존할 수 있었던 것이니, 후에 이를 알게 된 당시 사람들은 그의 총명함과 영리함을 칭찬했던 것이다.

고대 중국에는 계주(禊酒)라는 행사가 있었다. 계(禊)는 고대에 행했던 일종의 제사로, 욕(浴)이라는 뜻이다. 옛 사람들은 음력 3월 상순의 사일(巳日)에 물가에 가서 불계(祓禊) 행하는 습관이 있었는데, 즉 목욕하여 상서롭지 못한 것을 제거한다는 의미가 여기에 깃들어 있는 것이다. 이 날을 '사일' 혹은 '계일(禊日)'이라고 부르며, 이날 행사를 상사(上巳)라 한다. 상사가 되면 백성들이 물가에 모여 불계를 행하면서 술을 마시고 춤을 추며 즐겁게 놀았다. 위진 이후에는 음력 3월 3일을 일률적으로 상사로 정했다. 두보는 「여인행(麗人行)」에서 "삼월 삼일 날 날씨도 맑지만 장안의 물가에는 미인도 많구나."라고 썼는데 바로 상서 봄 유람의 성황을 표현한 것이다. 명나라(明代) 사필닉(謝筆溺)은 「오잡조(五雜組)」에서 이렇게 묘사했다. "3월 3일은 '상사'이다. 위진 이후로 전해져 내려온 풍속을 후한에서도 이어갔지만 3일은 아니었다. 이와 관해서는 송서에서 확인할 수 있다."

3월 3일, 처음에는 불계를 행하는 제삿날이었는데, 훗날 봄나들이로 발전하여 물가에서 술을 마시고 시를 읊는 명절로 되었다. 물가에서 술을 마시며 즐기는 문인들의 방법도 다양했다. 진나라 사람들은 곡수유상(曲水流觴)의 행사를 하기도 했다. 상은 손잡이가 있는 타원형의 옅은 나무 접시를 가리킨다. 술이 담긴 상을 물길에 띄우고 술잔이 멈춘 곳에 앉은 사람이 술을 마시는 것이 바로 곡상유수의 정경이다. 당연히 술을 마시면서 시를 읊어야 한다. 이 같은 음주법은 불계의 이름을 답습한 것으로, 옛 사람들은 이를 계주(禊酒)라 불렀으며 왕희지의 「난정집서」가 바로 이 이야기를 기록하고 있는 것이다.

「난정집서」에는 이러한 계주모임의 성대함과 즐거움을 생동적으로 묘사하고 있다.

"영화 9년, 계축년 3월초, 회계 산음의 난정에 모여 '수계' 행사를 열었다. 많은 선비들이 모두 이르고 젊은이와 어른들이 다 모였다네. 이곳은 높은 산과 고개가 있고 깊은 숲과 오래 된 대나무가 울창하다네. 그리고 맑은 물이 흐르는 여울이 좌우로 띠를 이룬다네. 흐르는 물을 끌어 자연스럽게 잔을 띄우는 물굽이를 만들고 순서대로 자리를 잡으니 성대한 풍악은 없어도, 술 한 잔에 시 한 수씩 읊으며 또한 그윽한 정회를 펼칠 만 하구나. 이 날은 맑은 날씨에, 따뜻한 바람이 불어오는데 머리를 들어 우러러 우주의 큼을 바라보고 고개를 숙여 사물의 흥성함을 살피니 경치를 둘러보며 정회를 펼쳐 족히 보고 듣는 즐거움을 다하였기에 참으로 기쁘기 한이 없구나.

무릇 사람들은 서로 어울려서 한 평생을 살아간다네. 어떤 사람은 회포를 실내에서 벗을 마주하여 서로 나누고 어떤 사람은 정회를 대자연에 맡기며 유람을 한다네. 비록 나아감과 머물음이 서로 다르고 고요함과 시끄러움도 같지 않건만, 즐겁게 만나 자신의 처지를 만족하며 잠시나마 스스로 득의 하면 흔연히 기쁘고 흡족하여 장차 늙을 것이라는 것도 모르는 법이라네. 그러나 흥에 겨우면 다시 권태롭고 정이란 세상사에 따라 변하는 것이니 감개함도 그러하니 감흥이란 단지 그에 따라 일어나는 것이라서 예전의 기쁨도 위아래 보는 잠깐 사이에 곧 시들해지니 더욱 감회를 느끼지 않을 수 없구나. 하물며 모든 일에는 길고 짧음의 변화가 있어 반드시 그 끝이 있음에랴. 옛사람이 이르기를 '삶과 죽음은 역시 중대한 일이다.' 라고 했으니 어찌 비통하지 않은가.

매번 옛사람들이 감흥을 일으켰던 까닭을 살펴보면 마치 계약문서가 들어맞듯 일치하여 그들의 문장을 보면 탄식을 하지 않은 적이 없었고 가슴에 와 닿지 않음이 없었다네. 그러므로 生死(생사)가 하나같이 허탄한 것이며 장수와 요절하는 것이 다 허망하다는 말이 거짓이 아님을 알게 되네. 후세 사람들이 오늘의 우리를 보는 것 또한 오늘의 우리가 옛사람을 보는 듯하니 슬프도다. 모임을 가졌던 사람들 모두 그 술회를 시로 적었으니 비록 후세에는 세상이 달라져도 정회가 일어나는 까닭은 한가지인즉 뒤의 사람이 이 글을 보면 또한 느끼는 바가 있으리라."

난정 계주는 문인들이 술을 마시며 시를 읊는 우아한 연회로, 역대 문인들이 부러워하고 모방하는 대상이 되었다. 이런 이유로 하여 계주가 점차 봄날 문인들이 시주 연회의 우아한 음주 행사로 되었으며 「난정회」 또한 후인들이 수계 연회를 노래하는 전고(典故)로 되었다. 당나라 진원(貞元) 6년 상사일, 백관이 곡강정(曲江亭)에 모여 연회를 베풀었다. 이괄(李适)은 「삼일서회음시백료(三日書懷因示百僚)」에서 이렇게 묘사했다. "유상을 띄우면서 난정을 생각하였네, 봉검하여 금인을 얻었다네." 여기서 왕희지 등의 난정 계주연회와 서로 비교했다. 이렇게 계주는 술 문화사에서 특별한 의미를 지닌 계절 주사(酒事)가 되었던 것이다.

15. 하지장(賀知章, 659~744)
- 친구와의 신의를 위해 낸 위험한 술값」 -

하지장(659~744)이라는 인물은 우리에게 약간 생소한 이름으로 들릴지도 모른다. 그러나 조선시대의 유명한 4대 화가 중 한 사람인 단원 김홍도가 그를 소재로 하여 1804년에 '지장기마도(知章騎馬圖)'라는 그림을 그렸다는 점을 보면 조선시대 양반세계에서는 흠망의 대상이 아니었나 하는 생각이 든다. 그는 그만큼 선비들 세계에서는 멋있는 사람의 하나로써 회자되었던 인물이다. 인품, 시, 글씨, 술 등 조선시대 선비들이 바로 바라던 대상이었다. 국립중앙박물관에 소장되어 있는 이 그림을 보면 하지장은 이미 인간세계를 떠난 신처럼 보인다. 두보가 시와 술을 사랑한 8명의 주당시인(酒黨詩人)을 인물마다 한 구절씩 묘사한 시가 〈음중팔선가(飮中八仙歌)〉인데, 여기에서 첫 번째 술꾼으로 그린 인물이 바로 하지장이다.

"지장이 말을 탄 것이 배를 탄 것처럼 취해(知章騎馬似乘船)
어지러운 나머지 우물에 빠져 그 바닥에 잠들었다네(眼花落井水底眠)"

이처럼 하지장의 술버릇은 남달랐는데 말을 탔음에도 배를 타고 있는 듯 흔들거렸고, 술에 취해 길을 가다가 우물에 빠졌음에도 그대로 바닥에 잠들어버렸으니 대책 없는 주태백이 아니라 할 수 없다. 단원이 말년에 그린 그림을 보면 그림 속에서 술 냄새가 풀풀 날 정도로 글씨와 그림의 조화가 일품이다. 술에 취해 붓을 휘둘렀건만 하지장처럼 술에 절었어도 빈틈을 보이지 않았는데, 말 탄 주인공인 하지장이 술에 취해 홍조를 띠고 있는 것은 취화사(醉畵士)라 불리 운 자신을 그림에 투영시킨 모습이 나닐까 한다. 그만큼 조선의 선비들이 추종했던 인물이 하지장이었던 것이다.

한편 하지장은 대시인인 이백을 세상에 알리게 한 장본인이기도 하다. 그가 없었다면 이백은 떠돌이 시인 방랑객에 불과했을 것이기 때문이다. 하지장은 그만큼 사람 보는 안목도 뛰어난 인물이었기에 황태자의 스승인 사부(師傅) 태자빈객(太子賓客)이 될 정도로 믿음이 갔던 인물이었다.

하지장의 고향은 산음(山陰)으로 지금의 중국 저장성(浙江省)의 사오싱(紹興)이다. 사오싱은 춘추시대 월(越)나라의 도성으로 "오월동주(吳越同舟)"41)라는 말이 생겨날 정도로 유명한 곳이다. 그는 어려서부터 신동으로 명성을 날렸고, 성인이 된 이후에도 구속 없는 언행을 일삼으며 은퇴 후 저장성(浙江省)에 있는 사명산(四明山)42)에서 사는 미친 객인이라 하여 스스로 사명광객(四明狂客)이라 부르기도 했다. 이백과 동시대를 살았지만 이백보다 40여 세나 나이가 많았다. 술 좋아하고 미친 행동으로 말하자면 하지장이 이백의 대선배였던 셈

---

41) 오월동주 : 중국 춘추전국시대의 오(吳)나라 왕 부차(夫差)와 월(越)나라 왕 구천(句踐)이 원수지간으로 항상 싸운 것에서 유래된 고사성어로 나쁜 관계에 있는 사람들이 같은 처지에 놓여 어쩔 수 없이 협력해야 하는 상태가 되거나 원수끼리 서로 마주치게 됨을 이르는 말이다.

42) 사명산 : 중국 절강성(浙江省) 영파시(寧波市)에 있는 산으로 예로부터 영산(靈山)으로 유명하고, 도사(道士)와 승려들이 자주 내왕하고, 유명한 사원도 많다. 송(宋)나라 초기 지례(知礼)가 여기에서 산가파(山家派) 천태종(天台宗)의 가르침을 널리 알렸다.

이다.

　당나라 천보(天寶) 원년(742년)에 강남 회계군(會稽郡) 섬계(剡溪) 일대에서 두 사람이 청산(靑山)에 오르기도 하고 배도 타면서 즐겁게 노닐고 있었다. 그중 한 사람은 도포를 입고 있었는데 그의 이름은 오균(吳筠)이었다. 그는 도가학설을 신봉하는 은사(隱士)로서 선인의 풍채와 도사의 골격을 갖추고 있었다. 다른 한 사람은 유명한 대 시인인 이백인데 그도 도가학설과 도교에 깊은 관심을 가지고 있었다. 두 벗이 시를 짓고 술을 마시며 세상사에 대해 한창 논하고 있는데 꼬마 도사가 부랴부랴 달려와 "현종 황제께서 오균 선생을 소견(召見, 윗사람이 아랫사람을 불러 만나보는 것)하려고 한답니다!"라고 특대 희소식을 전하였다. 도교를 신봉하던 현종이 그의 명성을 듣고 부른 것이다. 오균이 황제의 부름을 받고 떠난 뒤 이백은 친구의 행운에 기뻐하면서도 한편으로는 또 자신의 처지를 생각하고 서글픔을 금치 못하였다. 그런데 생각 밖에도 얼마 지나지 않아 관원 한 명이 와서는 현종이 이백 자신도 소견하려 한다는 어명을 전했다. 이백은 일시에 출세하여 하늘로 날아오른 느낌이었다. 그는 드디어 천하 백성을 위해 일할 수 있는 기회가 주어진 것을 기뻐하였다. 그는 시에서 이렇게 썼다.

　"하늘을 우러러 크게 웃으며 문을 나선다.(仰天大笑出門去)
　내 어찌 평범한 백성으로만 살아가겠는가?"(我輩豈是蓬蒿人)

　중년이 된 이백은 순진한 아이처럼 너무 기뻐서 어쩔 줄 몰라 하면서 수도 장안으로 달려갔다. 알고 보니 그것은 오균이 극력 추천하여 성사시킨 일이었다. 오균은 도가의 몸과 마음을 다스리고 장생불로하는 기술에 능통한 인물이었다. 명황 현종이 그를 청해간 것도 장생불로의 이치에 대해 가르침을 청하기 위함이었기에 오균이 천거하는 인재에 대해서도 자연히 중시하게 되었다. 불로장생만 할 수 있다면 뭐든 의논이 가능했기 때문이었다. 장안에 간 이백은 오균을 만나 깊은 사의를 표하지 않을 수 없었다.

　그때 이백은 자극관(紫極官)이라는 도관에서 지내고 있었다. 어느날 자극관에 귀한 손님이 찾아왔다. 그가 바로 비서감 하지장(賀知章)이었다. 하지장은 고관이었을 뿐 아니라 또 시인이고 주객이었으며 도교 신봉자여서 두 사람은 처음 만났음에도 마치 오래 알고 지내던 벗처럼 친해졌다. 이백은 하지장에게 자기의 작품을 보여주었다. 하지장은 「촉으로 가는 길은 험난하구나(蜀道難)」를 읽고 나서 "이러한 시는 참으로 천지도 놀라게 하고 귀신도 울릴 수 있을 것이네!"라고 극찬하였다. 그리고 그는 이백을 보고 또 보면서 이백의 도가적인 풍채와 신수가 훤한 모습을 훑어보더니 "그대는 하늘의 적선인(謫仙人, 인간세상으로 귀양내려온 신선)이 아닌가? 태백성이 인간 세상에 내려왔구려!"라고 크게 기뻐하며 말했다. 그때부터 '이적선' '시선' 이라는 칭호가 널리 알려지게 되었다. 이토록 42살이나 연하인 이백의 시를 보며 단숨에 그의 능력을 일아 본 하지장은 나이를 상관하지 않고 당장 취하도록 술을 마시고 싶어졌다. 더구나 이백도 시에만 능한 것이 아니라 술에도 일가견이 있다는 말을 듣고는 더욱 흥분되어 다짜고짜 이백을 끌고 술집으로 향했다. 지기를 만난 두 사람은 권커니 잣거니 하면서 인사불성이 되도록 술을 마셨다. 한참을 마신 그들은 너무 늦어진 것을 알고는 술값을 치르려고 주머니를 만져보니 둘 다 돈을 가지고 오지 않은 것을 알았다. 이백을 끌고 온 하지장은 "이를 어쩌면 좋지?" 하며 당황해 하면서 여기저기를 뒤지더니 엉겁결에 "있어, 있어!"라고 크게 소리쳤다. 그리고는 허리춤에 차고 있던 금 거북을 꺼내서 심부름꾼에게 주면서 술값에 대신하라고 했다. 그리고 두 사람은 술에 취해 눈이 거슴츠레한 채 술집을 나섰다.

사실 이 일은 작은 일이 아니었다. 당나라의 관리는 등급에 따라 어대(魚袋, 백관의 공복에 착용하여 위계를 나타낸 물건)를 나누어 주는데, 어대는 금속으로 만든 거북을 장신구로 사용하였다. 5품 관리는 철 거북, 4품은 은 거북, 3품 이상은 금 거북을 사용하였다. 하지장이 맡은 비서감은 3품이니 당연히 금 거북을 달고 있었다. 그 금 거북은 황제가 하사한 것으로 함부로 술을 바꿔 마신 일로 추궁을 받게 될 경우 위법행위로 간주된다.

역사적으로도 그 일을 증명할 수 있는 기록이 있다. 진나라에 완부(阮孚)라는 관리가 있었는데 황문시랑(黃門侍郎), 산기상시(散騎常侍, 천자를 측근에서 모시고 간언하는 일을 맡아보던 벼슬)라는 관직에 있으면서 금 담비 패물을 달고 다녔다. 완부는 '죽림칠현'(竹林七賢)[43] 중 한 사람인 술고래 완함(阮鹹)의 둘째 아들이었다. 완함은 고모 집의 선비족 몸종과 정을 통해 그 하녀가 아들을 낳았는데 선비족 핏줄이 섞였기 때문에 '호아(胡兒, 오랑캐 자식)'라 하여 이름을 완부(阮孚)라고 지었다. 중국의 방언에서 부(孚)와 호(胡)는 발음이 같기 때문이다. 그러나 아마도 유전자 때문인지 완부도 술을 엄청나게 좋아하였다. 그도 어느 한 번 술값을 치를 돈이 없어 황제가 준 금 담비를 꺼내 술과 바꿔 먹은 일로 인해 결국 조사부서에 의해 탄핵되었다. 다행이 황제가 그를 용서해 주어 처벌은 면할 수 있었다.

하지장이 왜 처벌을 받지 않았는지에 대해서는 역사서에 분명하게 기록된 건 없다. 당나라가 관리에 대한 감시에 허점이 있었거나, 혹은 그 일이 이백과 연관되어 있었기 때문에 한창 인재가 필요했던 당 현종이 눈 감아 주어 두루뭉술하게 넘어갔을 수도 있다.

그러나 어쨌든 하지장은 벗과의 의리를 지킨 사람이다. 위험을 무

---

[43] 죽림칠현 : 노장을 숭상하여 죽림에 모여 청담을 일삼았던 일곱 학자를 말함

룹쓰고 한두 번 만난 교분이 있는 벗 대신 술값을 낸 것은 천하의 술 고래와 주객들을 감동시키기에 충분했다. 그리하여 금 거북으로 술값 을 대신한 것이 술의 역사에서는 재미있는 미담으로 전해내려 오고 있는 것이다.

이러한 하지장의 풍모와 인간미를 보여주는 그의 시가 있으니 바로 「고향에 돌아와 한 수 짓다(回鄕遇書)」라는 시이다.

"어려서 떠난 고향 다 늙어 돌아오니(少小離家老大回)
고향의 사투리는 그대로인데 귀밑머리는 다 셌다네(鄕音無改鬢毛衰)
아이들이 나를 보지만 누구인지를 몰라서(兒童相見不相識)
웃으며 "손님은 어디서 오셨어요?" 하고 묻곤 한다네(笑問客從何處來)"

이 시는 744년 하지장이 벼슬을 그만두고 고향으로 돌아왔을 때 지 은 시인데, 이때 그의 나이는 86세였다. 고향을 떠난 지 어언 50년이 지나 백발이 되어 고향에 돌아오니 아무도 자신을 몰라보아 쓸쓸하기 는 하지만, 슬픔이나 회한은 전혀 없어 보인다. 생각나는 대로 편하게 쓴 글이라는 뜻의 우서(遇書)를 제목에 붙인 것을 보면 자신의 순수한 마음을 그대로 담았음을 알 수 있다. 대단한 술꾼이지만 이런 식으로 살았으니 다른 술꾼들과는 달리 자연이 자신에게 준 수명을 다 누릴 수 있었던 것이라 본다. 그는 이 시를 쓴 해에 세상을 떠났다.

술을 많이 먹어서 빨리 죽는 게 아니라 술을 어떤 식으로, 어떤 마음 가짐으로 먹어야 하는 지를 하지장은 우리에게 시범을 보여주었던 것 이다.

16. 이백(李白, 701~761)
- 술에 취해야 명시를 남길 수 있었던 취성(醉聖) -

시선은 술에 취한 후에야 아름다운 글귀를 읊는다(詩仙醉後成佳句.)
이백은 말술을 마시는 동안에 시 백 편을 짓는다(李白斗酒詩百篇.)

시선(詩仙)으로 불리는 당나라(唐) 시인 이백에 대해 시성(詩聖, 두보[杜甫]를 지칭)은 이렇게 평가하였다.

이백의 자는 태백(太白)이고 호는 청련거사(靑蓮居士)이며, 당(唐)나라의 유명한 대시인이다. 사람들은 그를 가리켜 시의 나라의 별자리라고 불렀다. 중국 역대 시인 중 이백은 시인으로서 유명할 뿐 아니라 '주객(酒客, 술을 좋아하는 사람)'으로서의 명성도 어쩌면 으뜸이라고 할 수 있다. 그는 늘 술이 거나해서 시를 짓곤 하였는데 한 번도 실수를 한 적이 없었다. 그래서 그를 또 '취성'이라고도 불렀다.

이백(李白) (701-726), 자는 태백(太白), 호는 청련거사(靑蓮居士)이고 지주 집안에서 태어났다. 본적은 간쑤(甘肅) 성 징닝(靜寧) 서남쪽이고 어렸을 때 아버지를 따라 쓰촨(四川) 장여우칭롄향(江油靑蓮鄕)으로 이주하였다. '젊었을 때부터 뛰어난 재주가 있고'(少有逸才),

'소탈하며 속세를 초탈하려는 마음을 가졌다'(飄然有超世之心)라고 전해지고 있으며 25세부터 각지를 자유롭게 돌아다니면서 사회생활을 많이 겪었다. 그 사이 27세 때에 후뻬이(湖北) 안루(安陸)의 퇴직한 재상 허가네 사위로 들어갔고, "안루에서 술과 은거로 십년을 헛되이 보냈다"(酒穩安陸, 蹉跎十年)라고 말한 적이 있다. 42세 때 극력 추천으로 조정에 들어가 공봉한림(供奉翰林)이란 관직에 있으면서 황제에게 명령과 같은 서류의 초안을 잡아주었다. 그러나 권세가의 중상모략으로 불과 1년 만에 '해직'되어 장안(長安)을 떠났다. 안사의 난(안록산[安祿山]과 사사명[史思明]이 일으킨 반란) 때에 영왕(永王) 이린(李璘)의 막료로 있었지만, 이린의 실패에 연루되어 예랑(夜郞)에 유배되었다가 도중에 사면을 받아 동쪽으로 돌아갔다. 만년에는 떠돌아다니며 고생을 하였고, 여러 설이 있지만 술에 취한 채로 차이스지(采石磯)의 강에서 강물에 빠진 달을 건지려다가 61세 나이에 익사하였다고 전해지고 있다.

이백은 평생 술을 좋아하여 술과 뗄 수 없는 인연을 맺었다. 그는 기쁠 때도 술을 마셨고 실의에 빠졌을 때도 술을 마셨으며, 벼슬을 할 때도 술을 마셨고, 은거할 때도 술을 마셨으며, 돈이 있을 때도 술을 마셨고, 돈이 없으면 옷을 저당 잡혀서라도 술을 사서 마셨다. 그야말로 1년 365일 동안 매일 곤드레만드레 취해서 살다시피 하였다. 그는 「양양행(襄陽行)」이라는 시에 이렇게 쓰고 있다.

"100년이면 3만8천일이니(百年三萬六千日)
하루에 300잔씩 기울여야 하리(一日須傾三百杯)"

그는 또 「장진주(將進酒, 한 잔 드시게)」라는 제목의 시에서 이렇게 쓰고 있다.

"한 번 술을 마신다면, 300잔은 마셔야 하리.(會須一飮三百杯.)"

이백이 지은 시를 볼 때 그의 술 마시는 것에 대해 읊은 시의 특색과 성과를 가장 잘 대표할 수 있는 시는 그가 장안에 들어간 뒤에 지은 시들이다. 이 시기의 주제는 더 이상 제때에 즐기자는 것이 아니라 큰 뜻을 이룰 수 없는 비분과 인생은 꿈같다는 한탄스러워 하는 마음을 토로하였다. 예를 들면 「월하독작(月下獨酌, 달 아래 홀로 술잔을 기울이며)」·「우인회숙(友人會宿, 벗과 함께 묵으며)」·「강하증위남릉빙(江夏贈韋南陵氷, 강하에서 남릉 현령 위방에게 보내노라)」·「행로난(行路難, 세상살이 어려워라)」 등의 시가 그렇다. 어떤 의미에서 말하면 술이 그의 시를 도왔고, 시는 술의 영감을 빌린 꼴이 되었으며, 또 술이 시의 이름을 빌려 시선(詩仙)과 주선(酒仙)이 하나로 합쳐져 이백이라는 사람이 된 것이라고 할 수 있다. 이백의 작품에서 술과 관련된 시구는 어디서든 찾아볼 수 있다. 비록 그의 주량이 고대 유명한 주객들 중에서 센 편은 아니었지만, 술을 좋아하는 이백의 호기는 따를 자가 없었다. 그는 「배시랑숙유동정(陪侍郎叔遊洞庭, 시랑 숙부를 모시고 동정호를 유람하며)」에 이렇게 쓰고 있다.

"군산을 깎아버렸으면 얼마나 좋을까(剗卻君山好.)
그리 되면 동정호의 수면이 끝이 보이지 않게 펼쳐질 수 있을 텐데 (平鋪湘水流.)
파릉의 향기로운 술은 마셔도 마셔도 마를 줄 모르니(巴陵無限酒.)
함께 취해 동정호의 가을에 쓰러져보세(醉殺洞庭秋.)"

그는 상수(湘水)와 동정호가 파릉 땅의 마를 줄 모르는 향기로운 술로 바뀌기를 바랐다. 그는 한수(漢水)에 가서는 한수의 물이 향기로운 술로 바뀌었으면 좋겠다고 읊었다.

> "저 멀리 바라보이는 한수는 마치 오리 머리 빛깔처럼 푸르러
> (遙看漢水鴨頭綠,)
> 마치 이제 막 익어 미처 거르지 못한 녹색 포도주 같구나
> (恰似葡萄初醱醅.)
> 저 강물이 몽땅 술로 바뀔 수 있다면(此江若變作春酒,)
> 강가에 순산(舜山)과 주조대(酒糟臺)를 쌓아올릴 수 있을 텐데
> (壘曲便築糟丘台.)"

이백처럼 호기로운 기세가 하늘을 찌르면서 온통 술 생각뿐인 시인
은 동서고금을 막론하고 견줄 이가 없는 것이다.

그는 후뻬이(湖北)성의 쏭즈(松滋)지역을 지나다가 동정호에서 뱃
놀이를 하면서 술을 마시며 시를 지어 읊었다.

> "남호의 가을 밤 맑은 호수에는 안개조차 없네(南湖秋水夜無煙)
> 그러니 무엇을 타고 하늘로 올라가리오(耐可乘流直上天.)
> 동정호에 비낀 달빛이라도 빌려서(且就洞庭賒月色)
> 달 아래서 뱃놀이 하면서 통쾌하게 마셔보세(將船買酒白雲邊.)"

술과 관련된 이백의 시는 기백이 넘칠 뿐만 아니라 시적인 정취도
매우 중시하였다. 예를 들면 다음과 같은 시구들에서 충분히 엿볼 수
있다.

> "봄바람과 취객은(春風與醉客,)
> 오늘도 잘 어우러지누나(今日仍相宣.)"
> "노랫소리 곁들여 술잔을 기울일제(惟願當歌對酒時,)

금 술잔에 언제나 달빛이 가득 차기만 바랄 뿐(月光常照金樽里.)"

"난릉(蘭陵)의 향긋한 술 향기 울금향 꽃 향기런가(兰陵美酒郁金香,)
　정갈한 옥그릇에 호박 빛이 찰찰 넘치네(玉碗盛来琥珀光.)
　주인이 내놓은 좋은 술에 타향객은 취해 쓰러질 게 분명한지라
　(但使主人能醉客,)
　어디가 타향인지 분간할 수 없겠네(不知何處是他鄉.)"

"이백은 말술을 마시고 시 백 편을 짓는데(李白鬥酒詩百篇,)
　장안(長安) 시내에 가면 술집에서 잘 때가 많다네(長安市上酒家眠.)
　임금이 호수 위에서 뱃놀이 할 때 이백을 부르지만 배에 오르지를 않고
　(天子呼來不上船,)
　스스로 술 속에 사는 신선이라 자칭하네.(自稱臣是酒中仙.)"

이는 이백이 술을 마신 뒤 시를 더 잘 지었음을 설명하는 대목이다.
술에 대한 이백의 깨우침 또한 일반 사람들이 따를 수 없을 정도였
다.

"칼을 뽑아 물을 베었더니, 물은 더욱 세차게 흐르고(抽刀斷水水更流,)
　술잔을 기울여 시름을 달랬더니, 시름은 더욱 깊어만 가네
　(舉杯銷愁愁更愁.)"

늘 술을 가까이 하지 않는 사람은 절대로 이처럼 생동적이고도 예
리한 생각을 가질 수가 없는 것이다.
이백의 음주 관련 전설은 매우 많다. 이백이 임성(任城)에서 타향살
이를 할 때 공소문(孔巢文) 등 다섯 명을 알게 되었다. 그들은 매일 함
께 조래산(徂徠山)으로 가서 술을 마시고 거나하게 취하곤 하였는데,

세상 사람들은 그들을 "죽계육일(竹溪六逸)"44)이라고 불렀다. 역사 자료의 기록에 따르면 이백은 병으로 세상을 떠났다고 되어 있는데, 역대로 사람들은 이백이 술에 취해 차이스지(采石磯, 안훼이[安徽] 성에 있는 지명)에 있는 강에 나가 달을 건지려다가 몸을 가누지 못하고 물에 빠져 죽었다고 전해지고 있다.

> "달빛 아래 강에서 뱃놀이하며 달을 바라보면서 술을 마시다 취했는데
> (醉中愛月江底懸,)
> 몽롱한 가운데 물속에 둥근 달이 있어 허리 굽혀 손을 뻗어 건지려다가
> (以手弄月身翻然)
> 그만 몸을 가누지 못하고 물에 빠졌다네(不應暴落饑蛟涎,)
> 마침 굶주린 교룡의 입안에 떨어져 그를 타고 승천하였네
> (便當騎魚上九天.)"

> "밤에 나간 나그네 돌아오지 못하고(夜郎歸未老,)
> 이 강변에서 술에 취해 떠났네(醉死此江邊.)"

이백에 대한 이런 진실한 이야기가 전해지고 있다. 당나라 천보(天寶) 초년의 어느 봄날, 당현종(唐玄宗)과 양귀비(楊貴妃)가 궁정 악대를 거느리고 향기로운 술을 마련해 활짝 핀 모란 꽃구경을 나가게 되었다. 뭇 꽃이 활짝 피어 아름다움을 다투고, 그중에 최고로 아름다운 모란꽃처럼 아름다운 양귀비를 보면서 현종이 말했다.

"오늘은 귀비와 함께 진귀한 꽃을 감상하는 자리이거늘, 옛 가락만 듣고 있자니 참으로 흥이 깨지는 것 같구려."

---

44) 죽계육일 : 조래산 아래 있는 죽계에 은거하여 지내는 한가한 여섯 사람이라는 뜻.

현종은 이구년(李龜年)에게 속히 한림대학사(翰林大學士) 이백을 궁으로 불러 가사를 짓도록 할 것을 명했다. 그래서 임금의 명을 받은 이구년이 황급히 한림원으로 달려갔는데 마침 이백이 한림원에 없었다. 한림원 사람들이 이구년에게 이백이 술 마시러 나간 지 오래되었다고 일러주었다. 그래서 이구년은 온 장안을 누비면서 이백을 찾았다. 이구년이 한 술집 앞에 이르렀을 때, 소리 높이 시를 읊는 소리가 들려왔다.

"술 석 잔에 큰 이치를 깨우치고,
술 한 말에 자연과 하나가 되네.
술에 깃든 묘미는
말로써 다 전하기가 어렵다네."

이구년은 이런 재능을 갖춘 사람은 이백이 틀림없을 것임을 알고 서둘러 계단을 뛰어올라가 황제가 부른다고 말했다. 그런데 이미 만취해서 곯아떨어진 이백은 이구년이 아무리 소리쳐 깨우면서 황제가 부른다고 말해도 꿈쩍도 하지 않았다. 이백은 여전히

"나는 술에 취해서 자려고 하니, 그대는 편한 대로 하시오......"

라고 중얼거리면서 탁자 위에 엎드려 깊은 잠에 빠져들었다. 임금의 명을 수행하지 못하고 보고할 수 없게 된 이구년은 사람을 시켜 이백을 업어 술집을 나와 말에 싣고 당명황(唐明皇) 앞으로 데려 가는 수밖에 없었다.

가는 동안에도 이백은 술에서 깨지를 못하였다. 그러니 현종 앞에 이르러서도 임금을 알현할 수가 없었다. 그 정경을 본 현종은 사람을

시켜 양탄자를 깔게 하고 이백을 그 위에 뉘어 편히 쉬게 하도록 명했다. 깊은 잠에 곯아떨어진 이백은 침까지 흘리면서 자고 있었는데 현종이 손수 소맷자락으로 침을 닦아주기까지 하였다. 그리고 한참을 자게 한 후에는 궁정의 가수 염노(念奴)를 시켜 이백의 얼굴에 찬물을 뿌리게 했다. 그제서야 이백이 잠에서 깨어났다. 눈을 뜨자 황제가 눈앞에 있는 것을 보게된 이백은 버둥대며 겨우 일어나 엎드려 절을 하면서 말했다.

"신이 죽을죄를 지었나이다."

그러나 현종은 사람을 시켜 해장국을 끓여오라고 한 다음 손수 식혀서 이백에게 마시도록 하였다. 이백이 정신을 차린 것을 보고 현종이 말했다.

"모란이 활짝 피었기에 짐은 귀비와 함께 꽃구경을 하려 하오. 그런데 옛 가락만 듣고 있자니 너무나 단조로워서 흥취가 안 나니 짐을 위해 새로운 가사를 짓게 하려고 그대를 부른 것이오."

그러자 이백은 현종에게

"술을 내려주시옵소서"

하고 청을 했다. 현종이 놀라며 물었다.

"그대는 이제 막 술에서 깨지 않았는가? 술이 취해 시를 어찌 지으려고 그러시오?"

그러자 이백이 대답했다.

"신은 말술을 마시고서도 시 백 편을 지을 수 있사옵니다. 술에 취하면 시를 더 잘 지을 수 있사옵기에 간청드리는 것입니다."

그 말을 듣자마자 현종은 사람을 시켜 이백에서 술을 하사하게 하였다. 이백은 술을 마신 뒤 바로 붓을 날려 그 유명한 시 「청평조(淸平調)」 3수를 지었던 것이다.

구름은 (귀비의) 옷이 되고 싶어 하고, 꽃은 (귀비의) 용모를 닮고 싶어 하네(雲想衣裳花想容,.)
(귀비의 용모를 보매) 침향정 옆 봄바람 속에 피어난 이슬 머금은 모란이요(春風拂檻露華濃.)
군옥산 산정에 사는 선녀가 아니라면(若非群玉山頭見,)
달빛 아래 요대에서나 만날 선녀임이 분명하네(會向瑤臺月下逢.)

　　붉고 요염한 꽃이 이슬에 맺혀 향기를 머금고 있고(一枝红艳露凝香,)
　　무산의 운우지정에 공연히 애간장을 태웠네(云雨巫山枉断肠.)
　　한나라 궁궐에 누가 능히 너와 같을까 생각하니(借问汉宫谁得似,)
　　그 어여쁜 조비연도 새 단장을 하고 나타나면 모를까(可怜飞燕倚新妆.)

　　모란과 경국지색(양귀비) 둘이 서로를 기쁘게 해주고(名花倾国两相欢)
　　언제나 군왕(현종)은 웃음 띈 얼굴로 바라보네(长得君王带笑看.)
　　봄바람이 질투한다는 것을 알고도(解释春风无限恨,)

침향정 북쪽 난간에 기대어 있네(沉香亭北倚闌干.)

　이 3수의 시는 꽃과 경치에 대해 묘사한 것 외에도 천하절색 양귀비의 용모를 활짝 핀 모란에 비유하면서 꽃을 비러 사람을 비유했고, 경치를 비러 감정을 표현하였는데 훌륭하기가 그지없다. 현종과 양귀비가 크게 기뻐하며 이구년에게 바로 곡을 붙여 부를 것을 명했다. 뛰어난 가락에 귀비는 모란을 손에 들고 기뻐서 어쩔 줄 몰라 하였고, 현종도 흥이 도도하여 친히 피리를 불며 반주를 하였다.
　한 곡이 끝나자 현종이 크게 기뻐하며 양귀비에게 명해 서역에서 임금에게 바친 진귀한 포도주를 손수 칠보(七寶)잔에 부어 하사하게 하였다. 만취한 이백이 또 술을 마신 뒤 시를 지어 "말술을 마시고 시를 백 편 짓는" 주선(酒仙)의 풍채와 시선의 명성이 더 멀리 퍼지게 되었다.
　이백은 한평생을 술을 벗으로 삼았다. 만년에 심지어 다년간 허리에 달고 다니면서 아끼던 보검까지 떼 내어 술을 바꿔 마셨다. 궈뭐뭐(郭沫若)의 말처럼 "이백은 술 덕분에 살았고, 또 술 때문에 죽었다고 말할 수 있다.(李白真可以說是生於酒而死於酒)" 술과 관련된 이백의 이야기는 아주 많은데 몇 가지만 열거해 보면 다음과 같다.

(1) "재상에게 먹을 갈게 하다."

　그때 당시 극국(棘國)에서 조정에 올리는 상소문은 온 조정에서 아무도 모르는 '만문'(蠻文. 그때 당시 중국 남방 소수민족이 사용하였던 언어)으로 작성되곤 하였다. 이백은 하지장(賀知章)의 추천으로 조정에 들어갔다. 이백은 상소문을 들고 한 글자도 틀리지 않고 줄줄 내리읽었다. 현종은 기쁜 나머지 이백에게 즉시 '만문'으로 조서를 작성하여 국위를 보여 줄 것을 명령하였다. 이백은 기회를 틈타 재상 양국충(楊國忠)에게 대신 먹을 갈고 총신인 환감 고역사(高力士)에게 신발을 벗겨주도록 청을 올렸다. 이백이 소인배인 그들을 그렇게 희롱하였으니 자연히 그들의 사무치는 미움을 사게 된 것은 뻔한 일이다. 그래서 현종이 세 번이나 이백을 관직에 임명하려고 하였으나 모두 이림보(李林甫, 당나라의 우승상)를 비롯한 소인배들의 방해를 받아 결국은 조정에서 쫓겨나게 되었다. 그러나 이백은 아무렇지 않게 생각하면서 여전히 "하늘을 우러러 크게 웃으며 문을 나서니, 이 몸은 초야에 묻혀 일반 백성으로만 살아가지 않으리. (仰天大笑出門去, 我輩豈是蓬蒿人)", "인생은 잘 나갈 때 마음껏 즐겨야 한다. 빈 황금 술잔을 들고 달을 바라보는 일은 없도록 해야 한다.(人生得意須盡歡, 莫使金樽空對月)"고 큰소리로 외쳐 그의 자유분방한 기질을 보여주었다.

(2) "실언을 하다."

어느 날 당 현종이 한림원 학사들을 모아 놓고 편전에서 주연을 베풀었다. 술이 거나하게 된 이백에게 현종이 갑자기 물었다. "우리 조정을 천후의 조정과 비교하면 어떠하오?(我朝與天後之朝如何)" 이백은 이렇게 대답하였다. "천후 조정의 정령(政令)은 여러 방면에서 나오는데, 국가는 간사한 신하가 주관하고, 인재 기용을 선발하는 방법은 마치 어린아이가 참외를 사듯이 향기로운 것으로 식별하는 것이 아니라 그저 큰 것만 골라서 삽니다. 우리 조정에서 인재를 기용하는 방법은 모래에서 사금을 골라내고 돌을 쪼개서 채용하는 것으로서 알짜를 얻을 수 있는 방법입니다." 여기에서 '천후'는 무측천(武則天)이고 '시과(市瓜)'는 시장에서 참외를 산다는 의미이다. 현종은 이를 듣고 흐뭇하게 웃으면서 "학사의 수식이 좀 지나치군 그래."하고 말했다. 이백은 술을 마신 후 조정을 그렇게 미화하여 그 당시 사람들에게 "지혜로운 사람이 실언을 하였다"는 비난을 받았다.

사실 이백은 당 현종과 가까이 할 수 있는 기회를 이용하여 국사에 대한 견해를 진술하고 불합리한 인재 기용 등 현상에 대해서도 간언한 바 있었다. 그러나 현종은 가무와 여색에만 빠져 이백을 자신의 향락과 욕망을 충족시키는 어용 문인으로만 간주하였다. 현종은 또 남을 헐뜯는 말을 곧이들었다. 예를 들면, 고역사는 이백의 시를 이용하여 양귀비를 꼬드겨 현종에게 이백을 헐뜯는 말을 하도록 함으로써 현종이 이백을 멀리하게 하였다. 그리고 보면 이백이 중용을 받지 못하고 현종이 내리는 재물을 받고 고향으로 돌아가게 된 것도 불가피한 결과라고 할 수 있다.

(3) "술로써 시름을 달래고 분을 풀다."

장안에서 쫓겨난 이백은 뛰어난 재능을 갖추었으면서도 그 재능을 펼 기회를 만나지 못해 뜻을 이루지 못한 울분을 술을 비러 털어놓을 수밖에 없었다. 그는 「행로난(行路難, 인생살이 험하고 어려워라)」에서 이렇게 썼다.

> "황금 술잔에 담긴 귀한 술, 한 말에 만 냥이요. 옥쟁반에 담긴 진귀하고
> 맛 좋은 음식, 그 값은 만금이라네. 마음이 울적하여 술잔을 내려놓고
> 젓가락을 집어 던진 채 칼을 뽑아 들고 사방을 둘러보니 마음이 참으로
> 망연해지네. 황하를 건너자니 눈과 얼음이 강을 막았고 태항산을 오르
> 려니 눈보라가 이미 산을 봉해버렸네…… 갈 길은 참으로 험난하구려!
> 참으로 험난하구려! 복잡한 갈림길에 서있네. 진정 바른 길은 대체 어디
> 에 있을까?…… (金樽清酒鬥十千, 玉盤珍饈值 萬錢. 停杯投箸不能食,

拔劍四顧心茫然. 欲渡黃河冰 塞川, 將登太行雪滿山……行路難, 行路
難, 多歧路, 今安在 ? ……)"

그는 벗들이 그를 위해 마련한 귀한 술과 음식도 못 먹고 망연자실
하면서 '참으로 험난하구려!'라는 표현을 연거푸 두 번이나 반복해
세상살이가 참으로 험하고 어렵다고, 복잡한 갈림길에 서 있는 자신
이 나아가야 할 진정한 바른 길은 어디냐고 한탄하였다. 감정이 북받
쳐 울분을 토로했던 것이다.

그러나 술도 그의 근심은 달래주지는 못하였다. 그는 「선주의 사조
루에서 교서 이운 숙부를 전별하며(宣州謝朓樓餞別校書叔雲)」에서

"나를 두고 떠난 어제의 시간은 붙잡을 수 없고, 내 마음 흔들어 놓는 오
늘의 시간에는 번뇌가 많네…… 칼을 뽑아 물을 베어도 물은 더욱 세차
게 흐르고, 술잔을 들어 근심을 달래보아도 근심은 더 짙어만 가네. 인
생사 내 뜻대로 되지를 않으니 내일 아침엔 산발하고 뱃놀이나 갈까나.
(棄我去者, 昨日之日不可留, 亂我心者, 今日之日多煩憂……抽刀斷水水
更流, 舉杯消愁愁更愁. 人生在世不稱意, 明朝散髮弄扁舟.)"

라고 극도로 고통스러웠던 그의 마음을 표현했던 것이다.

(4) "문자점을 치다."
어느 날 이백이 술을 마시고 금릉(金陵)을 홀로 거닐다가 도중에 문
자점을 치는 노점상이 졸고 있는 것을 보았다. 이백이 다가가서 읍을
하고 물었다.

"왜 그러고 졸고 있소? 장사가 안 되는 것이오?"

가난한 선비 모양의 노점상이 웃으면서

"문자점을 치는 사람이 없으니 졸고 있을 수밖에요."

라고 말했다. 이백은

"이 늙은에게 한 번 해보라고 해야겠다."라고 생각하면서 문자점을 치는데 사용되는 '문왕통(文王筒)'을 흔들면서 중얼거렸다.

"반은 신선인 사람이 문자점을 쳐드리겠습니다. 기가 막히게 영험하거든요."

그때 몸이 깡마르고 키가 큰 사람이 다가오더니 말했다.

"저는 원래 체대가 굵었는데 지난달에 아버님을 여의고 너무 큰 슬픔을 겪으면서 살이 빠졌습니다. 엎친 데 덮친다고 최근에는 또 항상 손목에 걸고 다니던 한 쌍의 옥팔찌까지 잃어버렸습니다. 그것은 아버님의 유품이어서 마음이 너무 아픕니다. 옥팔찌가 어디에서 분실되었는지 선생님께서 사주를 좀 봐주십시오."

이백은 당장에서 그 사람에게 족자(字卷)를 뽑게 하여 펼쳐 보니 '유(酉)'자였다. 이백은 이렇게 말했다. "유(酉)자에 점 세 개를 더하면 술(酒)자입니다. 술술술, 있을 유유유(有), 옥은 부서지지 않았고 팔찌 아직 사라지지 않았습니다. 반드시 항아리 안에 있을 것입니다." 그 사람은 듣고 나서 빈신반의하면서 집으로 돌아갔다. 그리고 얼마 지나지 않아 옥팔찌를 들고 달려와 "선생님은 참으로 신선입니다!"

라고 연신 감탄하더니 흔쾌히 돈을 지불하고 돌아갔다. 노점상이 미심쩍어 이백에게 물었다.

"선생은 옥팔찌가 항아리 안에 있을 거라는 걸 어떻게 알았습니까?"

이백이 대답하였다.

"그 사람이 손을 내밀어 족자를 뽑을 때 그의 몸에서 술 냄새가 나서 자세히 보니 그의 손에 술 자국이 마르지 않은 채 묻어 있었소. 그 사람이 생업으로 술장사를 하고 있는 게 틀림없소. 또 그의 말에 따르면 원래 뚱뚱하였는데 후에 살이 빠졌으니 손목이 가늘어져 팔찌가 헐렁해졌을 것이오. 게다가 최근에 아버지를 여의어 정신이 없는 와중에 팔찌가 술 항아리 안에 빠진 것도 미처 눈치 채지 못했을 거라고 추측한 거라오."

가난한 선비는 이백의 말을 듣더니 탄복하였다.

이러한 일화는 많으므로 차치하고, 이백의 시를 종합해서 평가해보면, 그는 시를 통해 집권자를 멸시하는 오기를 보여주었는데, 즉 그때 당시 부패한 정치에 대해 무자비하게 비판하면서도 인민의 고통에 대해 깊은 동정을 표하였다고 할 수 있다. 그런 점에서 이백은 굴원(屈原) 이래 가장 개성적인 특색과 낭만적인 정신을 지닌 대 시인이었다고 할 수 있는 것이다.

17. 두보(杜甫, 712 ~ 770)

- 술안주에 배가 터져 죽은 시성(詩聖) -

두보의 자는 자미(子美)이고, 본적은 경조부(京兆府, 현재의 산시[陝西] 시안[西安])이다. 훗날 양양(襄陽, 현재의 후베이(湖北) 샹판[襄樊])으로 일가를 옮겼다. 증조부 두의예(杜依藝)가 낙주(洛州) 공현(鞏縣) 현령으로 지낼 때까지 있다가 다시 또 낙주 공현(鞏縣, 현재의 허난[河南] 공이[鞏義])로 이사를 했다. 두보는 공현에서 태어났다. 두보의 먼 할아버지 두예(杜預)는 서진(西晉)의 명장으로 동오(東吳)를 평정한 바 있고, 『좌전(左轉)』에 주석을 달기도 했다. 두보의 조부 두번언(杜番言)은 오언시에 능했으며, 당나라 초기의 시인으로도 유명하다. 두보의 아버지 두한(杜閑)은 봉천(奉天, 현재의 산시 간[乾]현) 현령을 지냈다. 먼 할아버지 두예의 찬란한 업적과 시·글에 뛰어난 조부의 재능에 두보는 늘 자부심을 느꼈으며, 가학(家學)의 유래는 두보의 한 평생 시가 창작에 큰 영향을 미쳤다. 두보는 스스로 "시를 짓는 일이야말로 우리 가문의 일이다."라고 했을 정도였다. 7살 때부터 시를 읊기 시작한 두보의 처녀작은 「봉황을 노래하다(詠鳳凰)」였다. 그는 어려서부터 시와 결코 떼어놓을 수 없는 인연을 갖고 있었던 것이다.

예로부터 중국의 시가는 술과 그림자 같은 존재였다. 가장 이른『시경(詩經)』에서 벌써 술의 종적을 찾아볼 수가 있다. 또한 "술을 마주하고 노래를 부르던" 조조와 "음주"에 관한 노래를 지어낸 도연명,『음중팔선가(飮中八仙歌)』를 지은 두보(杜甫)에 이르기까지 음주와 관련된 시가 수없이 탄생되었으며, 이런 시들은 술을 유달리 즐기는 시인들의 속마음을 고스란히 보여주었다. 당나라는 중국 시가발전의 황금시대이자 주류업의 전성기이기도 했다. 이러한 전성기의 모습을 두보는『음중팔선가』에서 그의 소탈하고 호방한 기질을 통해 남김없이 표현해주었다.

두보와 이백은 시가 창작 면에서 양대 산맥으로 빛을 발하였을 뿐만 아니라 음주에서도 어깨를 나란히 하였다. 이들은 늘 함께 술을 마시며 시 짓기를 하여 수많은 걸작을 탄생시켰다. 자주 함께 술을 마시다보니 재미있는 일이 생길 때도 있었다. 어느 한 번은 술을 많이 마셔 취한 두보와 이백이 한 이불을 덮고 잠을 잤다고 한다. 두보는 이 상황을 시에 기록하기도 했다. "술에 취해 잘 때는 가을날이라 이불을 함께 덮었고, 손을 잡고 날마다 동행했다네." 두 사람이 얼마나 의기투합하여 술을 마셨는지를 알 수 있을 것이다.

두보는 한평생 술에 남다른 애착을 갖고 있었기에 수많은 재미나는 이야기들을 남겼다. 그만큼 두보의 일생은 시·술과 밀접하게 연결되어 있었던 것이다. 술과 관련된 그의 이야기를 몇 개의 예를 들어보면 다음과 같다.

(1) "열네댓 살에 주호(酒豪)가 되다."

그는 「장쾌한 여정(壯遊)」이라는 시에 이렇게 썼다. "지난날 14, 15살 때를 되돌아보면 나는 이미 문단에 드나들었다 …… 나는 성격이

강직하고 술을 마시기 좋아하며 악한 것을 중오하고 품성이 곧다
…… 주흥이 오른 뒤 사면팔방을 둘러보니 평범한 사람들이 너무나
많구나.(往昔十四五, 出遊翰墨場…… 性豪業嗜酒, 嫉惡懷剛
腸…… 飮酒視八極, 俗物多茫茫)" 시에서 '팔극(八極)'은 사방팔방
이라는 뜻이고, '속물(俗物)'은 평범한 사람을 말한다. 말년에는 술을
더욱 많이 마셨는데 늘 술 빚이 산더미처럼 쌓여 옷을 전당 잡히고서
야 술을 마실 수 있었다. 그의 시에는 이러한 구절이 있다. "몸 밖의
무수히 많은 일은 생각지 말고, 눈앞에 있는 많지 않은 술부터 마시리
라(莫思身外無窮事, 且盡生前有限杯)", "매일 조정의 사무를 끝내고
물러나오면, 봄옷을 저당 잡힌 돈으로 강둑에 가서 술을 사 마시고는,
잔뜩 취해서야 돌아온다. 사방에 술빚을 지는 게 뭐 대수인가, 인생칠
십고래희라 하였거늘.(朝回日日典春衣, 每向江頭盡醉歸,酒債尋常處
處有, 人生七十古來稀)"「곡강 2수(曲江二首)」) 그는 자기 건강을 전
혀 돌보지 않고 술을 마셨으며, 어차피 70살까지 사는 것은 드문 일이
라고 생각하였다. 그런 생각을 하며 살던 그는 58세까지 밖에 못 살았
다. 이런 생각을 하며 술을 마시는 것은 잘못된 방식이기에 이를 따라
해서는 안 될 것이다.

(2) "사일(社日)에는 매번 농부가 초대해 술을 마셨다."
　시경에 이런 구절이 있다. "전옹이 사일(社日, 농촌에서 춘분을 전
후하여 지내는 제사)이 곧 다가온다. 이때면 춘주를 마신다." "사실
사일이 되면 아는 농부가, 나를 자기 집으로 초대하여 자기 부인을 불
러 큰 술병을 열게 하고, 나를 위해 큰 양재기에 술을 담아 내오게 하
였다.(田翁逼社日, 邀我嘗春酒,叫婦開大瓶, 盆中為我取)" 농부는
매번 그를 집으로 초대해서는 반드시 실컷 마시게 한 뒤 돌려보내곤

했다.

(3) "술로 벗을 사귀다."

　장년기에 두보는 이백과 고적(高適)을 만나 양송(梁宋)과 제로(齊魯)지역을 유람하고, 사냥을 하며 오랜 벗을 찾아가 술을 마시며 시를 짓곤 하였다. 그는 이백과 친형제같이 두터운 정을 쌓았다. 「이백과 함께 무릇 열 명의 은사(隱士)를 찾아서(與李十二白同尋範十隱居)」라는 시에서 두보는 "나 또한 노군(魯郡)의 은사라고 할 수 있는데, 이웃의 은사를 친형제같이 좋아했다. 술에 취하면 한 이불을 덮고 자고, 낮에는 손을 잡고 동행하여 함께 노닌다.(余亦東蒙客,　憐君如弟兄. 醉眠秋共被,　攜手日同行)"라고 썼다. 둘 사이의 두터운 정을 보여주는 시라고 할 수 있다.

　또 다른 사람으로는 광문관(廣文館)의 정건(鄭虔) 박사였다. 두보는 천보(天寶) 6년(기원 747년)에 35세가 됐음에도 장안으로 가서 과거를 보았다. 그러나 이임보(李林甫)가 중간에서 방해하는 바람에 급제하지 못하였다. 그러자 두보는 "우리 임금을 요순과 같은 현명한 군주가 될 수 있게 잘 보필하여, 나라가 안정되고 백성이 편안하게 살 수 있는 순박한 풍속이 형성되도록(致君堯舜上,　再使民俗淳)"하려던 포부도 물거품으로 돌아갔다. 그때 그는 술벗을 한 사람 사귀게 되었으니 그가 바로 정건 박사였던 것이다. 정건은 다재다능하여 시와 그림·서예·음악은 물론 의약·병법·천문역법까지 모르는 게 없었다. 그러나 생활이 어려워 그도 늘 벗에게서 돈을 빌려 술을 사서 마시곤 하였다. 두보는 「술에 취하여 지은 노래(醉時歌)」라는 시에서 두 사람이 술을 마시던 정경을 이렇게 회상하였다. "돈이 생기면 바로 술을 사들고 서로 찾아가, 마시는 것을 주저하지 않았지. 허물없이 사귀며

너나 따지지 않고 지내며, 마음껏 마시는 호기는 참으로 나의 스승이 라네.(得錢卽相覓, 沽酒不復疑. 忘形到爾汝, 痛飮眞吾師)" 그러자 정건은 "이 말을 듣고 굳이 서글퍼 할 필요가 없으니, 살아있을 때 만 나서 또 술이나 한 잔 합시다.(不須聞此意慘愴, 生前相遇且銜杯)"라 고 응수했으니, 둘 중 어느 한 사람에게 돈이 생기면 주저하지 않고 술을 사들고 상대방을 찾아가 함께 마시곤 하였다. 이처럼 두 사람은 서로 너무나 친하여 형식에 얽매이지 않았으며 주량을 따지며 서로 자신의 스승이라고 했다. 이처럼 두 사람은 처지를 따지지 말고 우리 는 살아 있는 동안 함께 술을 마셔야 한다고 뜻을 같이 했던 것이다. 그야말로 둘도 없는 '술벗'이었다.

(4) "두보의 죽음."

당나라 정처회(鄭處誨)의 『명황잡록(明皇雜錄)』의 기록에 따르면 두보는 소고기와 술 때문에 사망한 것으로 알려졌다. 그해 여름 두보 는 병란을 피해 헝쩌우(衡州)로 가려 하였으나 도중에 라이양(來陽) 까지 왔을 때, 큰물이 져 방전역(方田驛)에 배를 멈추어야 했는데, 먹 을 것이 없어 며칠 동안이나 굶게 되었다. 현지의 현령(縣令)인 섭(聶) 씨가 이를 알고 소고기와 술을 보내주었다. 술을 본 두보는 구미가 동했기에 마구 먹어댔다. 그런데 이미 위벽이 얇아질 대로 얇아진 상 태에서 갑자기 음식을 너무 많이 먹는 바람에 배가 불러 그만 죽었다 는 것이다. 궈뭐뭐(郭沫若) 선생이 고증한 바에 따르면, "섭 현령이 소 고기를 너무 많이 보내주어 두보는 다 먹을 수가 없어 남겼는데 때는 마침 무더운 날씨여서 고기가 변질되기가 쉬웠다. 그러나 이를 아깝 게 여긴 두보는 썩은 고기를 먹고 중독되어 사망했을 가능성이 컸다." 고 했다. 그러나 좋은 술이 없었다면 어찌 썩은 고기까지 그렇게 많이 먹을 수 있었겠는가? 이로 보면 얼핏 보기에는 소고기가 두보의 죽음을 초래한 것 같지만, 실은 술 때문에 죽은 것이나 다름없는 것이다.

⑸ "술만 보면 병이 나았다"

56세가 되던 해 그는 초청을 받아 자사(刺史) 백무림(柏茂琳)의 연회에 참가했었다. 술을 마실 수 있게 된 그는 홍분한 나머지 말을 타고 질주하다가 낙마하여 부상을 입게 되었다. 그 소식을 들은 친구들이 술을 잔뜩 짊어지고 그의 병문안을 왔다. 회복 중이던 두보가 오랜만에 보는 미주에 눈빛을 반짝이었고, 삽시간에 아픔마저 잊어버렸다. 그는 지팡이를 짚고 친구들과 산골짜기로 가서 술을 마시며 시를 지었다고 한다. 두보는 즉홍시를 지어 홍을 돋우었는데, "푸짐하게 마련된 술과 고기도 한때라네. 잔치를 벌이니 비장하고 감동적인 현악기에서 노래가 흘러나온다. 서로 마주하지 않고 석양을 가리키며, 잔속의 술을 마시자고 큰 소리로 말하네."

이처럼 당나라 대다수의 시인들은 벼슬자리에 올라 온갖 부귀영화를 누리는 것보다 시와 술이 가져다준 즐거움을 누리는 것이 더 나은 선택이라고 생각했던 것이다.

시선 이백과 어깨를 나란히 하는 시성(詩聖) 두보(杜甫)는 주량도 주선 이백과 우열을 가릴 수 없을 정도여서 주성(酒聖)으로 불린다. 궈뭐뭐(郭沫若)의 저서 『이백과 두보』 통계에 따르면 두보가 평생 지은 시구가 약 3천수인데 1천4백여 수가 현존해 있다고 한다. 그중 음주와 관련된 시가 전체 시구의 21%를 차지하는 3백수에 달한다. 두보의 시가 창작에서 술은 신기하고도 기이한 큰 역할을 발휘했으며 두보 시의 영혼을 이루었다고 해도 과언이 아니다.

이처럼 술을 즐기고 많이 마시기로 이백 못지않지만, 인생살이가 평생 순탄하지 않았고 가난하여 뜻을 이룬 날이 적었던 두보는 고난의 나날이 많았다. 그러다 보니 청소년시절부터 노인시절까지 늘 술을 마시기는 하였으나 외상값이 많았기에 늘 침통한 마음을 떨치지를 못했다. 이러한 신세를 개탄하여 그는 "술을 마시기는 해야 할 텐데, 외상값이 많으니 어디서 또 외상 술을 얻을 수 있나?" 이처럼 가난으로 인해 두보는 술을 통쾌하게 마시지를 못했다. 이백이 "좋은 말과 천 냥짜리 외투를 가지고 아이를 불러 좋은 술로 바꿔오게 하여라. 내 그대와 더불어 만고의 시름을 잊고자 하노라. 염소 삶고 소 잡아서 즐겁게 놀아보세, 술을 마시려면 기필코 삼백 잔은 마셔야 하지 않는가?" 라고 읊은 시처럼 이런 수준에는 이르지 못했지만, 술에 대한 두보의 간절한 갈망은 조금도 줄어들지 않았다. 그것은 이백처럼 시와 술이 연계되어 동시에 지어져야 했기에 두보에게는 시를 지을 때마다 술이 필요했던 것이다. 그는 스스로 "마음을 달래는 데는 술이 제일이고, 흥을 푸는 데는 시가 제일이로다." 라고 했다. 그러했기에 평생 술을 마신 두보는 좋은 시를 수없이 창작할 수 있었고, 음주시가 많았던 것이다.

이처럼 시를 쓰려면 술이 필요했던 두보였기에 늦은 나이에 과거에 응했던 것이고, 시험에 실패하자 직접 당 현종에게 상서를 올려 호소하기도 했지만, 여전히 아무런 반향도 없자 크게 실망한 그는 "약을 팔고 친구 집에 기숙해야 하는 지경" 에까지 이르게 되었다. 그러나 이마저도 지속하기가 어렵게 되자 친구 집을 뛰쳐나와 10여 일간 방황하며 배고픔에 시달렸지만도와 주는 사람이 한 명도 없어 부득불 두보는 여러 번 기운 누더기 옷을 입고 다른 친구인 왕의(王倚)를 찾아가야 했다. 안색이 누렇고 몸이 수척해진 두보를 본 왕의는 깜짝 놀라 얼른 술과 밥을 준비해 그를 대접했다. 왕의는 두보가 떠날 때 돈과

쌀을 주면서 집으로 가져가라고 하자 두보는 감개무량해 했다고 한다. 그럼에도 두보는 여전히 손에서 술잔을 놓지 않았다. 고 늘 술을 마셨다

그러나 아무리 대단한 두보라 해도 결국은 부득이 술을 끊어야 할 때도 있었다. 술을 비러 걱정을 달래고 싶어도 그럴 수 없게 되어 마음속의 슬픔을 해소할 방도가 없으니 그야말로 비참하기 그지없었던 그 때의 두보는 「등고(登高)」라는 시에서 이렇게 표현했다. "어려움과 고통에 귀밑머리 다 희어지고, 쇠약해진 신병 때문에 술도 끊었다네."

이처럼 장안에서 어렵게 살던 때였음에도 두보는 역사상 유명한 시인 「음중팔선가(飮中八仙歌)」를 지었다. 그는 이 시에서 해학적인 정취로 광적인 상태를 묘사했다. 주당 하지장(賀知章), 이진(李璡), 이적지(李適之), 최종지(崔宗之), 소진(蘇晉), 이백, 장욱, 초수(焦遂) 등 8명은 많든 적든 모든 것을 하찮게 여기는 광사(狂士)기질이 있었다. 두보는 그들을 음주로 귀결시켜 한 명씩 시에 기록했다. 그들 모두는 평생토록 술을 마시면서 삶에 대한 흥취를 느꼈던 신선의 기질을 가지고 있었다. 두보는 그들의 뛰어난 재능과 교만하고 방탕한 본성을 드러내 살아 움직이는 듯한 군상도(群像圖)를 구성해 냈으며, 당나라 전성기 때의 경사(京師)에서 누구나 할 것 없이 술을 즐기는 정경을 표현했던 것이다. 그중의 몇 구절을 보면 다음과 같다.

"하지장은 말을 타도 배를 탄 듯하여 눈앞이 아른거려 우물에 빠져도 잠을 잔다네. 영양왕은 세 말 술을 마셔야 조정에 나가고, 길에서 누룩 실은 수레를 보면 군침을 흘리며, 주천(酒泉)으로 봉지를 옮기지 못한 것을 한스러워한다네. 좌승상은 매일 주흥으로 만금을 탕진하고, 큰 고래가 온갖 시냇물을 들이키듯 술을 마시며, 잔을 들면 청주를 좋아하고

탁주는 싫어한다네. 종지는 말쑥한 미소년이라 잔을 들면 푸른 하늘을 흘려보는 모습이 마치 옥으로 다듬은 나무가 바람 앞에 선 듯하네. 소진은 수놓은 부처 앞에서 오랫동안 정진하다가도 취하면 때때로 참선에서 도망하길 즐겨하고, 이백은 한 말 술에 시가 백편이라 장안 저자거리 술집에서 잠들기 일쑤이고, 천자가 불러도 배에 오르지 않으며 스스로 자신을 술의 신선이라 한다네. 장욱은 석잔 술에 초서체의 성인으로 불릴만한 뛰어난 글씨를 전했는데, 왕공 앞에서 모자를 벗고 맨머리를 드러내고 붓을 휘두르면 마치 구름과 안개가 자욱한 것 같다네. 초수는 술 다섯 말을 마셔야 신명이 나는데 빼어난 웅변으로 좌중을 놀라게 하네.”

안사(安史)의 난을 겪은 두보는 망명생활을 하기 시작했으며 온갖 풍상고초를 다 겪었다. 정치에 크게 실망한 그는 관리직을 내려놓고 촉(蜀)나라 성도(成都) 완화계(浣花溪)에 초당을 짓고 살았다. 늘 시골 늙은이들과 왕래하면서 술을 마시고 일상적인 일을 얘기했다. 「술에 취해 엄중승을 찬미하는 농부를 만나다(遭田父泥飮美嚴中丞)」라는 시에는 이런 구절이 있다.

“집 나서 봄바람 따라 걷다 보니 마을마다 복사꽃과 봄버들이 좋다네. 한 농부 봄날 제사 가깝다고 하면서 자기 집으로 가 술 한 잔 마시자고 하네. 술 오르자 새로 부임한 성도윤을 칭찬하며 여태까지 이렇게 좋은 관리 없었다고 하네. …… 그러더니 며느리 불러 큰 단지를 열어서 단지 안에 술을 떠서 내 술잔을 채웠네. 의기양양한 그 모습에 감동하여 애민(愛民)이 바로 정치의 으뜸인 것을 알았다네. 말이 많고 하는 말에 조리도 없었지만 성도윤을 칭찬하는 소리가 그치지 않았다네. 아침에 집을 나섰다가 우연히 들른 집에서 아침부터 저녁까지 술을 마셨는데, 긴 시간 동안 손님을 대하는 그 마음이 아름다워 이웃 노인의 간절한 청 거절할 수 없었다네. 농부는 사람을 불러 과일과 밤을 챙겨주면서 일어나려 할 때마다 그러는 나를 눌러 앉혔네. 늙은 농부 하는 짓이 무례한 것 같아도 산골 노인의 추한 모습이라고 생각되지는 않았다네. 달이 뜨자 다시 한 번 더 있다 가라고 하면서 술이 얼마나 있는지는 묻는 게 아니라고 핀잔을 주네."

두보는 다년간 객지에서 방랑생활을 하면서 늘 다른 사람들의 냉대를 받다가 오늘 인근 촌의 늙은이가 이토록 열정적으로 대우해주니, 몇 년간 유랑생활을 하면서 생긴 고뇌를 까맣게 잊어 버렸다. 해 뜰 때부터 해가 질 때까지 술을 마셨고, 몇 번이나 작별을 고하려 했지만 헤어지려고 할 때면, 늙은이는 두보의 팔을 당겨 자리에 앉혔다. 지휘 명령식의 접대방식임에도 두보는 그의 행동이 전혀 부담스럽게 느껴지지 않았을 뿐만 아니라 오히려 그의 진심어린 마음이 보기 드물게 친근하다는 생각이 들었다고 했다. 달이 하늘 높이 떠올랐는데도 늙은이는 여전히 두보를 못 가게 하면서 가족들이 두보가 술을 마음껏 마시지 못하게 했다며 나무랐다. 집에 있는 술을 몽땅 마시게 하려는 것만 같았다는 의미의 시였다.

만년에 들어서고 나이가 들수록 두보는 술에 대한 애착이 더 커졌다. "몇 가닥 흰 머리 있더라도 어찌 마시기를 포기하랴. 백 잔의 벌주라 해도 사양하지 않으리." 술을 즐기는 백발노인의 영웅 같은 마음은 젊었을 때랑 똑같았고, 큰 잔으로 백 잔의 벌주를 마셔도 결코 사양하지 않았다. "이 몸 술 마시기 끝나고 돌아갈 곳 없어, 아득한 곳에 홀로 서 그냥 시나 읊조리네." 술에 취해 몸 하나 건사할 곳이 없어 홀로 창망한 곳에 서서 소리 높이 시를 읊조렸던 것이다. 그러면서 "몸 외의 끝없는 일들이랑은 생각지 말고, 생전에 마실 한정된 술이나 다 마시자."고 했다. 하루 라도 살아 있는 한 목숨 걸고 술을 마셨다.

두보가 성도에 머무는 동안은 거처도 있고 친구의 도움을 받기도 했지만, 가끔 쌀이 떨어져 배를 고를 때도 있었다. 이에 두보는 걱정이 되고 슬프기도 했다. 그러나 슬픔 속에도 기쁜 일은 찾아오는 것이었다. 엄무(嚴武)가 경조윤(京兆尹) 겸 어사 중승(中丞)의 신분으로 성도윤(成都尹) 겸 검남(劍南) 서천(西川) 절도사(節度使)로 임명되었던 것이다. 즉 앞에서 언급한 엄중승(嚴中丞)이 그였다. 두보와 엄무는 망년지교로 사이가 아주 좋았다. 엄무가 오면서부터 두보는 생활에서 의지할 곳이 생겼을 뿐만 아니라 그의 추천으로 성도부의 절도참모(節度參謀), 검교공부(檢校工部) 원외랑(員外郎)으로 지내게 되었다. 두보는 늘 엄무의 집으로 놀러 가서 술을 마시곤 했다. 어느 한번은 술에 취한 두보가 엄무의 좌상에 앉아 두 눈을 부릅뜨고 엄무를 보면서 말했다. 술에 취한 그가 "엄정지(嚴挺之)[45]에게 이런 아들이 있었다니!" 하며 착각하는 말을 하였지만, 엄무는 성미가 급한 편이면서도 그 말을 듣고도 전혀 개의치 않았다 하니 그들의 관계가 어떠했는지를 알 수 있을 것이다.

어찌 보면 오늘날의 알코올중독자와 같았던 이들의 모습을 보면서 탓을 해야 할지, 멋진 인생을 살다 간 사람들이라 해야 할지는 독자들의 판단에 맡겨야 할 것 같다.

---

45) 엄정지 : 당나라 화주(華州) 화음(華陰) 사람으로 이름은 준(俊)이다. 젊어서부터 배우기를 좋아하여 진사 시험에 합격하여 의흥위(宜興尉)가 되었다. 현종(玄宗) 개원(開元) 중에는 고공원외랑(考功員外郎)이 되고, 이어 급사중(給事中)에 승진한 뒤 공거(貢擧)를 맡았다. 인재 선발이 공평했다는 평을 들었다.

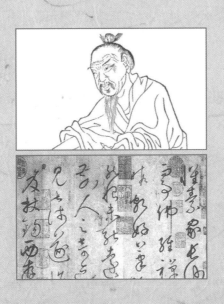

18. 장욱(張旭, 675~750)과 회소(懷素, 725 ~ 785)
- 술기운에 쓴 광초(狂草)로 초성(草聖)이 된 서예가들 -

한자 서예에는 전서(篆書), 예서(隸書), 행서(行書), 해서(楷書) 등의 장르가 있는데, 해서와 초서의 중간적인 서체가 행서이다. 따라서 행서는 여러 가지로 나뉘는데, 그 종류에는 행압서(行押書), 진행(眞行), 행해(行楷), 초행·행초(草行·行草), 소행초(小行草), 반초행서(半草行書), 선서(扇書) 등이 있다. 이번 달 다루려는 장욱과 회소는 당나라 시기 초행의 대가들로, 술 한 잔 걸치고 쓴 글씨를 용과 귀신이 보고는 놀라서 도망갔다는 이야기가 전해질 정도로 변화무쌍하여 그들이 쓴 행초를 광초라고 부르기도 한다. 광초란 글자그대로 "미친 초서"라는 뜻의 글씨로 변화가 크고 과장되게 쓰는 흘림글씨를 말한다.

이런 광초의 대가인 장욱과 회소에 대해 세간에서는 두 사람 모두 술에 취한 채로 글씨 쓰기를 좋아해서 "미치광이 장과 술꾼 소"라는 뜻의 전장취소(顚張醉素)로 두 사람을 부르기도 했다.

장욱의 자는 백고(伯高)이고, 당나라 소주(蘇州)사람이다. 그는 술을 즐기고 예법의 구애를 받지 않는 데다 정력을 모두 서법에 쏟아 부었기 때문에 평생 현위(縣尉)[46], 장사(長史)[47]와 같은 소관으로만 지냈다. 그래서 후인들은 그를 장장사(張長史)라고도 부른다.

서예에서 그는 특히 초서에 뛰어났는데, 그의 초서는 끊이지 않고 구불구불 감돌며 기복을 이루고 변화가 무쌍했다. 이를 두고 "장욱 글씨체의 훌륭함은 풍부함에 있다."고 평하였다. 그가 쓴 초서의 선은 두툼하고 풍만하였으며, 기세가 바뀌는 온갖 오묘함이 융합되어 있었기에 그를 '장전(張顚)'이라고도 불렀다. 술에 취할 때마다 그는 붓을 휘날리며 마구 고함을 질렀는데 마치 신의 도움이라도 받은 듯 글씨체가 변화무쌍하였다. 술에 취한 장욱은 가끔 머리카락에 먹을 적셔 글씨를 쓰기도 했는데, 그의 '발서(髮書)'는 날아갈 듯 기묘하고 또 다른 재미도 있었다고 한다. 술을 깨고 나면 자신조차도 글씨체에 놀라워했다고 할 정도로 음주가 버릇처럼 된 장욱은 술에 취해서 써야만이 진정한 그의 초서의 풍미를 맛볼 수 있었던 것이다.

그야말로 장욱은 명실상부한 술중독자였다. 하지만 두보의 시 「음중팔선가(飲中八仙歌)」[48]에 그려진 장욱의 모습은 초성(草聖) 그 자체였다. "석잔 술에 초서체의 성인으로 불릴만한 뛰어난 글씨를 전했는데, 왕공 앞에서 모자를 벗어 맨머리를 드러내고 붓을 휘두르면 구름과 안개 같았다." 여기서의 '석잔'은 단지 석잔 만을 의미하는 것이 아니라 술을 마시는 행위를 의미하는 것이고, '모자를 벗다'는 것은 글씨를 쓸 때의 무아지경인 경지를 표현한 말이며, '붓을 휘두른다'는 장욱 초서체의 정묘함을 형상적으로 비유한 것이다. 두보의 필 끝에서 장욱 본연의 모습이 세인들에게 전해졌으며, 이러한 그의 뛰어난 풍모에 후세인들은 탄복을 금치 못했던 것이다.

장욱이 술기운을 빌려 붓을 휘날리며 글씨를 쓰는 재능은 당시의

---

46) 현위: 현령이 있는 고을에 배치되어 교육을 맡아보던 지방의 벼슬아치
47) 장사: 하는 일이 일정치 않은 오늘날 비서와 같은 역할을 하는 벼슬아치
48) 장욱은 당나라 때 주중팔선가 중의 한 사람이었다.

황제도 인정했다. 황제는 장욱의 초서, 이백의 시, 배민(裵旻)의 검무를 '삼절(三絶)'이라 봉(封)한 바 있다. 위대한 예술가 장욱은 온갖 열정을 점과 획에 쏟아 부었다. 그가 글씨를 쓸 때는 정열이 넘쳤을 뿐만 아니라 곁에 사람이 없는 듯, 그리고 취한 듯 홀린 듯 미친 듯이 글씨를 휘날렸는데 그 누구도 따라잡을 수 없는 경지였다고 한다. 게다가 그는 성격이 소탈하고 활달하며 도량이 넓었을 뿐만 아니라 재주가 남다르고 해박했기에 천하의 현인(賢人)들이 찾아와 그와 사귀기를 애원했다고 한다.

송나라(宋代) 주당(酒黨, 술꾼) 서예가 미불(米芾)도 장욱의 초서에 대해 평했는데, 그는 "장욱의 초서는 마치 용이 여름철의 구름 속에서 솟아오르는 듯하여 기세가 기이한 문양을 이루었기에 예측할 수가 없다."고 했다. 장욱의 광초는 대다수가 술에 취한 후 쓴 것인데, 장욱의 초서와 술의 관계에 대한 기록은 사서 여기저기에 많아 기록되어 있다. 『신당서 · 문예전(新唐書 · 文藝傳)』에는 이렇게 기록하고 있다.

> "욱, 그는 소주(蘇州)의 오나라 사람(吳人)이다. 술을 즐기고 술에 취할 때마다 미친 듯 고함을 지르며 글을 쓰거나 머리칼에 먹을 적셔 쓰곤 했다. 술이 깨면 스스로 그 필체를 보고 신기하다고 여겼는데, 그것은 다시는 얻을 수 없는 신작(神作)이었기 때문이었다. 그래서 세상 사람들은 그를 '장전'이라 불렀다."

당나라 시인들도 장욱이 술을 즐기고 미친 듯한 기풍과 예법을 무시하는 성격을 시로써 묘사하곤 했는데, 이기(李頎)는 「장욱에게 드리다(贈張旭)」라는 시에서 이렇게 썼다.

> "장공은 천성적으로 술을 좋아하고, 성격이 호방하며, 잔꾀를 부리지

않는다. 한 평생 초서와 해서(楷書)를 탐구하여 태호(太湖)의 정기를 받았다고 칭송받았다. 맨 머리로 소상에 앉아 네 다섯 번 크게 고함을 지르고, 흥이 일면 하얀 벽에 먹물을 뿌리고 유성이 지나가듯 붓을 휘둘렀다. 누추한 집에는 바람도 적막하고 뜰에는 겨울 잡초 무성한데, 집에 무엇이 있냐고 묻는 것은 인생지사 부평초와 같은 것이다. 왼손에는 술 안주로 게의 집게다리를 쥐고, 오른손에는 단경(丹經)을 들고 있는데, 두 눈 부릅뜨고 하늘을 쳐다보면, 취했는지 깨었는지 알 수가 없다. 여러 객들은 여전히 반듯하게 앉아 있는데 아침 해는 동쪽성에 걸려있다. 연꽃잎 아래 강물에는 고기들이 노닐고, 흰 단지에는 좋은 쌀이 가득하다. 하찮은 봉록에는 조금도 마음을 두지 않고, 오로지 팔굉(八紘)[49]에만 정신을 쏟고 있다. 세인들은 알지 못하지만 이가 바로 안기생(安期生)[50]같은 신선이 아닌가!"

이 시의 뜻은 이러하다. 장욱은 천성으로 술을 즐기고 성격이 호방하고 잔꾀를 부릴 줄 몰라 머리에 흰서리가 내릴 때까지 서법 연구에 매진했다. 그의 고향이 태호와 가까운 연유로, 사람들은 그를 태호의 정령이라 부른다. 술에 취하면 모자를 벗고 맨머리로 호상에 양반자리를 하고 앉아 네 다섯 번 크게 고함을 지른다. 술기운을 비러 하얀 벽에 먹물을 뿌리고 유성이 지나듯 붓을 휘둘렀다. 그가 살고 있는 집은 사방에 바람이 새고 정원에 잡초가 무성하게 자랐으며 집에는 아무 것도 없다. 생활에 대해서는 늘 개의치 않아 했으며 왼손에는 술안주로 게의 집게다리를 쥐고, 오른손에는 연단(煉丹) 경전을 들고 있다. 두 눈을 부릅뜨고 하늘을 우러러 보면 취했는지 깨었는지조차 모른다. 아침 해가 갓 동쪽성에 걸리자 손님들로 꽉 찼으며, 연꽃잎으로

---

49) 팔굉 : 여덟 방위의 멀고 너른 범위라는 뜻으로, 온 세상을 이르는 말.
50) 안기생 : 산동성 낭야 부향(阜鄕)사람으로, 바닷가 동해 일대에서 약(藥)을 팔았다. 안기생이 파는 약을 사서 먹은 사람은 매우 영험이 있어 당시 그 일대 사람들에게 안기생은 몹시도 숭배 받는 대상이었다. 그는 천년을 살았다하여 천세옹(千歲翁)이라고도 불렸다.

강에서 방금 낚아 올린 신선한 물고기가 싸여 있고, 흰 단지에는 좋은 쌀이 가득 담겨 있다. 소관의 얼마 안 되는 봉록에는 전혀 관심이 없고 천지간에만 눈길을 돌렸다. 그를 모르는 사람들은 모두 그를 신선 안기생으로 생각했다.

당현종(唐玄宗) 천보(天寶) 11년(기원 752년) 가을에 봉구(封丘) 현위로 지내던 시인 고적(高適)이 관리생활을 그만두고 서쪽에 있는 장안(長安)으로 갔다가 장욱과 만났다. 두 사람들은 거나하게 취할 정도로 술을 마신 상태에서 고적이 오율시 「취한 뒤 장욱에게(醉後贈張九旭)」를 지었다.

"세상 사람들은 쉽게 잘도 사귀지만 이 노인만은 그렇지 않네. 흥에 겨워 글씨를 쓰면 저절로 성인이고, 술에 취하면 말이 미친 듯하네. 백발이 되어도 세상사에 무심하였네, 벼슬길이 눈앞에 있다 할지라도. 상머리에 술 한 병을 놓고 이렇게 마시고 취하여 잠들기가 또 몇 번이던가."

장욱이 형제 가운데서 아홉째여서 장구욱이라고도 불렀다. 시의 뜻은 대체로 이러하다. 세상의 많은 사람들은 다른 사람과 친분이 깊지 않으면서도 서로를 지기라 말한다. 그러나 장욱은 그렇지 않았다. 그가 술기운을 빌려 쓴 초서는 신묘하기 그지없었고, 술에 취한 후에는 전혀 구속을 받지 않고 하고 싶은 말을 다 했다. 백발이 되어도 세상사를 따지지 않고, 한가하게 은거생활을 하며 다만 파란 하늘과 흰 구름을 바라볼 뿐이다. 상머리에 갖다 놓은 술 한 번에 다 마시고 취해 잠들기를 몇 번이나 하였던가!

장욱은 기인이라고 할 수 있지만, 마음속에 풍운을 품고 재능이 뛰어난 유명 인사이자 현사(賢士)이기도 했다. 그러기에 그의 곁에는 항상 걸출한 시인 · 웅재 · 협객들이 따르고 있어 그들은 술을 데워 마시며 예술을 논했다.

원나라(元代) 원소(袁紹)는 「안아당괭률(安雅堂觥律)」에서 술 취한 후 장욱이 초서를 쓴 것에 대해 「장욱 초성」이라는 시를 지었다. "석 잔 술에 초서체의 성인으로 불릴만한 뛰어난 글씨를 전했는데 마치 구름과 안개 같다네. 모자를 벗고 머리를 적시면 이미 거나하게 취한 것이라네."

결국 술이 장욱을 초성으로 만들었던 것이다.

장욱과 어깨를 나란히 하는 또 하나의 초서 대가로 회소(懷素)가 있다. 안진경(顔眞卿)은 회소를 광승(狂僧 : 미친 중)이라고 부르면서 회소가 장욱의 서법을 이어받았다고 했다. 회소도 장욱처럼 술에 취해 글을 썼다. 하루에 9번씩 취하는 스님이 스스로 "술을 마시면 몸을 다스리고, 초서를 쓰면 마음이 편안해진다."고 했다. 그가 술에 취해 쓴 초서는 어찌나 신기한지 마치 신을 방불케 했다. 한 번에 수백 잔을 마셔도 오히려 정력이 더욱 왕성해져 마치 번개처럼 붓을 휘날려 글을 썼다. 이백은 「초서가(草書歌)」를 지어 그를 높이 평가했는데 그중에 이런 구절이 있다.

"우리 스님 취한 뒤 그물침대에 기대 앉아 잠깐 동안에 수천 장을 써버렸네. 회오리바람 소나기 소리에 놀라 떨어지는 꽃이나 흩날리는 눈처럼 얼마나 많은지 헤아릴 수가 없다. 일어나 벽을 향해 손놀림 멈추지 않으니 행마다 쓰여 진 글자가 한 없이 이어지네. 너무 황홀하여 귀신 놀라는 소리가 들리고 때때로 용과 뱀이 달리는 것이 보이는 듯하다."

시인 임화(任華)의 「회소스님의 초서를 노래하다(懷素上人草書歌)」에도 이런 구절이 있다.

"준마가 마중 와서 집안에 앉아 있는데, 금잔에 넘치는 술에서는 댓

잎향기가 풍기네. 다섯 잔, 열 잔으로는 뜻을 풀어내지 못하고, 백 잔은 마셔야 비로소 폭풍 기운이 나온다. 미친 듯 의기가 넘쳐나고 고함을 지르며 소매를 걷어 올린 채 붓을 휘날리니, 잠깐 사이에 천만 자를 쓰는데 가끔 한 글자, 두 글자가 두 장(丈) 만큼이나 길다."

"술이 한묵(翰墨)의 담을 키운다."는 말처럼 장욱과 회소는 술기운을 빌려 천고에 길이 남을 초서를 써냈다. 술에서 힘을 얻어 절묘한 필법을 선보인 그들은 서예사에 신기한 한 획을 남겼으며, 술기운이 배인 그들의 광초에서 사람들은 특수한 매력을 느꼈다. 이처럼 맨머리로 네댓 번 고함을 지르고 벽에 천만 자를 휘날리는 경지로 이끈 것은 오로지 술 덕분이었던 것이다.

19. 양귀비(楊貴妃, 719~756)

- 술로도 외로움을 달래지 못했던 천하미인 -

양귀비에 대한 이야기는 너무나 흔해 웬만한 사람들은 다들 알고 있을 것이다. 그러나 양귀비가 술에 취해 추태를 부린 얘기는 아마 귀에 익지 않은 소리일 듯하다. 그녀도 여자였기에 외로움을 견디기가 어렵게 되자 술에 취해 난동을 부린 적이 있기 때문이다. 몸무게가 60-65Kg에 키가 165Cm 쯤 되었던 양귀비는 웬만큼 마셔서는 끄떡도 하지 않는 애주가였다. 물론 현종과 만나 매일 마시지 않으면 안 되는 여인으로서의 운명이었기에 애주가라고 하는 표현은 잘못일 수도 있다. 하지만 황제를 모셔야 했던 만큼 술에 취해서는 안 되었기에 술에 취하지 않으려는 절제력은 대단할 수밖에 없었기에 나름대로 술에는 강한 면모를 지니고 있었다고 할 수 있다. 그럼에도 간혹 술에 취해 흐트러진 모습을 보이는 양귀비를 보면서 현종은 그녀에게서 색다른 매력을 느끼며 매우 만족스러워 했다는 이야기도 전해지고 있다.

양귀비의 본명은 양옥환(楊玉環)이다. 그녀는 719년 당 현종 집권 초기에 쓰촨성 촉주(蜀州, 현재의 두장옌시[都江堰市])에서 태어나 포주(蒲州)의 영락(永樂)에서 자랐다. 양옥환의 아버지 양현염(楊玄琰)은 촉주(蜀州)에서 호구를 조사하는 하급관리였기에 가족들도 그를 따라 원래 살던 산서(山西)에서 촉주로 이사를 왔던 것이다. 양현염은 양옥환이 어렸을 때 죽어서 양옥환은 하남성 낙양에서 하급관리로 근무하던 숙부 양현교(楊玄璬)의 슬하에서 자랐다. 숙부는 가정교육에 엄격해 사서삼경을 가르치고 많은 시문을 외우게 했지만, 총명했던 양옥환은 숙부 집에 있던 기생 출신 하녀에게서 호선무(胡旋舞, 빙글빙글 돌아가며 추는 춤)를 몰래 배웠다고 한다. 당시 감찰어사를 맡고 있던 양옥환의 친척 양신명(楊愼名)과 그의 처는 이러한 양옥환을 자신들의 집에서 열리는 연회에 자주 초청했는데, 연회에 오는 손님들 중에는 당 중종 이현(李顯)의 딸 장녕(長寧)공주도 있었다. 장녕공주의 첫 번째 남편 양신교(楊愼交)는 본래 양옥환과 같은 홍농(弘農) 양씨 출신이었는데, 마침 장녕공주와 양신교 사이에서 태어난 아들 양회(楊洄)가 당 현종 이융기(李隆基)가 가장 총애하는 딸 함의공주(咸宜公主)와 혼인하게 되었다. 장녕공주는 이 혼례에서 빼어난 미모로 소문난 양옥환에게 들러리를 서줄 것을 부탁하게 되었고, 이를 계기로 양옥환은 함의공주와 가까이 지내게 되었다. 그러던 중 현종의 후궁 중 하나였던 혜비 무씨(惠妃 武氏)가 낳은 13째 황자 수왕(壽王) 이모(李瑁)가 양옥환의 미모에 매료됐고, 함의공주의 주선으로 무씨도 양옥환을 마음에 들어 해 현종 이융기에게 양옥환을 수왕 이모의 비로 맞을 수 있게 허가해달라고 요청했다. 무씨는 측천무후 무조(武曌, 해와 달처럼 세상을 비춘다는 의미의 이름)의 조카라는 이유로 황후에는 봉해지지 못했지만, 현종 이융기에게 가장 큰 총애를 받는 후궁이었기에 그는 무씨의 부탁을 들어주게 되었다.

그리하여 개원 23년(733)에 16세의 양옥환은 수왕 이모와 혼인하게 되었다. 얼마 후에 무씨가 죽자 그녀를 총애했던 명황(明皇) 현종은 그녀를 그리워한 나머지 사람들을 각지에 파견하여 그녀와 비슷하게 생긴 미녀를 선발하도록 했다. 그러는 가운데 복건성 중부의 홍화(興化)현에서 강채평(江采蘋)이라는 미녀가 선발되었다. 그녀는 재색을 겸비한데다 죽은 무씨와도 비슷하게 생겨 명황의 환심을 사게 되었으며, 거기에 매화를 좋아해 스스로 매분(梅芬)이라고 자칭하는 것을 본 현종은 매비(梅妃)라는 이름을 하사하면서 특별히 매원(梅園)까지 조성해주었다.

그러던 어느 날 명황 현종이 매원에서 잔치를 베풀어 황족들을 불러 한판 거나하게 즐기게 되었다. 매비는 이들에게 잘 보이기 위해 스스로 나아가 경쾌한 음악과 우아한 춤을 선보이자 모여 있던 황족들은 부러움을 금치 못했다. 이때 술에 취한 현종의 친형인 영왕(寧王)이 매비에게 술을 권하면서 무심코 매비의 신발을 밟게 되었다. 그러자 불쾌해진 매비가 횡하니 궁으로 돌아가 버리자 술자리는 곧바로 삭막해지게 되었다. 겁이 덜컥 난 영왕은 부랴부랴 부마(附馬, 황족 사위) 양회(楊回)를 찾아가 사태를 수습하기 위한 대책을 논의하였다. 그러자 양회는 그에게 두 가지 방법을 일러주었다. 첫째 방법은 명황에게 사죄하고 술에 취해 벌어진 실수이니 용서를 구하라는 것이었고, 둘째 방법은 명황에게 수왕(壽王)의 비(妃) 양옥환(楊玉環)이 인간세상에서는 보기 드물게 절세의 용모를 가졌다는 사실을 알려주라는 것이었다.

이 말에 귀가 솔깃해진 명황 현종은 영왕을 용서한 후 고력사를 파견하여 양옥환을 데려오게 하였다. "고개를 돌리고 한번 웃으면 애교가 철철 넘쳐 비빈들을 무색케 하는 양옥환의 미모"에 명황은 곧바로 넋이 나가버렸다. 그러자 그는 며느리를 차지하면 세인의 구설수에 오를 것을 염려하여 먼저 양옥환을 도교 도장인 태진관(太眞觀)으로 보내 여도사로 있게 하였다가 후에 양옥환을 위해 새로이 도교사원인 '태진궁'을 지어 양옥환을 이곳으로 들어오게 하였고, 그때부터 두 사람은 밤낮으로 함께 있으면서 세월 가는 줄 모르고 향락에 빠져들게 되었다.

이러한 사실을 알게 된 매비가 어느 날 명황의 마음을 돌리고자 화려하게 치장을 한 후 양귀비와 함께 있는 명황을 만나러 가니 현종은 두 미인을 모두 품에 안고는 행복에 겨워 어찌해야 좋을지 모를 정도로 즐거워했으나 이로부터 두 미인 사이의 싸움은 끊이지 않게 되었다. 그러한 두 사람을 놓치기 싫었던 현종은 늘 두 미인을 고루 돌보느라 허둥댈 뿐이었다.

그러는 가운데 천보(天寶) 4년(745)에 양옥환을 달래기 위해 '귀비(貴妃)'로 책봉하자 그녀는 마치 황후라도 된 양 전횡을 일삼게 되었다. '귀비(貴妃)'에 책봉된 이후 그녀의 죽은 부친은 대위제국공(大尉齊國公)에 추서되었고, 숙부는 광록경(光祿卿)에 임명되었다. 뿐만 아니라 친척들인 큰오빠는 홍로경(鴻로卿), 작은오빠는 시어사(侍御史), 남동생은 사공(司公)에 임명되었으며, 큰언니 옥패(玉佩)는 한국부인(韓國夫人), 셋째언니 옥쟁(玉箏)은 괵국부인(虢國夫人), 여덟째 언니 옥차(玉釵)는 진국부인(秦國夫人)에 봉해졌다. 현종의 극진한 총애로 단숨에 부귀영화를 누리게 된 양귀비의 친척 형제자매들은 그 세력이 강대해져 궁궐도 마음대로 출입할 수 있게 되었을 뿐만 아니라 막강한 권세를 과시하며 많은 사람들을 농락하기에 이르렀다.

어느 때인가 특히 미색에 뛰어났던 그녀의 셋째 언니 괵국부인이 궁궐에서 집으로 돌아가는 길에 공주와 부마(駙馬)의 행렬과 마주쳤는데, 서로 길을 양보하지 않다가 큰 싸움이 일어나고 말았다. 이 사실을 알게 된 현종은 평소 공주에게 주었던 물건들을 모두 빼앗고 부마의 관직마저 박탈하기까지 했으니 궁궐 내에서 그들의 위치가 공주나 부마보다도 더 위에 있었다는 것을 알 수 있을 것이다. 다른 양귀비의 언니들도 비록 양귀비에는 미치지 못하였지만 모두 뛰어난 미색을 갖춘 여인들이었으니 현종의 총애를 입은 그녀들의 횡포가 어느 정도였는지는 짐작이 가도 남을 것이다.

　물론 이 정도로까지 될 수 있었던 것은 여자에 대한 현종의 욕심 때문이었다. 결국 괵국부인과도 눈이 맞아 양귀비를 배신하고 결국 그녀와도 동침을 하기에 이르렀다. 나중에 이러한 사실을 알게 된 양귀비의 마음속에는 질투의 불길이 화산처럼 솟아올랐다. 그러던 중에 마침 현종이 또다시 양귀비에게 괵국부인을 입궐시키라는 명을 내리자 화가 난 그녀는 현종의 명을 거역하게 되었고, 급기야는 이 일로 현종과 대판 싸움을 벌이게까지 되어 현종의 분노를 사게 되었다. 현종은 고력사(高力士)에게 명하여 양귀비를 쫓아내도록 하였다. 고심을 하던 고력사는 당시 승상이었던 양국충(楊國忠, 양귀비의 사촌오빠)과 양귀비의 관계를 잘 알고 있었기에 일단 양국충의 집으로 보내서 상황을 수습하기로 하였다. 양국충은 양씨(楊氏) 집안에서 양귀비 다음으로 유명한 인물로 아주 음흉한 성격의 소유자였다. 그는 젊은 시절에는 고향 영락(永樂)에서 술과 노름으로 방탕한 생활을 보내다가 후에 군에 입대하여 전쟁에서 용맹은 떨쳤지만, 평소에 늘 사람들을 괴롭히는 등 온갖 만행을 저질렀기 때문에 결국 직위를 박탈당하고 쫓겨났던 인물이었다. 그는 쫓겨난 뒤 선우중통(鮮于仲通)의 집에서 집안일을 관리하면서 하인들의 돈을 가로채는 죄를 저질러 몸을 피하고자 양귀비의 집으로 도망치게 되었다. 이렇게 된 것은 이전부터 사사로이 정을 통하고 있던 괵국부인인 양옥쟁의 도움이 있었기 때문이었다. 그런 점을 잘 알고 있던 고력사였기에 괵국부인으로 인해 시끄러워진 이번 일을 가장 잘 해결할 수 있는 사람이 바로 승상 양국충임을 알고 그의 집으로 보냈던 것이고, 양씨 일문의 운명이 양귀비의 손에 달려있다는 사실을 누구보다 잘 아는 양국충은 고력사와 합심하여 두 사람의 관계를 화해시키기 위해 현종과 양귀비를 화청지(華淸池)에서 만나도록 주선하였다. 미리 와서 화청지의 물속에서 반쯤 드러난 양귀비의 아름다운 육체를 본 67세의 현종은 결국 흥분을 감추지 못하고 26세의 양귀비를 품에 안음으로써 그간의 번뇌를 단번에 씻을 수 있게 되었다. 이렇게 두 간신의 노력으로 다시금 양귀비를 품에 안을 수 있게 된 현종은 양귀비를 더욱 아끼고 사랑하였다. 그리하여 양귀비의 품속에서 다시 환락에 빠지게 된 현종은 유희와 쾌락에 정신을 잃어 더 이상 지난날 성군의 모습은 찾아볼 수 없게 되었다.

양귀비는 성애(性愛)에 상당히 뛰어난 재능을 가지고 있었던 것으로 전해진다. 먼저 사촌 오빠 양국충(楊國忠)으로부터 성애에 대해 눈을 뜨기 시작하여, 수왕(壽王)에게서 기초를 닦았고, 현종을 만남으로써 기교 상에서 절정을 이루었다는 얘기가 전해진다. 백거이는 이러한 작태를 보고 〈장한가(長恨歌)〉 중에서 다름과 같이 읊었다

> 구름 같은 머리, 꽃다운 얼굴, 황금 비녀,
> 연꽃 휘장 속에서 지새운 따사로운 봄밤.
> 봄밤이 너무 짧은 건지 이미 해가 높이 솟았구나.
> 이때부터 황제는 조회에도 안 나온다네.

봄바람이 산들산들 불고 가랑비가 부슬부슬 내리는 봄밤에 현종은 양귀비의 처소로 가서 낮게 드리운 비단 휘장 안에서 양귀비와 밤새도록 사랑을 나누며 정치하고는 담을 쌓게 되었다. 후궁에 미인들이 3천 명이나 있었지만, 양귀비에 대한 현종의 총애는 이들을 거들떠보

지도 않을 정도였다.

양옥환과 현종은 음악을 좋아하여 자주 술을 마시며 가무를 즐겼다. 현종은 당나라가 위기에 직면해 있어도 정치에는 관심을 두지 않고 양옥환과 함께 음주가무만을 즐겼다. 하루는 명황 현종이 백화정(百花亭)에서 연회를 베풀어 양귀비를 불러 함께 술을 마시며 달구경이나 하자고 하였다. 양귀비는 밝은 달빛 아래서 거문고를 타며 시를 지으면서 술을 마실 생각에 한껏 기대가 부풀어 곱게 치장한 후 곧바로 달려갔다. 그러나 정작 오라고 하던 명황이 보이지를 않자 꽃밭에 쭈그리고 앉아 애를 태우며 하염없이 기다리고 있었다. 점차 밤이 깊어가도 명황은 그림자조차 비치지를 않았다. 그러자 양귀비는 환광고력사를 시켜 황제의 행방을 알아보도록 하였다. 곧바로 돌아온 고력사는 황제께서 매비에게 갔다고 대답하였다. 이 말은 들은 양귀비는 자존심이 상해 가슴을 치며 괴로워하기 시작했다. 질투도 나고 슬프기도 하고 분통도 터졌지만 무엇보다도 그녀는 외로움을 느끼게 되자 자신이 거처하는 궁으로 돌아가고 싶어졌다. 그런데 고력사 등이 황제께서 오시면 어떻게 설명하겠느냐 하며 말리는 바람에 양옥환은 그대로 눌러앉는 수밖에 없었다. 그러나 소외감에 슬픔과 분노에 젖어 있던 그녀는 그대로 기다릴 수가 없어서 홀로 술을 마시면서 그의 이삼랑(당 명황이 가족 항렬에서 셋째여서 양귀환은 늘 그를 '삼랑'이라고 불렀다)을 기다리기로 하였다. 그녀는 배석하고 있는 환관들에게 술을 따르게 하면서 한 잔 두 잔하면서 몇 잔을 마시다 보니 술을 잘 마시는 양옥환이었지만 그날따라 머리가 어지럽고 마음은 더욱 착잡해져 갔다. 질투의 화신이 그녀의 마음을 송두리째 흔들고 있었던 것이다. 그녀는 인생이란 예측하기 어려운 꿈이라는 생각이 들었다. 조금 지나니 술기운이 오르며 온 몸이 후끈 달아올랐다. 그녀는 아예 겉옷을 벗어던지고는 큰 술잔으로 술을 마시기 시작하였다. 환관들이 말리는데도 그녀는 듣지 않고 혼자서 따라 마시면서 취해야겠다고 작심했다. 결국 머리가 어지럽고 몸을 가누지 못하며 비틀거릴 정도로까지 취해버렸다. 처음 느껴보는 무력감이 엄습해왔다. 그러자 그녀는 환관들에게 자신을 부축해서 꽃을 구경할 수 있도록 하라고 명하였다. 그렇게 꽃구경을 하다 보니 이삼랑에 대한 그리움은 더욱 사무쳐 갔다. 더욱 슬프고 외로움을 느낀 그녀는 다시 환관들에게 술을 따르라고 재촉하였다. 그녀는 마시면서 때로는 너무 차다고 탓하고, 때로는 너무 뜨겁다고 탓하면서 준비해 둔 술을 다 마시고는 또다시 더 가져오라고 하였다. 그만 마시라고 말리는 환관들의 뺨을 하나씩 갈기면서 개 같은 아랫것들이 왜 말을 안 듣느냐며 욕설까지 퍼부었다. 천하에 위세를 떨치고 있던 고력사조차도 멍하니 쳐다만 볼 뿐이었다, 양귀비는 한밤중까지 그렇게 마시고 또 마셨다. 그녀는 술기운을 빌려 남장을 하고 놀고 싶어서 고력사의 모자를 벗겨 머리에 쓰고, 다른 환관의 장화를 벗겨 신고는 황제 흉내까지 내면서 고개를 쳐들고 우쭐대며 흔들흔들 걸어보기도 했다. 그렇게 새벽까지 난리법석을 피우며 외로움을 달래봤지만, 새벽 공기에다 날씨까지 추워지자 몸도 춥고 마음까지 시려왔다. 그녀는 슬픔과 원한으로 가득 차 마음속으로 약속을 어기고 자신을 밤새도록 기다리게 하다가 결국 홀로 쓸쓸히 궁으로 돌아가게 한 이삼랑을 원망할 뿐이었다.

　바람 맞은 여인의 슬픈 마음은 술기운으로도 달랠 수가 없었다. 그러한 원한이 사무친 때문인지 양귀비도 다른 남자에게 마음이 쏠리기 시작했다. 그것은 결국 자신을 스스로 죽음의 길로 몰고 가는 거나 다름없었다.

　영주(營州) 유역(柳城)의 호인(胡人) 출신인 안록산은 처음에는 변방의 일개 군졸에 불과했으나, 후에는 세 지역을 다스리는 절도사로 승승장구하면서 막강한 권세를 휘두르게 되었다. 안록산이 이렇게 세력을 얻게 된 것은 순전히 양귀비 때문이었다. 천보 6년(747) 정월에 현종은 변방의 절도사 안록산을 환영하는 연회를 흥경궁(興慶宮)에서 열었는데, 이 자리에서 안록산과 양귀비의 첫 만남이 이루어졌다. 그 후 안록산은 자유롭게 궁궐을 출입할 수 있게 되었고, 그러한 안록산을 양귀비는 수양아들로 삼았다. 안록산은 양귀비의 비위를 맞추기 위해 온갖 아양을 다 떨었고, 양귀비는 그러한 안록산의 우람한 몸집을, 특히 그의 희고 부드러운 살결을 좋아했다고 한다. 안록산은 현종이 없는 틈을 이용해 자주 입궐하면서 양귀비를 만났으며, 양귀비는 그를 화청지로 데려가 목욕까지 시켜주곤 하였다. 심지어 목욕이 끝난 다음에는 오색천으로 요람(搖籃)을 만들어 안록산을 어린애처럼 굴게 하고 그를 요람에 눕힌 다음 수십 명의 궁녀가 앞뒤로 끌어 양귀비 앞으로 오게 하였다. 그럴 때마다 안록산은 그녀를 '엄마' 하고 불렀다. 40대 후반의 아들을 둔 20대의 젊은 엄마, 그들은 그것이 변태적인 사랑이라는 것을 몰랐던 것이다. 한번은 안록산이 양귀비를 품에 안고 그녀의 신체 중 가장 부드러운 부위를 힘껏 비비자 뜻밖에 그녀의 젖가슴에 상처가 나게 되었다. 그러자 현종에게 들통이 나지 않게 하기 위해서 붉은 비단 천으로 가슴을 가릴 수밖에 없었다. 그것을 중국어로는 '뚜떠우(肚兜)'라고 하는데, 이것을 '브래지어의 시초'라고 말하기까지 한다.

원래 양국충은 안록산과 연합하여 이림보를 제거하려 하였으나, 이림보가 먼저 죽자 그들 사이에 세력 다툼이 일어났다. 양귀비를 등에 업고 점점 그 세력을 확대해 가는 안록산에게 위협을 느낀 양국충은 현종 앞에서 자주 안록산을 비방하기 시작하였다. 양귀비는 자기 애인을 비방하는 양국충의 말을 그대로 안록산에게 전하게 되었고, 그 후 안록산은 양국충에게 반감을 가지고 그를 제거하려는 계획을 세웠다. 현종은 안록산이 반역을 꾀하려는 마음이 있다는 것을 알았지만, 그때마다 양귀비가 안록산을 변호해 주어 아무런 손을 쓰지 못했다. 이처럼 양귀비는 조정의 일마저도 마음대로 주물렀던 것이다. 755년 마침내 안록산은 간신 양국충의 타도를 명분으로 내세워 범양(范陽)에서 반란을 일으켜 장안(長安)으로 진격해 들어갔다. 이 소식을 접한 현종은 깜짝 놀라 가랑비 내리는 한여름 새벽에 승상 위견소(韋見素), 양국충, 그리고 양귀비 자매와 소수의 호위병을 거느리고는 피난길에 올랐다. 장안성 연추문(延秋門)을 벗어나 서쪽으로 방향을 잡은 일행은 마외파(馬嵬坡, 지금의 섬서성 싱핑[興平])에 이르렀으나 병사들이 더 이상 나아가지 않고 현종에게 양국충과 양귀비를 비롯한 양씨 일족들을 모두 죽이기를 강요했다. 상황이 그리되자 이미 힘을 잃고 있던 현종은 별다른 방법이 없어 그들의 요구를 허락하지 않을 수 없었다. 성난 군사들은 양국충과 일족들의 목이 자르고 시신을 갈기갈기 찢어버렸다. 사태의 심각성을 알아차린 양귀비도 어쩔 수 없이 마외역관 앞의 배나무에 목을 매달아 자결하고 말았으니 이때 나이 38세였다.

　미인의 죽음은 언제나 많은 이야기를 파생시킨다. 양귀비의 죽음에는 여러 설이 있는데 대표적인 것이 《구당서·양귀비전》,《자치통감·당시(唐纪)》에서 말한 "불당(佛堂)에서 죽었다"는 설, 시인 두목(杜牧)이 《화청궁삼십운(華清宮三十韵)》에서 표현했듯이 "전쟁터에서 목매어 죽었다"는 설, 중당 때의 산문가인 유우석(刘禹锡)이 쓴 《마외행(马嵬行)》에서 "금가루를 먹고 죽었다"는 설, 유평백(俞平伯)쓴 《시사곡잡저론(论诗词曲杂著)》에서 말한 "전란 중 민간 속으로 들

어가 숨어 있다가 죽었다"는 설, 일본의 민간설화나 일본학계에서 말
하는 "일본으로 도망가서 68세에 교토(京都)에서 죽었다는 설" 등이
있다. 미인박명(美人薄命)이라기보다 미인번명(美人繁命, 미인은 죽는
것도 복잡하다)이라는 말이 맞는 말이 아닐까 여겨진다. 그러나 분명한
사실은 "술은 적당하게 마셔야 한다"는 점이다. 왜냐하면 자신의 운
명을 가르게 하는 나침반이 될 수 있기 때문이다.

20. 백거이(白居易, 772~846)

- 이름도 고향도 관직도 기억 못하는 취음(醉吟[51]) 선생 -

이백은 술 미치광이이고, 두보는 술에 환장했다는 것은 모르는 사람이 없을 것이다. 그런데 백거이도 그 둘보다 더하면 더했지 못하지는 않다는 사실은 알고 있을까? 이백이 스스로 "술의 신선(酒中仙)"이라고 자칭하여도 술과 관련된 별명은 '주선(酒仙)' 하나에 불과하지만 백거이는 그 별명이 네 개나 된다.

백거이는 거의 가는 곳마다, 그리고 관직을 맡을 때마다 술과 관련된 별명을 지었다. 그가 허난(河南) 윤(尹, 관직 이름)을 맡았을 때는 스스로 '취윤(醉尹)'이라는 별명을 지었고, 장쩌우(江州) 사마(司馬)로 좌천되었을 때는 '취사마(醉司馬)'라는 별명을 지었으며, 태자소부(太子少傅) 직을 맡았을 때는 스스로 '취부(醉傅)'라는 별명을 지어 불렀다. 만년에 벼슬에서 물러나 관직명이 없을 때에도 '취음선생(醉吟先生)'이라는 별명을 지어 불렀다.

현재까지 전해져 내려오는 백거이의 시는 3,000여 수가 넘는데 그중에서 술을 읊은 시가 900여 수로 총 수의 4분의 1이상을 차지한다.

---

51) 취음(醉吟) : 술에 취하여 노래나 시를 읊는 것.

그가 술을 좋아하지 않았거나 술에 정통하지 않았거나 또 혹은 술에서 정취를 얻지 못하였다면 그렇게 많은 술과 관련된 시를 지을 수 없었을 것이다.

백거이는 스스로 '취음선생'이라는 별명을 지은 뒤 자기 이야기를 다룬 『취음선생전』을 썼는데 술 역사상 매우 드문 명작이다. 그 글은 도연명(陶淵明)의 「오류선생전(五柳先生傳)」을 본떠서 지은 것인데, 그때 당시 백거이는 이미 67세로 동도(東都, 낙양의 별칭)에서 태자소부 동도라는 분담 직을 맡아 낙양에 살고 있었다. 그는 이 글의 서두에서 이렇게 쓰고 있다.

> "취음선생이라는 사람이 있는데, 이름도 고향도 관작도 다 잊어버리고 자기가 누군지도 모른다. 30년 동안 여러 지방을 전전하며 벼슬을 하다가 이제는 늙어서 관직에서 물러나 낙양에 살고 있다. 그가 거처하는 곳에는 대여섯 묘(畝, 토지 단위로 시대에 따라 차이가 많은데, 일반적으로는 30평=99㎡ 정도의 크기) 크기의 연못, 수천 그루의 대나무, 교목 수십 그루가 있고, 물가에 지은 정자·망루·배·나무다리가 모두 갖춰져 있지만 규모는 작은 편이다. 선생은 바로 그 곳에서 편안히 살고 있다. …… 선생은 천성적으로 술을 엄청 좋아하고, 거문고를 잘 타며, 시 읊는 것을 좋아한다. 무릇 술을 좋아하는 사람이거나 거문고를 타는 친구거나 시를 짓는 자라면 대부분 그와 왕래가 있다. 낙양 성 안팎으로 60~70리 거리에 있는 곳에 무릇 도관(도교사원)과 사찰, 물과 바위, 꽃과 대나무가 있는 산과 계곡이 있으면, 어디든 노닐지 않은 곳이 없고, 누구의 집이든 맛 좋은 술과 거문고를 타는 사람이 있으면 그냥 지나치는 법이 없으며, 그림이 있거나 가무가 있는 곳은 구경하지 않고 지나치는 법이 없다."

이처럼 취음 선생은 참으로 사랑스러운 인물이었다. 그는 술과 거문고와 시에 빠져 자신의 이름과 본적, 직무까지도 까맣게 잊어버렸고, 심지어 자신이 누구인지도 기억하지 못했다. 그 속에는 태초의 순박한 본연의 모습으로 돌아가려는 짙은 노장사상이 가득 넘쳐흘렀기에 '갓난아기로 돌아간 듯' 어린아이 마음 같은 순진함으로 가득 차 있었다. 취음 선생을 태초의 순박한 본연의 모습으로 돌아갈 수 있게 한 중요한 요소는 술과 시 그리고 거문고였다. 그리하여 백거이는 예전부터 술과 시 그리고 거문고를 마음이 제일 잘 통하는 벗으로 삼았기에, 그는 스스로 다음과 같이 공언하였다.

> "평생 친하게 지낸 벗은 오직 셋뿐인데, 그 셋이 누구인가 하면, 거문고를 뜯다가 술을 마시고, 술을 마시다 문득 생각나면 시를 읊는 등 세 벗이 번갈아 이어 받으니 돌고 돎이 참으로 끝이 없도다.(平生所親唯三友. 三友者爲誰 琴罷輒飮酒, 酒罷輒吟詩, 三友遞相引循環無已時)"

라고 공언하였다. 글 마지막 부분에는 또 이런 구절이 있다.

> "취했다가 깨어나서는 소리 높여 시를 읊고, 읊은 다음에는 또 다시 마시고 취하며, 취하면 또 다시 읊고, 읊고 나서는 또 술을 마셔 취하고 그렇게 계속 반복한다. 그래야 비로소 꿈속에서 일생을 보고, 부귀를 거론하며, 하늘을 이불 삼고, 땅을 담요 삼아 지내다 보면, 어느새 순식간에 백년 인생이 흘러가버리는 것이다. 이처럼 기쁨과 혼돈 속에서 어느새 늙어가는 것이 옛 사람들이 말하는 소위 '술에서 온전함을 취한다'는 것이며, 그것이 나를 취음선생이라고 부르는 이유이다. 때는 당 문종(唐文宗) 개성(開成) 3년으로 선생은 67세로서 수염도 하얗게 세고 반쯤 대머리가 되었으며, 이도 여러 대 빠졌지만 술을 마시고 시를 읊는 것만큼은 흥이 줄지 않았다. 그는 처자식에게 '지금까지 나는 아주 즐겁게 살아왔는데, 앞으로는 내가 어떤 것에 흥미를 느낄 수 있을지는 나 자신도

모르겠다.'고 말하곤 한다."

"지금까지 나는 아주 즐겁게 살아왔는데 앞으로는 내가 어떤 것에
홍미를 느낄 수 있을지 나 자신도 모르겠다."라는 마지막 한 마디에서
는 오늘 술을 마실 수 있을 때, 실컷 마시고 취하려는 기개와 마음은
'어린애 같은 늙은이의 익살스러움'을 엿볼 수 있으며, 또 늙어도 기
력이 왕성한 호기와 취음 선생의 재치를 엿볼 수 있게 된다.

이러한 백거이의 글은 후세에 아주 큰 영향을 미쳤다. 『당어림(唐語
林)』[52)]에는 이렇게 기록하고 있다.

"백거이는 (낙양) 롱먼산(龍門山)에 묻혔으며, 하남(河南)의 윤 노정(盧
貞)이 「취임선생」이라고 글을 돌에 새겨 무덤 옆에 세워주었다. 무덤을
찾는 낙양의 선비들과 각지에서 온 유람객들은 반드시 술을 부어 제사
를 지냈기 때문에 무덤 앞의 흙은 언제나 축축하게 젖어 있었다."

더욱 홍미로운 것은 백거이가 스스로 자신의 묘지(墓誌, 죽은 사람의
이름, 신분, 생전의 행적, 나고 죽은 때 따위를 적은 글)를 지었다는 사실이다. 그
런데 이상한 것은 그 묘지의 제목으로 「취음선생묘지명」이라고 달았
다는 점이다. 자기 스스로 묘지를 짓는 것 자체가 원래 드문 일인데,
스스로 '취음 선생'이라고 불렀기에 이상한 일이라 하지 않을 수 없
는 것이다. 이 묘지명에는 다음과 써 있다.

"낙천, 낙천, 천지간에 태어나 일흔 하고도 다섯을 더 먹었네. 사는 것도
덧없는 것이니, 죽어도 그만일세. 어떤 연고로 왔다가 어떤 인연으로 가
는 것인가? 내 성격은 변하지 않았으나 모습은 많이 바뀌었다네. 그렇

52) 당어림 : 송(宋)나라 왕당(王讜)이 『세설신어』의 체제를 모방하여 찬한 책이다.

지만 됐네, 됐어. 내가 어디로 가든 어떠하리. 무슨 미련이 있겠는가?(樂
天, 樂天, 生天地中, 七十有五年, 其生也浮雲然, 其死也委蛻然. 來
何因, 去何緣? 吾性不動, 吾形屢遷. 已焉已焉, 吾安往而不可, 又何
足厭戀乎其間?)"

백거이는 이처럼 세상을 달관한 마음으로 멋지게 세상을 떠났다.
『당어림』에 쓰여 진 것처럼 하남의 윤(尹)[53]이었던 노정(盧貞)이 「취
음선생」을 돌에 새겨 무덤 옆에 세워준 것도 어쩌면 백거이의 「취음
선생묘지명」에 있는 부탁을 이행한 것인지도 모른다.

백거이는 술을 마시는 데서 두보와는 달랐다. 두보는 가정형편이
어려웠기 때문에 좋은 술은 자주 마실 수 없었고, 그와 술을 마시는
사람들도 대부분 어부나 나무꾼, 그리고 밭을 가는 농부 등 시골 사람
들이었으며, 술 마시는 장소는 주로 들판과 수림이었다. 그러나 백거
이는 비록 어렸을 때 가정형편이 어려워 고생을 꽤나 했지만, 후에는
집에서 좋은 술을 빚어 술을 마실 때마다 주악소리를 곁들여 기생의
시중을 받곤 하였다. 함께 술을 마신 사람들도 배도(裴度)·유우석
(劉禹錫)과 같은 '사회의 명류 인사'들이었다.

백거이는 하루도 빠지지 않고 거의 매일 술을 마셨고 술에 취하지
않은 날이 별로 없었기에 "알코올성 약시증"을 앓았다. 그가 「눈병 2
수(眼病兩首)」라는 시에 이렇게 썼다.

"공중에서 어지러이 흩날리는 눈이 대지에 면사를 씌워놓아 어렴풋하
네. 갠 날씨에도 안개가 낀 것 같으니 봄이 아니어도 꽃을 구경할 수 있
구나. (散亂空中千片雪, 朦朧物上壹重紗. 縱逢晴景如看霧, 不是春天
亦見花)"

---

53) 윤(尹) : 낙양이 수도였는데, 당시 낙양의 시장에 해당한다. 당시는 일반적으로 장관을 윤이라 했다.

그는 그 병으로 고생하며 명의를 찾고 영약을 구하며 의서를 찾아
보았으나 아무 효과도 보지 못하였다. 백거이는 향년 75세로 허난(河
南)의 용문산(龍門山)에 묻혔다. 그의 무덤 옆에 세워진 「취음선생(醉
吟先生)」이라고 적힌 비석을 보면서 많은 사람들이 찾아와 제사지내
며 술을 부어 술을 좋아했던 그의 영혼을 달래느라 항상 땅이 축축해
있었다는 것을 보면, 후세 사람들이 그를 꾸준히 사랑해 왔음을 알 수
있는 증표가 아니겠는가!

21. 조광윤(趙匡胤, 927~976)

- 술을 이용한 처세술의 달인 -

조광윤(927~976)은 낙양(洛陽) 협마영(夾馬營) 사람으로 자는 원랑(元朗)이고, 아이 때 이름은 향해아(香孩兒), 조구중(趙九重)이었다. 송(宋)나라를 개국한 황제이기 때문에 송태조(宋太祖)라고 불린다. 조상의 본적은 탁군(涿郡)[54]이고, 부친은 조홍은(趙弘殷)이며, 모친은 두씨(杜氏)이다.

959년에 후주(後周)의 세종(世宗) 시영(柴榮)은 임종 전에 조광윤을 전전도점첨(殿前都點檢)으로 임명하고, 전전금군(殿前禁軍)을 관장하게 하였다. 다음 해에 북한(北漢) 및 거란(契丹)의 연합군이 변경을 침략하자 조광윤은 대군을 이끌고 경성(京城) 변량(汴梁) 동북쪽 20리에 위치한 진교역(陳橋驛)에 주둔하고 있을 때, 장령들이 황제로 추대하였다. 이를 역사서에는 진교병변(陳橋兵變)으로 일컫는다.

그러나 조정의 윤허를 못 받은 처지였기에 그는 대군을 이끌고 경성으로 돌아와 윤허를 받으려 했는데, 당시 황위에 있던 후주(後周) 공제(恭帝)가 이를 알고 그에게 황위를 선양하는 형식을 취했기에 비

---

54) 탁군 : 허베이성(河北省)의 옛 행정구역으로, 바오딩군(保定郡) 지구에 속했다

로소 정식으로 황제가 되었다. 그는 국호(國號)를 송(宋)으로 개칭하고, 연호를 건륭(建隆)이라 하였다. 역사서에서는 송조(宋朝)라 하면서도 창장(長江)남부까지는 권력이 미치고 있지 않았기 때문에 북송(北宋)으로 일컫기도 한다.

태조 조광윤은 재위 중에 재상 조보(趙普)[55]의 선남후북(先南後北)[56]의 책략에 따라 먼저 형남(荊南), 호남(湖南), 후촉(後蜀), 남한(南漢), 남당(南唐) 등 남부의 지방정권을 멸망시키고, 아우 송태종(宋太宗) 조광의(趙光義) 때에는 오월(吳越), 민남(閩南), 북한(北漢) 등의 정권을 멸망시켜 전국을 통일하였다.

이렇게 전국을 통일하는 과정 중에 그는 961년부터 969년까지 두 차례에 걸쳐 술잔치를 벌여 장군들과 지방 번진(藩鎭)들의 병권을 놓게 하였는데, 이를 '배주석병권(杯酒釋兵權)'이라고 일컫는다. 이처럼 그는 술을 수단으로 삼아 자신의 정치적 목적을 달성하는 진수(眞髓)를 남김없이 보여준 인물이었다. 그러면서도 그는 말 위에서 천하를 얻을 수는 있어도, 천하를 다스릴 수는 없다고 생각하여 장군이던 시절에 늘 수레에 책을 가득 싣고 다니면서 글을 읽었다. 그의 이런 수상한 행적을 보고 기이하게 생각한 간신 하나가 "조 장군이 어디를 가나 뇌물을 실은 수레를 끌고 다닌다 하옵니다."라고 참소(讒訴, 고해바치는 것)하자 황제가 직접 확인하기에 이르렀다. 그러나 금은보화가 아닌 책이 가득 실려 있는 것을 보자 놀란 황제가 자신의 뒤를 이을

---

55) 조보(趙普) : 송 태조가 나라를 세우는 과정에서 많은 묘책을 내어 큰 공을 세운 사람으로 나중에는 송나라의 재상까지 되었다. 조보를 각별히 신임했던 태조는 조정의 대소사를 그와 의논하곤 했다. 아전 출신인 조보는 학문이 일반 문신들보다도 못해서 태조는 그에게 책을 많이 읽으라고 권유했다. 그러자 조보는 집에 돌아가면 방문을 닫아걸고 상자에서 책을 꺼내 읽었으며, 다음날 조정에 나가서는 대소사를 척척 손쉽게 처리하곤 했다. 나중에 집안사람들이 그의 책 상자를 정리하고 보니 『논어』밖에 없었다. 이 소문이 퍼져서 '반쪽의 『논어』로 나라를 다스린다' 라는 말이 생겨났다. 태조는 조보를 아주 신임했으며, 조보는 자신의 생각이 옳다고 하면 태조 앞에서도 뜻을 굽히지 않았다. 그러나 후에는 세도가 너무 커져 뇌물을 많이 받는 바람에 재상 직을 박탈당하고 말았다.
56) 선남후북 : 남쪽을 먼저 치고 나중에 북쪽을 치는 전략.

황태자로 내심 낙점하였다는 일화를 보면, 그가 얼마나 문무 양면으로 노력하는 인물이었는지를 잘 보여준다고 하겠다.

조선의 정조는 즉위하던 해 8월 8일 경연(經筵, 어전에서 경서를 강론하던 일) 자리에서 신하들에게 이렇게 말했다. "하늘이 임금을 내신 까닭은 백성을 위함이다. 송태조가 '짐(朕)은 백성을 위하여 이 자리를 지키겠노라'고 말했다는데, 이는 참으로 절실하고 합당한 말이다." 이처럼 송태조 조광윤은 황제가 되기까지 밤낮 없이 말에 올라 전쟁터를 달린 군인이었지만, 틈만 나면 책을 읽었던 것이다.

이처럼 경험과 독서량이 많았던 그였지만 가장 중요한 문제에 부딪쳐서는 술을 수단으로 자신의 목적을 달성하였던 것이니, 이 또한 그의 지혜의 산물이었던 것이다. 그의 이러한 대표적인 진수를 알려주는 4가지를 소개하자면 다음과 같다.

(1) 희극을 연출하고 병란을 일으켜 권력을 빼앗다.

조광윤은 원래 주세종(周世宗) 아래의 금군(禁軍, 궁중을 지키는 호위부대) 총수였다. 세종이 병으로 일찍 세상을 떠난 후 그의 7살 난 어린 아들이 그의 뒤를 잇게 되자 황위를 노리고 있던 조광윤은 머리를 쥐어짠 끝에 "술에 취한 체 하면서 황제를 자칭하는 기막힌 꾀"를 생각해냈다. 그가 군대를 이끌고 적을 토벌하면서 개봉(開封) 동북의 진교역(陳橋驛)에 이르렀을 때는 이미 날이 어두워진 후였다. 그래서 그는 전군에 숙영 명령을 내린 뒤 홀로 막사에서 술을 마셨다. 그가 깊이 잠든 체 하고 있을 때 그의 심복인 조광의(趙匡義)와 조보(趙普)가 사람들을 이끌고 우르르 몰려들어 황제 등극의 상징인 황포를 그의 몸에 씌우고는 모두들 무릎을 꿇고 일제히 만세를 높이 외쳤다. 조광윤은 사양하는 체 하다가 '마지못해' 승낙하였다. 이어서 조광윤은 곧

바로 군사를 이끌고 개봉으로 가 조정의 문무백관 앞에서 사전에 미리 위조해 놓은 양위 조서를 낭독하게 하고, 어린 황제와 과부인 그의 모후에게 순순히 권력을 내놓도록 강요하였다. 그리고서 국호를 송(宋)으로 바꾸고 정식으로 개국 황제가 되었다. 조광윤이 반역과 황위 찬탈의 악명도 쓰지 않고, 그렇게 깔끔하게 왕위에 오를 수 있은 데는 술이 특별한 역할을 하였던 것이다.

(2) 술로 은혜를 베풀어 인심을 구슬리다.

오대십국(五代十國) 중 남한(南漢)의 마지막 군주 유창(劉鋹)이 개봉으로 호송되어 처벌을 기다리고 있었다. 조광윤은 강무지(講武池)에서 그를 접견하고 술을 내려 깍듯하게 대접하였다. 그러나 유창은 두려워서 온몸을 부들부들 떨면서 거듭 사양하였다. 술에 독을 탔을까봐 두려웠던 것이다. 그러나 조광윤은 계속 술을 권하였다. 유창은 어쩔 수 없이 잔을 들고 눈물을 흘리면서 애원하였다. "소인이 죽을죄를 지었습니다. 천만번 죽어 마땅합니다. 폐하께서 이미 저에게 살 길을 열어주셨으니 그 은혜가 태산보다도 더 큽니다. 소인은 말을 잘 듣는 신민(臣民)이 되겠습니다. 하지만 눈앞의 이 술은 도저히 마실 수가 없습니다. 부디 너그러이 용서하여 주시옵소서!" 조광윤은 유창의 말을 듣고 그가 의심병이 도졌다는 것을 알아차렸지만 그를 탓하는 대신 오히려 인내심을 갖고 설명하였다. "무슨 생각을 하는 겁니까? 짐은 신뢰와 성의를 가지고 사람을 대할 뿐 잔꾀를 부리지 않소이다. 당신이 걱정하는 그런 일은 결코 없을 것이오." 말을 마친 그는 앞으로 다가가 유창이 들고 있던 술잔을 빼앗아 단숨에 마셔버리고서는 또 사람을 시켜 술을 마련하여 유창을 정성껏 대접하였다. 유창은 조광윤의 말과 행동에 크게 감동을 받았다. 조광윤의 회유정책은 과연

효험이 있었다. 유창은 돌아간 후 그의 부하들까지 기꺼이 심복이 되어 일편단심으로 송 왕조를 위해 목숨을 바쳐 일할 수 있도록 부하들을 안정시키는 데 심혈을 기울였다.

(3) 술로 우정을 돈독히 하다.

조광윤은 막 황위에 등극하였을 때, 늘 잠행을 다니며 백성들의 사정과 형편을 살피고 파악하였는데, 사전에 잠행하겠다는 통지를 하는 법이 없었다. 그래서 조보와 같은 중신들마저도 퇴청하여 집으로 돌아간 후에도 태조의 갑작스런 왕림을 대비하여 관복을 갈아입지 못하곤 하였다. 큰 눈이 펑펑 쏟아지던 어느 날 저녁 무렵, 조보는 황제가 외출하지 않을 것이라고 예측하였다. 그리하여 막 사복으로 갈아입었는데 태조가 찾아왔던 것이다. 거기에다 태조는 그의 친동생인 조광의도 좀 있으면 올 것이니 서설이 내리는 이 밤에 셋이서 술이나 마시자고 말했다. 그때 당시 태조는 전혀 황제의 틀을 차리지 않았고, 또 조보의 아내를 형수님이라고 불렀으며, 술좌석에 함께 동석할 것을 청하기까지 하였다. 그렇게 편안하고 화기애애한 분위기 속에서 함께 술을 마셨으니 서로의 우정은 자연스럽게 돈독해질 수밖에 없었던 것이다.

(4) 술잔을 기울이며 장수들의 병권을 빼앗다.

천하를 얻기는 쉬워도 강산을 지키기는 어렵다는 말이 있다. 조광윤도 그 이치를 잘 알고 있었다. 그는 부하들이 "그가 썼던 방법으로 그에게 되갚음을 하지나 않을까?" 늘 노심초사하고 있었다. 그가 왕위에 오른 지 반년도 안 되는 사이에 이미 두 명의 절도사가 군사를 일으켜 송나라에 반기를 들었기 때문이었다. 비록 그가 직접 군사를 통솔하여 반란을 평정하기는 하였지만 숱한 인력과 물력을 소모시킨 데다가, 나라가 여전히 안정되지 않고 있었기 때문에 그는 걱정이 태산 같았다.

그는 어떻게 "왕위를 지킬 것인지?"에 대해 책사 조보와 의논하였다. 조보는 지금도 번진(藩鎭)의 세력이 엄청나다면서 만약 조정에 군권을 집중시킨다면 천하가 자연적으로 태평해질 것이라고 말했다. 이 말은 조광윤의 마음에 쏙 들었다. 그가 비록 입 밖으로 말은 하지 않았지만 원래 갖고 있던 생각과 같았기에 더욱 확고해졌다.

어느 날 조광윤은 항상 마음에 두고 있던 석수신(石守信)·왕심기(王審琦) 등 권력을 장악한 고급 장수들을 궁으로 불러 주연을 베풀었다. 주연에서 술이 한 순배 돌기를 기다렸다가 그가 말했다.

"짐에게 오늘이 있는 것은 다 경들이 애써 받들어준 덕분이오. 자네들이 고생하여 세운 공을 짐은 평생 잊지 않을 것이오. 그러나 솔직히 말해서 짐은 마음이 점점 불안하고 식욕도 없고 밤잠을 설치는 게 참으로 말로 이루 다 표현할 수 없을 정도로 고통스럽소."

장수들은 그 말의 참뜻을 미처 헤아릴 수가 없어 태조에게 되물었다.

"현재 천명(天命)도 정해졌고, 온 세상이 태평한데 폐하께서는 무엇을 걱정하시는 것입니까? 기탄없이 말씀해 주십시오. 신하들은 견마지로(犬馬之勞)[57]를 아끼지 않고 폐하를 위해 근심을 덜어드리겠습니다."

---

57) 견마지로 : '견마'는 '자기'를 겸칭(謙稱)하는 말로, 자기의 수고를 겸손하게 이르는 말이다. 다시 말해서 개나 말 정도의 하찮은 힘이란 뜻으로, 임금이나 나라를 위해 충성을 다하겠다는 것을 비유한 말이다.

조광윤이 심각한 표정을 지으며 한탄하였다.

"짐이 걱정하는 것이 바로 그 일이오. 천하는 넓고 황제는 한 사람뿐이니, 이처럼 높고 귀한 자리를 어느 누군들 차지하고 싶지 않겠소?"

그 말에 장수들은 대경질색하며 부랴부랴 꿇어 엎드려 절을 하면서 말했다.

"폐하께서 현명하게 판단해 주시길 바랍니다. 신들은 일편단심으로 충성을 다할 것이며, 역심(逆心, 반역하려는 마음) 따위는 절대 품지 않을 것입니다."

그래도 조광윤은 계속해서 말했다.

"그렇긴 하오. 그대들에 대해서는 물론 믿어 의심치 않소. 그러나 그대들의 부하들이 그대들을 제위에 앉히고자 꾀하게 되면, 그때는 그대들도 호랑이 등에 올라탄 격으로 이러지도 저러지도 못하게 될 것이오. 그대들이 황제가 될 마음이 없다고 할지라도 어쩔 수 없이 그 자리에 앉게 될 것이 아니겠는가?"

말 속에 담긴 뜻이 분명해진 것이다. 여러 장수들은 그제야 깨달았다. 장수들은 하는 수 없이 모두가 절을 하면서 자기 입장을 표명하였다.

"신들이 술을 마시는 바람에 참으로 멍청해졌습니다. 거기까지 미처 생각하지 못하였습니다. 폐하께서 널리 아량을 베푸시어 신들에게 살길을 가르쳐 주시옵소서."

그제야 조광윤은 장수들을 '위안' 하면서 말했다.

"경들은 겁내지 마시게나. 인생은 덧없는 것이라지 않는가. 이른바 부귀영화란 재물을 모으고 안일하게 즐기기만 하면 되는 것이 아닌가?……그대들은 병권을 내놓고 전답이나 많이 장만하고 첩을 들여 노래와 술로써 즐겁게 보냄이 어떠시오? 그리되면 군신 간에도 서로 다툼이 없이 평화롭게 지낼 수 있으니 즐거운 일이라 하지 않을 수 없겠소?"

장수들 모두가 넓은 세상을 겪어보지 않은 이가 없는지라 방금 전에 하마터면 단두주(斷頭酒)를 마실 뻔한 것을 생각하며, 지금 임금이 퇴로를 열어주고 있으니 서둘러 도망가기에 바빴다. 그들은 비록 마음에 내키지는 않았지만 그래도 말로는 수긍하고 굽실거리면서 허둥지둥 엎드려 절을 하고는 물러나왔다. 이튿날 일찍 장수들은 모두 약속이나 한 듯이 병을 핑계로 태조에게 사직서를 올렸다. 이쯤 되자 태조는 더 이상 체면을 차릴 것도 없었다. 그는 바로 붓을 들어 전부 '윤허' 해버렸다. 그들에게는 황제가 은혜를 내려 고향으로 돌아가 편안한 삶을 살도록 하였다. 8년 후 조광윤은 또 같은 방법으로 왕언초(王彦超) 등 지방 절도사들을 직위에서 파직시켰다. 이처럼 조광윤은 "술을 빌려" 병사를 한 명도 쓰지 않고 지방 군벌의 병권을 손쉽게 해체시켜 사회 불안정의 근원을 없앰으로써 자신의 황권을 지켜냈다.

조광윤은 당나라 이래 번진(藩鎭)이 제멋대로 날뛰면서 군대를 거느리고 자신의 지위를 강화하며 조직이 방대하여 다스리기 어려웠던 심각한 교훈을 받아들여, 전쟁 대신 술로써 군권을 빼앗는 평화로운 방식으로 여러 지방의 군권을 자신의 손아귀에 넣었던 것이다. 이런 식으로 제후들이 할거(割據)하면서 백성을 도탄에 빠뜨리는 전란의 비극이 일어나는 것을 막았던 것이다.

　이로 볼 때 조광윤은 "새를 모두 잡고나면 활을 갈무리하고, 토끼를 모두 잡고 나면, 사냥개를 삶아 먹는 것"처럼 목적을 이룬 뒤에는 부하들의 은공을 잊는 배은망덕한 황제들에 비해 어쩌면 그나마 인간미가 있었던 것이다.

　그러나 문관을 중시하고 무관을 소홀히 하며 방어에 치우치는 조광윤의 그런 방침이 송나라를 "가난과 쇠약이 오랜 기간 지속되는 국면"을 형성케 하는데 어느 정도 영향을 미친 것도 사실이다.

22. 구양수(歐陽修, 1007~1072)

- 술에 취해야 산수의 아름다움을 느꼈던 늙은이 -

“‘취옹’ 58)의 뜻은 술을 마시고 잘 취하는 늙은이라는 의미가 아니다”라고 말한 것은 구양수가 자신의 「취옹정기(醉翁亭記)」에서 한 말이다.

　구양수는 가난한 가정에서 태어났지만, 배우고 익혀야 관료가 될 수 있다는 당시 사람들의 영향을 받아 열심히 공부한 끝에 벼슬길에 올랐다. 그렇게 고생 끝에 관직에 올랐지만, 관직에 오른 지 얼마 안 돼 모함을 당하고 말았다. 그 결과 송인종(宋仁宗) 경력(慶曆) 7년에 구양수는 저주(滁州, 오늘날 안휘이성 추현[滁縣])의 지주(知州, 중국 고대의 최고 지방관리. 본고에서는 태수[太守]라 칭함)로 좌천되고 말았다. 운명이 바뀌고 벼슬이 순조롭지 않자 구양수는 평생 술과 인연을 맺으며 살게 되어 스스로 호를 취옹(醉翁)이라고까지 했다. 뜻이 맞는 사람을 만나면 술을 마시며 기뻐했고, 뜻대로 잘 안 될 때는 술을 친구로 삼아 슬픔을 달랬다. 이렇게 술로써 마음을 달랬던 구양수는 이처럼 술기운을 비러 시나 사(詞)로 마음속을 표현했는데 이들 모두가 걸작으로 남

---

58) 취옹(醉翁) : 술에 취한 노인이라는 뜻으로 구양수 자신이 지은 호

게 되었다. 이런 걸작들을 모아 만든 것이 『취옹정기(醉翁亭記)』인데, 이 문집 속에 들어있는 매 문장마다 취기가 짙게 느껴지는 것이 바로 이런 이유 때문이다.

『취옹정기(醉翁亭記)』에는 '취옹정'이라는 이름을 짓게 된 배경을 스스로 밝히고 있다.

> "저주(滁州)는 산에 둘러싸여 있다. 그 서남쪽에 있는 여러 봉우리·숲·계곡은 매우 아름답다. 멀리서 바라볼 때 울창하게 깊고 수려한 산이 바로 낭야산(琅琊山)이다. 산길을 따라 육 칠 리쯤 가노라면 졸졸 흐르는 물소리가 들려오는데, 두 봉우리 사이에 있는 샘에서 솟아올라와 흘러내려 오는 소리이다. 그 샘이 바로 양천(醸泉)이다. 굽이굽이 산길을 따라 들어가면 새가 날개를 펼치는 듯한 기세로 샘물 위에 세워져 있는 정자가 나오는데, 바로 취옹정이다. 그 정자를 지은 사람은 누구인가하고 물었더니 산속에 사는 지선(智仙)이라는 스님이라고 한다. 그럼 정자에 이름을 붙여준 사람은 누구인가? 태수(구양수 본인을 자칭)가 자신의 별명인 취옹을 따서 지은 것이다. 태수가 사람들과 함께 이곳에 와서 술을 마시곤 하였는데 조금만 마셔도 번번이 취하는데다 나이도 가장 많아 스스로 취옹이라는 별명을 붙였다. 그러나 취옹의 실제 의미는 술을 마시고 잘 취하기 때문에 붙인 것이 아니라 산수의 아름다운 경치를 감상하려는 즐거움을 한잔 두잔 술에 담아 느끼다 보니 늘 취하고 말기에 붙인 것이다."

이처럼 주량이 약해서 "조금만 마셔도 취하곤 하면서" 굳이 술을 좋아했던 자신을 "아름다운 경치를 감상하려는 즐거움을 위해 한잔 두잔 마시다보니 잘 취해서"라고 『취옹정기』에서 변호하고 있음을 알 수 있다.

구양수가 자주로 좌천되어 태수가 된 배경에는 "가정생활이 문란하다"는 억울한 누명을 썼기 때문이었다. 경력(慶曆) 5년(1045) 여름에서 가을로 넘어가던 때에 하북(河北)의 전운안찰사(轉運按察使)였던 구양수가 붙잡혀서 수감되었다가 개봉부(開封府)로 이송되어 심문을 받게 되었다. 이 사건은 조정 안팎을 들썩이게 하였다. 구양수는 당시 유명한 문학 시종대신으로 문학에서 성과가 뛰어나 천하에 명성이 자자하였었는데, 하필이면 방탕하고도 복잡하게 뒤엉켜 있는 사건에 휘말리는 바람에 주위의 주목을 끄는 인물이 되었던 것이다.

이 사건의 내막은 다음과 같았다. 구양수의 생질녀인 장 씨는 구양수의 매형과 그 전처 사이에서 태어난 딸로서 어릴 적부터 양친을 잃어 구양수가 어른이 될 때까지 키웠으며, 후에는 조카 구양성(歐陽晟)에게 시집을 보냈던 여인이었다. 그런데 구양성이 타지방에 가서 관직을 맡고 있는 사이에 적적함을 견딜 수 없었던 장 씨가 구양성의 하인인 진간(陳諫)과 정을 통하고 말았다. 이 일이 발각되는 바람에 개봉부(開封府, 송나라 수도)의 우군순원(右軍巡院)으로 이송되어 재판을 받게 되었다. 장 씨는 취조를 받을 때 죄명을 줄이고 책임을 조금이라도 줄이기 위해 높은 관직에 있던 구양수를 끌어들여 시집가기 전에 그와 애매한 관계가 있었다고 말하면서 추하고 불가사의한 내용들을 자백하면서 불어댔던 것이다. 그러나 우군순원의 판관이었던 손규(孫揆)는 장 씨와 진간의 간통 사실만 위에 보고했을 뿐 더 이상 일을 키우지 않으려 했다.

그러나 이런 사실을 알게 된 재상 진집중(陳執中)이 노발대발하였다. 그는 자기 심복을 통해 장 씨의 '자백' 내용을 알게 되자 크게 이용할 가치가 있다고 생각하고는 태상박사(太常博士. 중국의 관직 중의 하나로 종묘와 제사를 담당함) 소안세(蘇安世)에게 재조사 할 것을 명했다. 그리고 재조사 과정에서 장 씨의 자백 내용을 제멋대로 부풀려 기록하도록 하였다. 그는 조사를 받는 자에게 겁을 주기 위해 구양수와 모순이 있었던 환관 왕소명(王昭明)을 파견하여 감독하게까지 하였다. 예전에 구양수가 하북 전운사(轉運使) 직을 맡았을 때 인종(仁宗)이 구양수를 보좌하여 하북을 다스리도록 왕소명에게 동행할 것을 명했으나, 구양수가 상소문을 올려 환관의 동행을 단호히 거절하는 바람에 조정에서 이미 내린 명령을 거둬들였던 일이 있었다. 그 일로 진집중은 왕소명이 앙심을 품고 있다가 기회를 틈타 구양수에게 앙갚음할 것이라고 생각하였다. 그런데 뜻밖에도 왕소명은 양심적인 환관이었다. 그는 자기와 구양수 사이의 모순은 순전히 공적인 일이라고 생각했으며, 남의 약점으로 앙갚음할 생각은 조금도 갖지 않았던 인물이었다.

왕소명은 깊이 조사한 끝에 자백이 가혹한 고문 끝에 만들어진 '조작'이라는 것을 발견하였다. 그렇게 되자 소안세는 겁이 나서 더는 우군순원의 판관 손규의 조사기록을 고칠 엄두를 내지 못하고 단지 구양수가 장 씨의 자산을 횡령해 토지를 사 놓았다는 내용만 추가하여 보고하였다. 결국 이 사건은 "증거가 확실하지 않아 판별할 수 없다"고 종결짓게 되었다.

그러나 비록 사건은 종결되었지만 성 안팎에서는 구양수와 질녀의 관계가 애매하다는 헛소문이 점점 널리 퍼져나가게 되었다. 이처럼 치정사건으로 내몰리게 된 배후에는 혹독한 정치적 알력이 숨겨져 있었던 것이다.

경력 4년(1044) 4월은 범중엄(範仲淹)의 '신정치'가 한창 활기차게 전개되고 있을 때였기에 기존의 벼슬아치들에게는 큰 위협으로 다가오고 있었다. 그러자 권세욕에 젖어 있던 노장파들 사이에서는 붕당을 조성한다며 '신정치'를 주장하는 신진세력들을 비난하는 분위기를 조성하여 범중엄·구양수·윤말(尹沫)·여정(余靖) 등이 파벌을 만들어 사리사욕을 꾀하고 있다는 누명을 씌워 음해하였던 것이다. 그러자 구양수는 이들의 행태에 분노하여 「붕당론」을 써서 반박하였다. 그는 "군자는 바른 뜻을 같이할 수 있는 자를 벗으로 삼고, 소인은 이익을 나눌 수 있는 자를 벗으로 삼는다. 그러니 진정한 벗은 오로지 군자뿐이다."라고 주장하였다. 그 후에도 구양수는 계속해서 물러서지 않고 지조를 굳게 지켜가며 '신진세력'의 이상을 위해 자신의 생명을 걸면서까지 '신정치'를 옹호하였다. 그는 하북 전운사로 재직하는 동안 또 「두연[59]·범중엄 등이 파면된 사실에 대해 논하다」라는 상소를 올려 범중엄을 비롯하여 이미 파직당한 사람들을 위해 사리를 따져가며 그들의 억울함을 호소하였다.

보수적이고 시비에 어두웠던 진집중과 하송(夏竦) 등 늙은 관료들은 항상 솔직하고 바르게 간언하는 구양수에게 앙심을 품고 있었지만, 직무적으로는 구양수를 헐뜯을만한 일이 없었으므로 앞에서 말한 치정사건을 보며 좋은 기회라 여겨 조작하였던 것이다. 비록 이 사건은 흐지부지하게 종결되었지만, 구양수는 현직에서 해임 당했을 뿐만 아니라 저주의 태수로 좌천되어야 했던 것이다.

그해 가을 9월 울분에 가득 찬 마음을 품고 변경(汴京. 수도 개봉의 옛 이름)을 떠난 그였기에 그때부터 마음에 가득 찬 울분을 달랠 길 없었던 구양수는 부지런히 정무를 보는 시간 외에는 항상 술과 함께 지낼 수밖에 없었다.

그는 늘 기분이 우울하여 산수풍경을 감상하며 술로써 근심을 달랬는데, 어느 날 그가 낭야산(琅琊山)으로 놀러 갔을 때, 마침 산속에

---

59) 두연(杜衍) : 북송 월주(越州) 산음(山陰) 사람으로 자는 세창(世昌)이고, 시호는 정헌(正獻)이다. 진사(進士) 갑과를 거쳐 경력(經曆) 3년(1043) 이부시랑추밀사(吏部侍郞樞密使)가 되어 부필(富弼), 범중엄(范仲淹) 등과 함께 폐정을 개혁하는데 앞장섰다.

서 노인 한 분을 만나 담소를 나누던 중 서로 얘기가 잘 통하자 막역한 지기(知己)로 지내기로 하였다. 흥이 난 구양수는 사람을 시켜 노인을 만난 산허리에다 정자를 짓도록 하여 친구들을 불러 술을 마시면서 시를 짓는 장소로 정하였다. 그는 스스로를 '취옹'이라 자칭하였기에 이 정자의 이름을 '취옹정'이라 하였다. 그러나 그 뜻은 위에서도 말했듯이 "경치를 감상하면서 취하도록 술을 마시자"는 의미를 지닌 채 오늘날까지 전해져 내려오고 있는 것이다.

취옹정에서는 재미나는 일들이 많이 일어났다. 하루는 구양수가 술과 음식을 마련해 산으로 놀러가던 중 몇몇 장작을 패는 백성들을 만났다. 구양수는 그들을 취옹정으로 오라고 불렀고, 시권(猜拳, 중국인들이 하는 가위 바위 보 놀이)을 하면서 함께 술을 마시며 즐기고 있었다. 마침 그 때 구양수의 친구 지산(智山)이 관청으로 찾아와 그의 행선지를 묻자 산으로 갔다는 소식을 듣고는 곧바로 그 산으로 달려갔지만, 아무리 찾아봐도 그림자조차 볼 수 없었다. 그는 포기하는 심정으로 산에서 내려오는데 술에 취해 얼굴이 뻘겋게 되어 몽롱해진 상태로 취옹정 밖에 서있는 구양수를 발견하게 되었다. 그는 반가운 나머지 한걸음에 달려와 물었다.

"태수, 왜 이토록 취한 것인가?"

그러자 구양수가 큰 소리로 웃으며 말했다.

"난 취하지 않았네! 다만 백성의 정에 취하고, 산과 물의 아름다움에 취했을 뿐이라네. 내 어찌 술에 취하겠나? 간혹 취할 때도 있기는 하지만 이는 술로써 고민을 달래기 위한 것이니 스스로 어리석은 척

하는 것일 뿐이라네."

하고 말이 끝나기 바쁘게 또 잔에다 술을 부어 단숨에 마셔버렸다. 그리고는 잠깐 사이에 시 한 편을 읊어댔다.

"'취옹'이라는 뜻은 술에 있지 않고 산수의 풍경에 취한 늙은이라는 뜻이네."

태수 구양수는 친구에게 술을 마시라고 하면서 적게 마셔도 취하는 것은 술이 아니라 풍경에 도취된 때문이라고 했던 것이다. 『취옹정기』에서 말했듯이 취옹정 주변은 산과 물이 아름다워 한 폭의 수채화를 방불케 했다고 한다. 구양수는 산과 물을 감상하는 즐거움은 마음으로 느껴야 한다며 이를 위해 술은 단지 흥을 돋구기 위한 수단일 뿐이라고 했던 것이다.

구양수가 마련한 태수연회(太守宴)는 대부분 시냇물과 가까운 곳에서 치러졌기에 물고기를 잡을 수가 있었고, 거기에다 샘물로 빚은 술을 마시며 인근에서 뽑은 야채를 안주로 삼았기에 그야말로 간단하면서도 만족감을 잃지 않았다고 한다. 친구들 또한 한 곳에 모여 조용하고도 여유로운 분위기에서 시를 지으며 풍광을 만끽했기에 손님들 모두는 환호성을 질렀고, 그러한 분위기에 취하곤 했다. 이러한 상황을 알려주는 구양수의 『취옹정기』는 구절구절마다 술기운이 넘쳐흘렀고, 그 속에 그려져 있는 산수의 아름다움과 악기에서 들리는 듯한 음악소리까지 뒷받침되어 걸작으로 평가받고 있는 것이다.

23. 육유(陸游, 1125～1210)

- 술을 마실 수밖에 없었던 한 많은 애국시인 -

육유는 당시풍(唐詩風)의 강렬한 서정을 부흥시킨 시인으로 자신의 파란만장한 생애와 국토회복의 절규를 담은 비통한 우국의 시를 짓는가 하면, 가난하면서도 평화스러운 전원생활의 기쁨을 노래하는 한적한 시를 짓는 등 매우 폭넓은 시인으로 알려져 있다.

그는 절강성의 산음(山陰)에서 명망 있는 집안의 자제로 출생했다. 부친은 군사(軍事)일을 맡았지만 문(文)에도 밝아 집에는 많은 서적을 보유하고 있었으나 육유가 태어났을 때 북송(北宋)이 금(金)에게 멸망하자 그의 가족은 남쪽으로 피난길에 올라야 했다.

육유는 34세에 복주(福州)에서 첫 지방관리가 되었다가 쇄청시(鎖廳試, 현임 관리가 참가하는 과거시험으로 송대의 중요한 진사과(進士科) 시험이다)에 급제하였지만, 진회(秦檜, 중국 역사에서 최대의 간신으로 회자되는 자)의 방해로 결국 중앙의 관직으로는 나아가지 못했다. 이후 고향 산음(山陰 : 현재의 紹興)으로 돌아가 시작(詩作)에 몰두하였고, 병서(兵書)를 가까이 하며 검술연마에 힘썼다. 그러다가 1162년 중앙의 관직인 추밀원편수관(樞密院編修官)으로 봉직하기도 했다. 남송 효종이 즉위하고 육유는 진강(鎭江)의 통판(通判, 주의 부주지사로 지산에 대한 감시 역할을 함)으로 임명되어 금(金)을 치고 옛 영토를 회복하자는 주전론(主戰論)을 내세웠지만, 남송의 고종이 재상 진회(秦檜)와 함께 금과 화친하는 것을 목적으로 하였기에 명장 악비(岳飛)까지 독살하자 육유는 악비의 죽음을 한탄하며 애국충정에 찬 시(詩)를 남기기도 했다. 북벌론이 실패하고 주화파(主和派)가 득세하자 그도 벼슬을 잃고 낙향했다. 65세 때에 향리로 은퇴하여 농촌에 묻혀 농사를 지으며 지냈다. 32세부터 85세까지의 약 50년 동안 1만 수(首)에 달하는 시를 남겨 중국 시사상(詩史上) 최다작의 시인으로 꼽히고 있으며, 저서로 《검남시고(劍南詩稿)》(85권)가 있다.

중국은 옛 것을 숭배하는 문화대국으로서의 기질을 갖고 있기 때문에, 풍부한 주문(酒文) 작품들을 보면 문인들이 술을 마시면서 애국충정의 마음을 숨기지 못하여 은연중 드러내고 있음을 알게 된다. 그 대표적인 문인이 육유인데, 그는 "평생 술을 좋아했지만 맛을 위해서 마신 것은 아니었다."라는 말로 자신의 웅대한 포부가 실현될 수 없는 어려운 시국임을 대신하였다.

육유는 평생을 술과 함께 했다. 그를 방탕하다고 비웃는 자들도 있었기에 육유는 아예 호를 '방옹(放翁, 예법에 구속받지 않는다는 뜻)'이라고 자칭하기도 했다. 금나라에 대항하여 나라를 되찾을 희망이 없음을 보았던 육유는 늘 술을 마시며 시를 짓는 것으로서 자신의 암울함을 달랬던 것이다. 그러면서 가슴 속 가득 찬 애국 열정을 남김없이 시로써 표현했다.

낙향한 육유는 산 속에서 은거생활을 하면서 백성들과 하나가 되어 늘 함께 술을 마시면서 군 생활 때의 기백을 감추고 지냈다. "농가의 섣달그믐 술 흐리다고 비웃지 마라. 농사가 풍년이라 객이 머물러도 닭과 돼지 안주 풍족하구나." 육유가 지은 『산서촌을 유람하다(遊山西村)』라는 이 시에는 술기운 속에서도 농촌에 대한 정이 가득 느껴진다. 농가에서 빚은 술이 약간 탁하기는 하지만 자택에서 기른 닭과 오리를 잡아 안주로 내오니 진실한 정이 바로 이 술에 있다는 뜻이다. 또 무릉도원을 방불케 하는 아름다운 산촌을 "산과 물이 첩첩하여 길이 없는 가 했는데, 산골 속에 버드나무가 우거지고 꽃이 만발해 있는 곳에 또 하나의 마을이 있다네."라고 표현했듯이 산촌은 육유가 상처를 치유하는 훌륭한 장소였다. 육유는 파란만장했던 인생을 개탄하였지만, 자신이 이곳에서 구사일생으로 잘 살고 있음을 은연 중 나타냈던 것이다.

술을 마시거나 술에 취하거나 어느 때건 육유의 붓 끝에는 항상 애국 열정의 시정(詩情)이 차 넘쳤다. 평생 술을 유달리 즐겼지만, 술맛 때문이 아니라 술을 마시고 나면 잠깐이나마 자신을 마비시켜 모든 것을 잊을 수가 있었기에 술을 마셨던 것이다. 술에 취해 나뒹굴다 술이 깨어 일어나지만, 이미 손님들은 다 가버리고 홀로 남아 있는 자신을 보며 처량함에 휩싸여 나라를 걱정하며 눈물로 베개를 적시는 생활을 수없이 반복했던 것이다.

특히 육유가 지은 『장가행(長歌行)』은 애국주의사상이 깃든 불굴의 시로 평가받고 있다. 주흥이 오를 때마다 육유는 천하의 술을 다 마시고 싶었고, 비장한 음악이 곁들여지면 매우 통쾌해 했다. 이처럼 나라의 원수를 갚지 못해 통탄해마지 않던 육유는, "몸은 이미 늙었지만, 밤이 깊어지자 휴대하고 있는 보검마저 가만히 있으려 하지 않고, 칼집에서 스르륵 소리를 내는구나. 언제쯤 개선하여 비호(飛狐)성의 눈 내리는 밤에, 3군의 장병들을 연회에 초청할까나!' 하며 어쩔 수 없는 현실 상황에 대한 안타까움을 시로써 승화시켰던 것이다.

이러한 육유에게는 남다른 애환(哀歡)이 있었으니 바로 그의 전 부인인 당완(唐婉)과의 사랑이야기이다. 아마도 이러한 애환이 나라를 사랑하는 그의 마음에 더욱 불을 질러 술로써 자신의 설움을 달래야 했었는지도 모른다.

육유에게는 이종사촌 누이이자 어릴 적 친구였던 당완과 결혼하였는데 그들은 남다르게 금슬이 좋았다. 그러나 결혼한 지 3년이 지나도 아이를 못 낳는 며느리를 못마땅하게 여긴 시어머니의 구박은 엄청났다. 그러던 어느 날 육유 모친의 생신날에 많은 손님들이 왔는데 모친은 며느리 당완에게 다음과 같은 요구를 하였다.

"달걀이면서도 달걀이 아니고, 가루음식이면서도 가루음식이 아니며, 노르스름하게 튀긴 것인데, 입에 넣으면 말랑말랑하고, 겉보기에는 소금을 넣은 것 같은데 정작 먹으면 달고, 국자와 그릇에 달라붙지 않으며, 씹지 않고 넘길 수 있는 음식을 만들어 오너라."

공개적으로 여러 사람 앞에서 욕보이겠다는 선언을 한 것이지만, 당완은 부엌에 들어가더니 달걀을 깨서 노른자만 취한 후, 전분과 물을 섞어 휘저은 후에 체에 받아낸 후 솥에 돼지기름을 두르고 불로 달군 후 체로 걸러낸 노른자 섞은 것을 쏟아 넣고 휘저으니 마치 죽처럼 같아지자 거기에 돼지기름을 섞어 저은 후 소금을 살짝 뿌려서 상에 가져다 놓았다.

사람들이 먹어보니 육유 모친이 요구한 조건에도 맞으면서 맛이 정말 좋았으며, 더군다나 이빨에도 붙지 않고, 국자에도 붙지 않고, 그릇에도 붙지 않는다 하여 이 음식의 이름을 "삼부점(三不粘)"이라고 지으며 당완의 솜씨와 현명함을 칭찬했다는데, 이 음식은 훗날 청나라 황실의 요리로도 쓰였다고 한다.

이처럼 총명한 며느리임에도 시어머니의 며느리에 대한 미움은 결국 "아들을 낳지 못한다"는 핑계로 쫓아내게 되었다. 이렇게 해서 이혼하게 된 두 사람은 한동안은 몰래 만나는 식으로 인연을 이어갔으나 얼마 안 가서 들통 나는 바람에 육유는 왕 씨 성의 여자와 재혼을 해야 했고, 당완도 조사정(趙士程)이란 문인과 결혼하게 되었다.

이후 8년이 지난 1155년에 육유가 친구들과 함께 소흥 땅에 있던 아름다운 정원 심원(沈園)에 놀러가게 되었는데, 마침 그때 당완이 그의 새 남편인 조사정과 함께 역시 심원에 놀러온 바람에 둘이 만나게 되었는데, 흠 짓 놀라워하는 그녀를 본 조사정이 "저 남자가 누군데 그러오?"라고 묻자 당완이 전 남편이라고 했다. 그러자 조사정이 술과 안주를 보내 같이 마시면서 육유를 잘 대접해 주었다. 그러나 이 상황은 육유에게 아픈 과거를 다시 떠올리게 하는 계기가 되었던 것이다.

조사정 내외가 떠나자 육유는 심원의 벽에다 "채두봉(釵頭鳳)"이라는 한 편의 사(詞)를 써넣었으니 다음과 같았다.

그대 부드러운 섬섬옥수로 나에게 황등주를 부어 주었지.
(紅酥手黃藤酒)
성안에는 봄빛 가득하고, 버드나무 너울거릴 제,(滿城春色宮牆柳)
사나운 동풍은 우리의 사랑을 날려버렸지~(東風惡歡情薄)
쓰라린 가슴 안고 몇 년을 찾아 헤매였던가?(一懷愁緖幾年離索)
착잡하고 착잡하고 착잡하도다.(錯 錯 錯)
봄은 예전과 다름없건만 사람만 부질없이 야위어 갔네!(春如舊人空瘦)
연지 묻은 손수건은 눈물에 흠뻑 젖고(淚痕紅浥鮫綃透)
복숭아꽃 떨어져 누대마저 쓸쓸하구나.(桃花落閑池閣)
우리의 사랑 맹세 변함없건만, 이 마음 담은 편지 전할 길이 없구나.
(山盟雖在錦書難託)
안 돼, 안 돼, 안 돼~~~(莫 莫 莫)

채두봉이란 육유가 당완에게 사랑의 증표로 준 비녀를 뜻하는 말이다. 후에 이 시를 본 당완도 "채두봉에 부쳐"라는 시를 지었는데 다음과 같다.

세상도 야박하고 인심도 사나운데(世情薄人情惡)
해질녘에 비마져 뿌려 꽃잎 쉬이 떨어지네.(雨送黃昏花易落)
밤새 흘린 눈물의 흔적은 새벽바람에 말라버렸고(曉風乾淚痕殘)
이내 마음 글로 쓰고 싶으나 난간에 기대 혼잣말로 하네.
(欲箋心事獨語斜闌)
어려워라, 어려워라, 어려워라(難 難 難)

그대와 나 제각기 가정 이루어 지금은 옛날과 다르네.(人成各今非昨)
오랫동안 마음은 병들어 날이 갈수록 쓸쓸하기만 하고,
(病魂曾似秋千索)
피리소리 차갑게 들리는 밤중에 난간에 비틀거리며 서있네.
(角聲寒夜闌珊)
님이 그 사연 물어볼까 두려워 눈물 삼키며 웃음 짓건만
(怕人尋問咽淚妝歡)
아니네, 아니네, 정말 아니네.(瞞 瞞 瞞)

이후 당완은 이때 일이 마음의 병이 되어 시름시름 앓다가 요절했다고 전해지는데, 많은 세월이 흐른 후 1160년 송나라와 금나라 사이에 전쟁이 발발하자 육유는 이 전쟁에 참전했고, 전쟁이 끝난 후에도 서쪽 한중에 머무르며 북벌을 계획하기도 했다. 그러다 나이가 들어 60세가 넘은 후 고향인 소흥으로 돌아와 가끔 마지막으로 당완을 만났던 심원을 찾아갔었는데, 마지막으로 찾아갔던 1199년은 75세 때였다. 육유는 그때를 기억하며 또 한편의 시를 지었으니 시의 제목이

"심원"이다.

　　석양의 성 위에서 들려오는 화각소리 구슬프고,
　　(城上斜陽畫角哀)
　　심원은 이제 그 옛날의 누대가 아니로구나!(沈園非復舊池臺)
　　다리 밑 푸른 물결에 가슴 아파오고(傷心橋下春波綠)
　　기러기처럼 맵시 있던 그대 모습 물위에 어리네(曾是驚鴻照影來)
　　꿈이 깨어지고 향기 사라진 지 어언 사십 년(夢斷香消四十年)
　　심원의 버들도 늙어 버들 솜도 이젠 날리지를 않는구나
　　(沈園柳老不吹綿)
　　이 몸도 장차 회계산의 한 줌 흙이 되련만(此身行作稽山土)
　　남은 그대의 자취 찾아보니 한 줄기 눈물만 흘러내리네.
　　(猶弔遺蹤一泫然)

　육유는 10년 후인 1210년에 86세의 나이로 세상을 떠났지만, 죽을
때 까지 당완을 잊지 않고 살았다고 전해진다. 그리고 이들의 사랑 이
야기는 후세에도 계속 전해지고 있다.
　"쓰라린 가슴 안고 몇 년을 찾아 헤매었던가?(一懷愁緖幾年離索)
착잡하고, 착잡하고, 착잡하도다.(錯 錯 錯)"라는 육유의 시 이 구절은
천고의 명언으로 남아 있다.

24. 주원장(朱元璋, 1328~1398)

- 싸움은 잘 하나 술에는 진 위선자 -

명태조(明太祖) 주원장은 안휘(安徽) 봉양(鳳陽) 사람으로 가난한 농민의 집안에서 태어나 소년시절에는 지주 집에서 목동으로 생활하기도 하였다. 그러는 가운데 16살이 되던 해인 1344년에 부모가 갑자기 세상을 뜨는 바람에 졸지에 고아가 된 그는 가뭄과 역병까지 돌자 앞길이 막막해져 이 시기는 지독히도 가난한 때였다. 가뭄과 기근 그리고 역병이 돌아 마을은 줄 초상이 나는 바람에 지옥으로 변화되었다.

이러한 때 주원장도 부모와 형제가 모두 사망하자 졸지에 천애 고아가 되었다. 아이들은 먹을 것을 찾아 이리저리 떠돌았다. 밥을 먹을 수만 있다면 온갖 허드렛일도 마다하지 않았다. 한번은 아이들이 목축을 하는 부잣집에서 목동을 하며 먹고 자는 일을 해결했다. 탕화, 주원장, 서달, 주덕홍 등은 어린 송아지를 몰고 풀을 먹이는 등 온 종일 일을 했지만 겨우 밥 한 덩이를 손에 쥘 수 있었다. 너무나 배가 고팠던 아이들은 그만 송아지를 잡아먹고 말았다. 배가 부르자 걱정이 밀려왔다. 이때 주원장이 나섰다. 그는 목장 주인에게 "송아지가 갑자기 땅을 파고 들어갔습니다. 그리고 땅 속에 몸통을 숨기고 꼬리만 살짝 땅위로 내놨습니다." 목장주인은 노발대발하며 아이들을 흠씬 두들겨 패고 쫓아냈다. 하지만 탕화를 비롯한 아이들은 주원장의 대담함에 감동했다.

어느 날 황각사(皇覺寺)로 가 승려가 되어 회서(淮西, 회수의 서부지역) 지방을 떠돌아다녀야 했다. 그러던 중 원나라 말에 백련교도가 중심이 된 한족 농민반란군이 머리에 붉은 수건을 두르고 봉기한 '홍건적의 난(紅巾賊之亂)'이 발발하자 주원장은 1352년에 호주(濠州)에서 일어난 곽자흥(郭子興)의 봉기군에 투신하게 되었다. 봉기군 내에서 그의 리더십은 빛을 발했고, 용병술은 전투를 승리로 이끌었다. 곽자흥은 용감하면서도 지혜로운 주원장의 면모를 한눈에 알아보고는 참모로 발탁하자 23세의 약관의 나이에 그는 곽자흥 부대의 2인자가 되었다.

하지만 곽자흥은 용렬한 인간이었기에 나날이 칭송이 자자해 가는 주원장을 질시하게 되었다. 그러자 자신을 이끌어준 곽자흥의 마음을 안 주원장은 그의 곁을 떠나야 할지말지를 고민해야 했다. 그러다가 독립하기에는 아직 기반이 약하다고 생각한 그는 좀더 1인자의 신임을 받아야 한다는 쪽으로 마음을 먹게 되었다. 무엇을 해야 신임을 얻을 수 있을까를 궁리하던 그는 가장 현명한 비책을 찾았는데, 그것은 그의 아들이 되기로 한 것이었다.

곽자흥에게는 아주 친한 마(馬) 씨 집안이 있었다. 이 집의 딸이 곽자흥의 양딸이었는데, 사실은 아들 곽천신이 아내감으로 점찍은 처녀였다. 마 씨의 사위가 되기로 결심한 주원장은 적극적으로 구애한 끝에 마 씨 처녀를 아내로 맏이하게 되었다. 그리하여 자연스럽게 곽자홍의 양아들이 되었다. 마 씨는 현명한 처자였기에 주원장이 위기에 처할 때마다 그를 도와주었다. 한번은 곽자흥이 잘못을 저지른 주원장을 광에 가두고 굶기라는 명령을 내렸다. 자칫 죽임을 당할 수도 있는 상황에서 마 씨는 몰래 광의 밑바닥을 파 그 통로로 주원장에게 물과 먹을 것을 주어 목숨을 구해주었다.

그러던 어느 날 곽자흥이 병에 걸려 주원장에게 자신의 일을 모두 맡기자 주원장은 물 만난 고기처럼 기지를 발휘해 중국 남부를 함락시켜 나갔다. 그러는 가운데 남부의 융성한 문화와 학문을 접하게 된 그는 많은 자극을 받아 신분·귀천·과거를 묻지 않고 많은 학자들을 영입했다. 훗날 이들은 명나라를 개국하는데 절대적인 공신들이 되었다. 주원장의 활약이 점점 커져가고 있는 가운데 곽자흥이 여전히 병석에서 일어나지 못하자 군대가 분열되어 나갔지만, 독자적인 세력을 형성한 주원장의 군대는 2만 명에 육박했다. 그러는 동안 그는 장졸들에게 약탈을 삼가고 백성을 해치지 않도록 엄정한 군기를 유지하라는 명령을 내렸고, 백성들을 모아 개간할 땅을 주면서 농업을 장려해가자 천하의 민심이 그에게 쏠리게 되면서 명나라를 세울 수 있는 기초를 마련해갔다.

그러는 사이 원나라 말기인 1356년에 홍건적에 의해 대한송제국(大韓宋帝國)이 세워졌다. 그리고 소명왕(小明王, 1363~1366) 한림아(韓林兒)가 황제에 올랐는데 그는 명망이 높았던 주원장을 좌부원수(左副元帥)에 임명하였다. 그 후 주원장이 집경(集慶, 후에 응천으로 개명되었다가 남경으로 명명됨)을 점령하자 송(宋)으로부터 강남행성평장(江南行省平章)에 임명되었다. 이를 기회로 주원장이 진우량(陳友諒, 원 말기 군웅 세력 중의 한 사람)을 격파하자 오왕(吳王)이라 불렸고, 이어서 장사성(張士誠, 원나라 말기 반란군의 지도자)을 제거하고 한림아까지 제거했다. 이후 중원 정벌에 주력한 주원장은 1368년 정월 초나흘 응천(應天, 남경) 봉천전(奉天殿)에서 황제 즉위식을 거행하고, 국호를 대명(大明), 연호를 '홍무(洪武)'라 하였으니 중국 역사상 가장 비천한 신분 출신의 황제가 되었던 것이다.

명나라를 세운 주원장은 엄격한 형법으로 법을 위반한 관리들을 처벌했는데. 그 무자비함은 세계사에서도 볼 수 없을 정도로 무지막지하였다. 주원장은 1368년부터 1398년까지 30년간 재위했는데, 이 기간 동안 그는 무려 10만여 명의 공신, 군인, 대신, 관료를 숙청했다. 이유는 황제의 국가를 만들어 백성의 안위를 편하게 하겠다는 이류로 무자비하게 숙청을 가했던 것이다. 개국공신, 혈육, 고향 친구 등 주원장의 머릿속에 있던 인물 전부가 여기에 해당됐다.

이처럼 관리들을 죽인 이유는 대체로 3가지였다. 첫째는 황제와 재상의 권력다툼 때문이었다. 그래서 그는 자주 재상을 바꿔 재상의 권력을 통제하였다. 만일 재상이 약간의 잘못을 발견하게 되면 파면하거나 죽여 버렸다. 이것은 절대적인 권력집중체제를 완성하기 위함에서였다. 둘째는 부패척결 때문이었다. 관리의 부패관련 금액이 20냥 이상이면 그냥 죽여 버렸고, 60냥이면 껍질을 벗겼다. 각 지역에는 전문적으로 사람껍질을 벗기는 곳을 두고, 벗겨낸 껍질을 가지고 풀을 안에 넣은 후에 길가에 세워둠으로써 다른 관리들에게 경각심을 갖도록 했다. 이것은 주원장의 출신이 가난하고 천했기에 탐관오리들의 익행을 죽 보아왔고, 양민을 못살게 구는 것을 보아왔으며, 백성들이 먹고 살기 힘들어지는 것도 보았고, 백성들이 더 이상 방법이 없어서 반란을 일으켜야 했던 현상을 직격했기 때문이었다. 셋째는 후계자를 위한 장애를 제거하기 위함에서였다. 그것은 시간이 지남에 따라 공신들이 법을 어기는 사건이 많아졌고, 자기의 후계자인 아들 손자가 유약하여 공신들의 위세를 두려워했기 때문이었다.

이런 무자비함은 새로운 나라의 질서를 확고히 정립하기 위한 태조 황제로서의 본분에 입각한 면도 있지만, 남을 의심하는 성격에서 기인되었다고 역사가들은 평하고 있다. 이러한 복잡한 그의 성격은 술에 관한 일화에서도 엿볼 수 있다. 1358년 주원장이 금화(金華, 절강성 중부지역에 있는 육상 교통의 요지)를 공격할 때 식량이 부족하자 금주령을 내렸다. 그런데 대장군 호대해(胡大海)의 아들이 금주령을 위반하고 술을 빚어 마셨다. 주원장은 즉시 그를 사형에 처하라는 명령을 내렸지만, 도사(都事 : 도찰원, 오군도독부 등에서 문서출납 담당) 왕개(王愷)가 나서서 "호대해는 지금 병력을 거느리고 소흥(紹興)을 한창 포위 공격하고 있는데, 그의 아들을 죽이는 것은 부당하오니 그를 용서해주소서!"라고 간청하였다. 이 말을 듣고 자신의 명을 우습게 본다고 크게 진노한 주원장은 "호대해가 반발하더라도 내 명령은 취소하지 않겠다!"라고 말하면서 직접 칼을 뽑아 호대해의 아들을 죽였다.

하지만 그의 덕목을 칭찬하는 일화도 많이 있다. 주원장이 진우량, 장사성 군대와 중원의 패권을 놓고 격전을 벌이던 중 소주성(蘇州城)을 점령했을 때, 그의 눈에 적군의 한 병사가 허름한 흙더미 앞에서 울고 있는 것을 보고는 주원장이 그 연유를 물었다. 그러자 그 병사는 "어머니가 굶어서 개처럼 죽어 여기에 묻혀있다"고 말하며 눈물을 흘리자 비록 적군이지만 효심을 높이 산 주원장은 부하들에게 "저 병사와 무덤을 훼손치 말라"라며 엄명을 내렸을 정도로 정이 많았던 리더자였다. 또 장사성의 군대를 포위하기 위해 적의 후방으로 침투할 때 좁은 계곡에서 산 오리 한 마리가 알을 품고 있는 것을 본 그는 "새끼를 품은 짐승을 해치면 업보를 받는다"는 동자승 시절의 가르침을 떠올리고는 오리가 부화해 어미와 같이 자리를 뜰 때까지 그곳 부근에서 주둔하며 기다리게 했다. 이를 틈 탄 장사성 군대가 주원장 군대를 공격하여 위기에 빠지게 됐을 때, 갑자기 적군의 주력부대들이 투항해 왔는데, 이들은 주원장이 "천하의 패권을 다투는 전장에서 한낱 오리의 생명을 위해 작전을 포기하는 인간적인 장수"라고 믿고 진정으로 몸을 맡길 주군이라 생각하여 투항해 왔던 것이다.

따라서 역사가들은 그에 대해 "강력한 전제정치를 통하여 민생을 안정시키기는 했지만, 개국공신마저 잔인하게 숙청하는 공포정치의 표본이다."라고 평가하고 있는 것이다. 그러한 평가에 기초하여 그린 주원장의 초상화는 온화하고 인자한 모습으로 그려진 것과 뾰족한 턱과 부리부리한 눈매로 몹시 포악하게 보이는 두 종류로 그려져 전해지고 있는 이유이다.

술에 대한 그의 태도 또한 이중적이었다. 그가 금주령을 내렸던 이유는 "군사와 나라를 다스리는데 쓰이는 비용이 백성들에게서 거둬들이는 조세로 충당된다."는 점을 알고 백성들이 힘들어 할 것을 측은히 여겨, 찰벼 재배를 금하여 술 제조의 근원을 막으려 했던 것이다. 또 태원(太原)에서 포도주를 진상해오자 이 또한 금지할 것을 명했는데, 그 이유도 역시 "나라는 백성을 어질게 대하는 것을 임무로 삼아야지, 어찌 먹을 욕심을 위해 백성을 고달프게 하겠는가!"라는 이유에서였다. 또한 서번(西番. 서역의 야만족)의 추장(酋長)이 당시에는 아주 귀했던 포도주를 대량으로 진상하자 다시 한 번 "아무리 야만족 백성이라 해노 어찌 고달프게 할 수 있겠는가?"라고 하면서 더 이상 진상하지 말 것을 명하는 동시에 포도주를 한 방울도 입에 대지 않았다고 한다. 이처럼 술의 유혹을 뿌리치면서까지 군주로서의 검소함을 몸소 실천해 보였던 것이다.

그러나 재위 후기에는 공부(工部)에 명해 큰 건물을 지어 술집으로 삼아 주연을 열어 문무백관을 초대하곤 하였으니, "백성을 어질게 대해야 한다(養民)", "백성을 고달프게 해서는 안 된다(勞民)"는 등 본인이 예전에 했던 말들을 전부 구중천(九重天)으로 날려버리고 말았던 것이다.

주원장은 또 술을 잘 마시지 못하는 대신에게는 억지로 술을 권하고, 그가 취하여 걸음도 제대로 걷지 못하는 것을 구경하면서 즐거워하기까지 하였다. 그리고 또 근신에게 명해「술 취한 학사의 노래(醉學士歌)」라는 시를 짓게 하여 자신은 이처럼 "군신이 함께 즐기는 어진 황제"라는 사실을 후세에 알리도록 하였다.

이러한 술에 대한 주원장의 이중적 성격에 대해 역사가들은 그를 "싸움은 잘 하나 술에는 진 위선자"라고 비아냥을 늘어놓고 있는 것이다.

25. 탕화(湯和, 1328~1395)

- 용렬한 주원장의 숙청에서 벗어난 총명한 술꾼 -

개국공신인 측근들조차 숙청해버린 용렬(庸劣, 변변하지 못하고 좀스럽다)한 주원장의 고향친구인 탕화(湯和)는 처세술의 일이자였기에 살아남을 수 있었다.

　탕화는 혼란의 시기였던 1326년 안휘성 봉양(凤阳)에서 태어났다. 탕화는 "어려서부터 큰 뜻을 지니고, 말 타는 것과 활 쏘는 것을 즐겼으며, 무리를 이끌며 놀았다. 자라면서 키가 칠척에 이르고 계략이 많았다." 이 문구는 최소한 몇 가지를 알게 해준다. 첫째, 탕화는 어려서부터 포부가 컸다는 것이고, 둘째는 말 타고 활 쏘는 것을 잘했다는 것이며, 셋째는 지도자가 되고자 하는 욕구가 강했다는 것이다. 즉, 골목대장이었다. 넷째는 키가 크고 지모가 뛰어났다는 것이다. 이로써 볼 때 탕화는 보통사람은 아니었다는 것을 알 수 있다.

　봉양은 먹을 것, 잠잘 곳 하나 변변치 않은 빈민들이 사는 곳이었다. 탕화와 아이들은 한데 어울려 골목에서 병정놀이를 하며 지냈다. 탕화는 또래에 비해 키도 크고 담력도 있었으며 무엇보다 골목 병정놀이의 승리를 이끄는 꾀주머니였다. 그 당시 골목에서 어울려 놀던 친구들이 주원장, 서달, 주덕흥 등이었다. 이들 중 주원장은 탕화보다 3살이나 어렸지만 타고난 기개와 리더십이 돋보였다. 자연히 아이들은 주원장을 중심으로 뭉쳤다.

주원장이 "중이나 되겠다"고 황각사로 들어갔지만, 절이라고 기근에서 벗어날 수는 없었다. 시주 하나 들어오지 않는 절에서 나온 주원장은 탁발을 하며 겨우 목숨을 부지하고 있었는데, 이 때 탕화는 주원장과 헤어진 후, 큰 세력을 이룬 홍건적 중에서도 각광받는 엘리트인 곽자흥의 부대에 또래 장정 10여 명을 이끌고 들어갔다. 이때가 1352년으로 탕화의 나이 27세 때였다. 곽자흥은 탕화를 군관급인 '천호(千戶)'에 임명했다. 탕화는 단연 두각을 나타냈다. 그는 작은 규모의 전투에서 지략을 발휘해 이내 곽자흥의 정예부대를 지휘하는 장교로 승진했다. 탕화는 고향 골목에서 함께 놀던 친구들을 잊지 못했다. 특히 주원장에게 기회를 주고 싶었다. 그는 편지를 썼다. 주원장은 탕화의 편지를 받고 곽자흥 군에 자원했다. 곽자흥은 주원장의 외모부터 마음씨 그리고 배포를 아끼고 좋아했다. 자신의 양딸인 마 씨를 주원장과 짝을 지어 줄 정도였다. 주원장은 탕화를 중심으로 서달, 주덕흥 등의 측근을 거느리는 부대장이 되었다. 몇 년 후 주원장은 곽자흥 부대의 2인자가 되었다.

1355년 곽자흥이 병사했다. 탕화는 주원장에게 "하늘이 주신 기회를 잡아야 한다"고 주장하고 군사들을 모아 주원장에게 힘을 실어 주었다. 홍건적 군은 진우량, 주원장, 장사성 등의 부대로 분열되었다. 주원장은 인재를 모았다. 이때 영입된 이가 이선장으로 그는 회서파의 절대 지지를 받고 있는, 능력이 탁월한 관리였다. 물론 주원장의 급부상을 견제하는 세력도 형성됐다. 그들은 원래부터 곽자흥의 부하들로, 굴러온 돌인 주원장이 주도권을 장악하는 것을 흔쾌히 받아들이지 못했다. 그들은 동년배인 주원장 앞에서는 고개를 숙였지만 사실은 불만이 가득했다. 하지만 탕화만은 비록 자신보다 나이는 어리지만 공석·사석을 막론하고 주원장에게 머리를 조아렸다. 이러한 탕화의 태도에 다른 장수들도 점차 주원장에게 고개를 숙이기 시작했다. 주원장은 자신에게 심복하는 탕화의 태도를 항상 고맙게 생각했다.

한번은 주원장이 탕화와 술을 마셨다. 주원장은 취한 탕화를 자신의 침상에서 재웠다. 아침에 일어난 탕화는 왕이 쓰는 침대에서 같이 자고 있었던 것을 알아채고는 잠자리에서 일어나자마자 황급히 자리에서 내려와 주원장에게 머리를 조아리며 처분을 기다렸다. 평소 '탕화의 충성심'을 시험해보고자 했던 주원장은 그 겸손한 태도에 크게 만족하며 더욱 신임하게 되었다. 이후 주원장은 어릴 때부터 같은 골목에서 자란 서달(徐達), 탕화, 주덕흥 외에 이선장(李善長)과 학자 유기를 영입해 막강한 세력을 형성했다.

주원장은 곽자흥의 세력을 흡수하고 진우량, 장사성과 패권을 놓고 일대 격전을 벌였다. 전투는 수년간 계속되었다. 탕화는 주원장 군대의 돌격대장으로 활약했다. 특히 진야선과의 전투에서는 다리에 화살을 맞았지만 이내 화살을 뽑아내고 공격해 진야선을 오히려 사로잡았다. 이 공로로 탕화는 통군원수가 되었다. 또한 장사성 군대의 습격을 막아내는 전투에서는 날아온 석포에 팔을 다쳤을 정도로 앞장섰다.

명나라를 건국했지만 주원장에게도 고민은 있었다. 북으로는 여진과 몽고, 서쪽으로는 티베트, 남쪽으로는 안남, 바다 건너 왜국이 호시탐탐 명나라를 공격할 기회를 엿보고 있었고 중원은 홍건적의 잔당과 각 군벌의 세력이 남아 있었다. 탕화는 1년에 10달을 전쟁터에서 보냈다. 부장군 요영충과 같이 진우정 정벌에 나섰고, 서달, 풍승과 함께 하중을 함락시켰으며, 여진족을 공격해 국경 밖으로 멀리 쫓아냈다. 이러한 공로로 탕화는 영록대부에 임명되었다. 그리고 서달, 이문충, 풍승 등과 함께 몽고와 여진의 마지막 세력을 토벌해 명나라의 우환을 덜어주었다.

1368년 주원장은 비로소 중원의 패자가 되었다. 남경을 도읍지로 정한 주원장은 명나라를 한나라 유방의 정통성을 잇는 국가라고 선언하고 백성들을 이민족과 구분지어 '한족(漢族)'이라 부르게 하면서 유학을 숭상했다. 그리고 그는 성군이 되겠다고 다짐했다. 지독하게 가난하고 미천한 신분에서 황제가 된 주원장은 본능적으로 관리들의 부정부패를 혐오했다. 관리들의 횡포로 인해 백성들이 얼마나 모진 고초를 겪는지 몸소 체험했기에 주원장은 관리에게 엄격한 도덕성을 요구했던 것이다.

주원장은 명나라 건국에 공이 많은 공신들에 대한 논공행상을 실시했다. 1370년 주원장은 6명을 공작(公爵)에 임명했다. 이선장, 서달, 상무, 이문충, 풍승, 등우였다. 그리고 28명에게는 한 단계 아래인 후작(侯爵)을 내렸다. 탕화, 주덕흥, 부우덕 등이었다. 탕화는 누가 봐도 억울한 케이스였다. 주원장의 고향 친구로 어릴 때부터 고초를 같이 겪었고 곽자흥 부대에 주원장을 입대하게 한 것도 탕화였다. 또한 모든 장군들이 주원장에게 심복하지 않을 때 항상 겸손한 태도로 주원장을 섬겼고 개국 전쟁의 선봉에는 항상 탕화가 있었다. 하지만 탕화는 단 한마디도 불만을 토로하지 않았다. 주원장은 일부러 탕화의 공을 알면서도 등급을 내렸던 것이다. 탕화에 대한 주원장의 '두 번째 충성심 테스트'였다. 탕화의 한결같은 마음을 확인한 주원장은 얼마

후 탕화를 신국공(信國公)으로 승급시켰다.

태조 주원장은 이선장을 좌승상, 서달은 우승상 그리고 이문충을 대도독으로 임명해 행정과 군사를 지휘케 했다. 권력은 좌승상 이선장이 장악했다. 그는 진한시대부터 내려오는 승상제의 권한을 행사했다. 승상은 모든 행정, 사법 그리고 군사에 관한 지휘에 있어 황제를 대신하는 막강한 자리였다. 제갈공명이 그랬고 한나라 유방 시기의 장량과 소하가 그 역할을 담당할 정도로 승상은 항상 황제의 최측근이 임명되었다. 그만큼 황제와 버금가는 중요한 자리였다. 당시 군대는 이문충이 총사령관, 즉 지금의 합참의장직을 맡고 있었지만 실제 병력은 부우덕의 여진 공격 부대, 남옥의 몽골 주둔군, 목영의 티벳, 안남 정벌군, 주원장의 아들인 연왕 주체의 북경 주둔군과 탕화의 정예 별동부대가 명나라의 주력군이었다.

주원장에게는 모두 26명의 아들이 있었는데, 그는 장남인 태자 주표에게 안정된 황권을 물려주고 싶었다. 그래서 수도 남경에는 태자를 제외하고는 다른 왕자들은 거주조차 못하게 했다. 모두 외지로 일정한 병력을 주어 내보냈다. 권력에 있어서는 혈육도 믿지 않았던 것이다. 그러나 태자는 유약했다. 잦은 병치레를 하는 태자를 보며 주원장은 그야말로 기라성 같은 측근들의 존재 자체가 부담스러워지지 시작했다.

서달, 이선장, 탕화, 이문충, 주덕흥, 풍승, 목영, 남옥 등 하나 같이 자신과 같이 살벌한 전쟁터를 누빈 백전의 용사들이었다. 더구나 그들은 명나라의 개국공신이라는 지분과 정예병을 거느린 무서운 존재였다. 만약 이들 중 누구 한 사람이라도 불충한 마음을 먹고 반란을 도모한다면 주원장도 감당하기 쉽지 않을 존재들이었다. 이 맹수같은 장군들에게 둘러싸인 태자의 모습을 상상하며 주원장은 결심을 굳혀

갔다. 즉 공신들을 제거하기로 마음먹었던 것이다. 그리고 옛날 한고 조 유방의 '토사구팽'에서 명분과 연유를 찾았다. '팽도(烹道)'를 '치도(治道 : 길을 고쳐 닦다)'로 연결 지었던 것이다.

첫 번째 타깃은 호유용이었다. 그는 명나라 3대 개국 공신 즉 서달, 이선장, 유기의 뒤를 잇는 행정가였다. 또한 이선장의 추천으로 주원 장에게 와 홍건적 시절부터 충성을 다한 측근이었다. 호유용은 이선 장의 후임으로 승상이 되었다. 호유용은 능란하고 노회한 행정가였 다. 그는 자신의 권력을 이용해 파벌을 형성하고 각종 이권에 개입했 다. 관리의 인사를 빌미로 금품을 수수했고 상인들의 경제활동에도 관여해 많은 재산을 축적했다. 게다가 승상이란 지위를 이용해 황제 인 주원장에게 올라가는 상소문을 먼저 검열하기도 했다.

주원장은 호유용의 이 같은 전횡을 모두 알고 있었다. 황제는 때를 기다렸다. 주원장은 '이이제이(以夷制夷)' 수법을 이용했다. 즉 서달 과 유기의 질투심을 자극해 호유용을 공격하게 했다. 서달, 유기는 호 유용은 물론이고 호유용의 후견인 이선장과는 대척점에서 권력투쟁 을 한 인물들이었다. 이들은 주원장의 속마음을 읽고 호유용을 탄핵 했다. 이 무렵 호유용의 아들이 마차 사고로 죽는 사건이 발생했다. 아들을 잃은 호유용은 아무런 잘못도 저지르지 않은 마부를 죽여버렸 다. 이 사건을 보고 받은 주원장은 진노했다. 그는 호유용을 불러 질 책했다.

"승상은 어찌하여 아들의 죽음과 아무런 상관없는 마부를 죽였는 가?"

"폐하, 제가 돈으로 마부의 죽음을 변상하겠습니다."

"닥쳐라, 목숨을 빼앗았으면 목숨으로 갚아야지, 어찌 돈으로 사람

목숨을 대신할 수 있는가 말이다."

　호유용은 겁이 났다. 그는 의심 많은 주원장의 성품을 미루어 자신의 위험을 감지했다. 호유용은 어차피 죽을 운명이라면 차라리 먼저 주원장을 공격하기로 마음먹고 자신의 최측근인 어사대부 진령, 어사중승 도절 등과 모반을 계획했다. 주원장이 파 놓은 함정에 스스로 빠졌던 것이다. 주원장은 기다렸다는 듯 호유용과 일당을 모조리 잡아들였다. 그리고 호유용과 연관되는 모든 사람들을 연좌제로 몰아 몰살시켰다. 이때 죽은 자가 무려 1만5000명에 달했다. 은퇴한 개국공신 이선장의 이름도 호유용의 문서에서 발견됐다. 서달 등은 이선장도 처벌할 것을 주장했지만 주원장은 "이선장이 공이 많고 연로하니 없던 일로 하라"고 명령했다.

　이후에도 주원장의 공포 정치는 계속되었다. 다음 희생자는 요영충이었다. 그는 파양호 전투의 영웅으로 명나라 개국의 절대 공신이었다. 그의 죽음의 이유는 오직 황제만이 사용할 수 있는 용과 봉황 무늬의 옷을 입었다는 것이었다. 주원장은 호유용 사건의 재조사를 지시했다. 이번에는 이선장도 피해갈 수가 없었다. 그의 조카가 연루된 것이 드러났기 때문이었다. 주원장은 다시 한 번 피의 숙청을 단행했다. 무려 1만3000명이 죽었다. 이선장은 자결했고 일가족 70여 명도 모두 죽고 말았다.

　주원장의 광기는 더욱 폭발했다. 그는 하루에도 수없이 많은 부하들을 죽였다. 상소문에 중을 뜻하는 '승(僧)', 대머리를 빗대는 '광(光)', '도적(盜賊)'이 들어있다는 이유로 학자, 사간, 대신들을 죽여 없앴다. 이는 모두 주원장의 콤플렉스에서 시작된 일이었다. 그는 자신의 외모나 황각사 시절 탁발승으로 연명했던 것, 도적 무리인 홍건적에 가입했던 일을 떠올리게 하는 그 어떤 문장과 글자도 용납지 않았던 것이다.

얼마 남지 않은 혈육인 친조카 주문정은 우물에 빠뜨려 죽였다. 교만에 빠져 부녀자를 추행하고 역시 용과 봉황 무늬 옷을 입었다는 것이 이유였다. 그리고 주문정의 부하들은 팔이나 다리를 잘라 모두 불구로 만들었다. 그리고 주원장이 아끼던 부하인 이문충 역시 독살시켰다. 이문충은 주원장이 병권을 맡겼던 최측근이었지만 학자그룹을 자신의 세력으로 만들었다는 이유로 비참한 최후를 맞았던 것이다.

주원장의 숙청은 멈추지 않았다. 최고의 측근이자 고향 친구인 서달마저 가만 두지 않았다. 서달은 주원장이 소개한 사재홍의 딸과 결혼했다. 그런데 사재홍은 주원장이 서달하고만 혼사를 논하고 자신의 뜻은 묻지도 않은 채 결혼을 성사시킨 것에 불만을 품게 되었다. 마침내 서달과 자신의 딸이 결혼하자 서달은 지방으로 내려가 버렸다. 주원장은 이를 마음에 품고 있었다. 어느 날 연회장에서 주원장은 서달의 처가 마 황후에게 하는 말을 듣게 되었다. 서달의 처는 "이렇게 좋은 황궁에서 살면 얼마나 좋을까요? 우리 집도 이렇게 만들면 좋겠는데요."

며칠 후 주원장은 서달을 불러 연회를 베풀었다. 그리고 연회 중간에 무사를 서달의 집으로 보내 그의 처를 죽였다. 그리고 이를 서달에게 알렸다. 서달은 참담함을 금치 못했지만 당장 불만을 토로할 수는 없었다. 주원장은 서달을 보고 이렇게 말했다. "너의 처는 믿을 수가 없다. 지 애비랑 똑같은 성품이다." 사단은 거기에서 끝나지 않았다. 서달은 전쟁터에서 입은 종기로 고생하고 있었다. 술과 오리 고기는 금물이었다. 어느 날, 부인을 잃고 집에서 칩거 중인 서달에게 주원장은 술과 오리 고기를 하사했다. 이를 앞에 놓고 서달은 목 놓아 울었다. "황제께서는 내가 죽기를 바라는구나"라는 말을 남기고 서달은 술과 오리 고기를 먹고 그 독으로 죽고 말았다.

1392년 주원장이 아끼던 태자 주표가 40세의 나이에 죽었다. 주원장은 태자의 아들을 황세손으로 임명하고 자신의 뒤를 잇게 했다. 어린 황세손을 보면서 주원장의 두려움과 광기는 더욱 커졌다. 고향 친구인 주덕홍이 죽었다. 그리고 부우덕 역시 비참하게 죽었다. 주원장은 부우덕에게 아들 두 명의 목을 베라고 명령했고 부우덕은 집으로 가 아들 두 명의 목을 들고 왔다. 그리곤 깜짝 놀란 주원장에게 욕과 저주를 퍼붓고는 단검을 빼 자신의 목을 찔렀다. 화가 난 주원장은 부우덕 일가를 모조리 죽였다. 33년간 주원장에게 충성을 다한 장수의 최후는 비극자체였다. 이뿐만이 아니었다. 명장 풍승 그리고 주원장이 자랑하던 장군 남옥도 피의 숙청을 당해야 했다. 그가 죽을 때도 역시 연좌제로 인해 무려 2만 명이 몰살당했다. 역사는 호유용과 남옥의 옥사를 함께 '호람의 옥'으로 부른다. 이 사건으로 명나라는 조정의 관료조직이 마비될 정도로 많은 사람들이 죽었던 것이다.

주원장은 대규모 숙청이 마무리되자 관료제도를 개편했다. 무려 1600년 전통의 승상제를 폐지하고 6부를 직접 지휘했다. 또한 군사권 역시 대도독을 폐지하고 군대를 5부로 나누어 서로 견제시키면서 5부의 수장을 자신이 직접 지휘했다. 이 같은 주원장의 피의 숙청으로 명나라에는 쓸 만한 대신, 장군들이 남아 있지 않았다. 탕화, 목영, 유기정도만 남게 되었다. 그렇게 된 연유는, 목영은 안남 등 지방에 근무하는 통에 주원장의 숙청에서 벗어나 있었고, 유기는 은퇴해 고향에 있었지만 실상은 유배당한 처지에 있었기 때문이었다.

그러자 주원장 곁에는 탕화 혼자만이 남아 있었다. 탕화는 불안했다. 그는 자신과 가문을 보존하기 위해 묘수를 생각해냈다. 그것은 바로 '버리고, 내려놓고, 떠나는 것' 이었다. 탕화는 결심을 굳혔다.

"폐하, 신이 그동안 폐하를 모시고 전쟁터를 누빈지 수십 년, 이제 태평
성대를 맞이했습니다. 신도 이제는 나이가 들어 더 이상 군대를 지휘할
수 없을 것 같습니다. 시골로 내려가 묘 자리나 찾아보면서 죽을 때를
기다리게 윤허해 주십시오."

주원장은 탕화의 진심어린 청에 마음이 움직였다. 바로 허락하고
집터는 물론 집을 지을 수 있는 돈도 하사했다. 그러면서 1년에 한 번
은 남경으로 올라와 문안인사를 올리라고 명했다.

총명한 탕화는 관직을 사임한 후, 그는 스스로의 행동을 제약했다.
그리하여 결국 주원장도 그에 대한 경계심을 풀었다. 그는 한 번도 공
신이라고 자랑한 적도 없고, 자손들과 집안노비들을 단속했으며 법도
를 지키게 하여, 다른 사람들에게 구실을 잡히지 않았다. 조정 일에
대하여는 그는 한마디도 언급하지 않았다. 특히 그의 첩이 백여 명이
었는데, 그가 중병이 든 후에 모조리 고향으로 돌려보냈고, 조정에서
내린 상은 고향사람들에게 나누어주었다. 가장 중요한 점은 사료의
기재에 의하면, 탕화가 고향으로 돌아간 후 한 가지 원칙을 지켰는데,
그것은 바로 지방관리와 결탁하지 않으며, 정치에 대하여 묻지 않는
다는 것이었다. 그의 생활은 하루종일 술 마시고 바둑 두는 것이었고,
산과 물로 놀러다니는 것이었으며, 자손들과 노는 것이었다. 그리하
여 다른 사람들에게 편안하게 살면서 아무 것도 신경쓰지 않는다는
인상을 주었다 이 점에 대하여 주원장은 아주 만족해 하였다.

원래 탕화는 술을 좋아했다. 자고이래로 술은 성격을 어지럽히고,
술 때문에 나쁜 일도 저지르게 된다. 사료에 따르면 여러 번 탕화는
술이 과한 적이 있다고 기록되어 있다. 그러나 탕화는 술을 마시면서

지나치게 행동한 적이 있지만, 어떤 일은 마치 일부러 그렇게 가장한 것처럼 보였다는 점이다. 「탕화전」에 의하면, "상주를 지킬 때, 일찍이 태조에게 요청한 것이 있는데, 태조가 응락하지 않았다. 술에 취한 후 원망스럽게 말하기를, 내가 이 성을 지키는데 마치 지붕꼭대기에 앉아있는 것 같다. 왼쪽을 보면 왼쪽이고, 오른쪽을 보면 오른쪽이다. 이 말을 듣고 태조가 그를 책망했다" 이 사건은 사가들이 탕화의 잘못을 언급하기 위하여 쓴 것으로 보인다. 그러나 누가 모르겠는가? 이때의 탕화는 머리가 아주 맑았다. 당시 탕화는 상주를 지키는데, 일찍이 주원장에게 뭔가를 청했다가 허락을 받지 못했다. 우울해서 술을 가득 마시고 원망스러움을 표현했던 것이다. 탕화는 공로가 큰데, 무엇 때문에 스스로 상을 달라고 요구할 것인가? 사실 탕화의 이 행동이 의미하는 바는 간단했다. 주원장에 대하여 자신은 무슨 큰 뜻을 가진 것도 아니고, 그저 자그마한 상을 바라는 것일 뿐이며, 이 정도 작은 일로 술 마신 다음에 헛소리를 하는 사람이라는 의미였다. 그리고 술 취한 김에 하는 말은 그저 나는 자잘한 것만 주면 된다는 내용인 것이었다.

또 하나의 방증이 있다. 이것이 이 문제를 설명해주는 것 같다. 상주의 민간에 '인구단자(人口團子)' 라는의 전설이 있다. 대체로 이 일과 탕화가 관련이 있는 것 같다. 당시 탕화는 상주를 지키는데, 주원장이 공신을 주살하고 있어 인심은 흉흉해지자 대장인 탕화도 스스로 위험함을 느꼈다. 그리하여, 탕화는 자주 술에 취해 스스로를 숨기고자 했다. 그는 왕왕 술 마신 후에 정사를 보면서 무고한 사람을 죽이기도 했다. 탕화의 부장은 잘못 죽이는 것을 피하고자 가짜 사람머리를 만들어 핏 빛으로 만들어서 매번 탕화가 술에 취하여 사람을 죽이라고 하면, 가짜머리를 잘라버리곤 했을 정도였다. 그러면 탕화는 취한 눈을 뜨고는 머리칼을 만지면서 크게 웃어넘겼고, 다음날에는 모든 것을 잊어버렸다. 비록 그가 사람을 죽이라고 해도, 아무 일이 없이 지나가는 것이었다. 그리하여 부장은 암암리에 명을 내려 집집마다 가짜 사람머리를 만들어두라고 했다. 혹시라도 탕화가 사람을 죽이라고 명하면 그것을 가지고 대신하라는 뜻이었다. 그리하여, '인구단자' 라는 것이 생겼고, 이것이 구정을 지내는 풍습으로 굳어진 것이다. 이러한 탕화의 행위는 바로 자신이 술주정뱅이라는 것을 나타내고 싶었음을 말해주었던 것이다.

탕화의 술주정에 대하여, 주원장은 혹시 잘 알고 있었던 것은 아닐까 하는 의심도 들지만, 이를 단정할 수는 없다. 그러나 주원장이 다른 측근에 비해 유독 탕화에 대해서는 호감을 갖고 있었음은 알 수 있다. 홍건적 시절부터 다른 장수들은 자신을 인정하지 않았고, 이선장마저 세를 쫓아 곽자흥에게 몸을 의탁했다 돌아왔지만, 탕화는 한결같이 자신의 곁을 지켜왔던 것을 기억하고 있었기 때문이었다.

모든 공신들이 죽고 난 후에도 탕화만이 군대를 이끄는 유일한 원로였다. 사실 주원장은 탕화의 처리를 놓고 고민하고 있었던 것 같았다. 그는 결국 죽이는 쪽으로 마음을 굳히는 순간 탕화가 먼저 은퇴를 청했던 것이다. 주원장 입장에서는 하나 밖에 남지 않은 공신의 피를 손에 묻히지 않아도 된다는 것과 또한 먼저 탕화가 은퇴를 청함으로써 조정에 남은 원로들이 탕화를 따라 은퇴할 명분을 준 것이 마음에 들었던 것이다.

탕화는 고향으로 내려왔지만, 항상 조심했다. 주원장이 파견한 감시병들이 지켜보고 있었기 때문이었다. 개국공신이라 자랑하지도 않았고 자손과 심지어 노비들도 단속해 거만하고 불손한 행동을 삼가했다. 특히 정사에 관여하는 행동이나 말은 한 마디도 하지 않았다. 지방관의 초청에도 응하지 않았고, 어쩌다 자리를 같이해도 정치나 황제에 대해서는 일절 모르쇠로 일관했다. 첩들에게는 돈을 주어 모두 고향으로 돌아가게 했다. 그저 하루 종일 술을 마시거나 바둑을 두면서 산책을 하는 것이 탕화의 하루 일과 전부였다. 주원장은 감시병을 통해 탕화의 이 같은 행동을 모두 보고 받고 있었다.

이 무렵 왜구의 잦은 침범으로 명나라 해안이 시끄러웠다. 주원장은 주위를 둘러보았지만 장군이라고는 하나도 남아 있지 않았다. 할 수 없이 탕화에게 이를 방비할 계책을 세우라 지시하자 탕화는 방명겸과 함께 방안을 마련했다. 그는 면밀히 검토한 후에 35,000명의 장병을 선발해 모두 59개에 이르는 성과 방어소를 해안가에 설치했다. 성을 쌓는 과정에서 무리가 생기자 많은 사람들이 걱정을 했다.

"백성들의 원망이 많습니다."

주변의 이런 간언에 대한 탕화의 입장은 단호했다.

"국가의 대사를 이루는 자는 원망을 불쌍히 여기지 않고, 또한 세세한 수고로움은 돌아보지 않는 법이다. 이후 다시 국가의 대사와 나를 원망하는 자가 있으면, 내 칼 앞에 와서 얘기해보라."

이후 모든 불만은 잠잠해졌고 성은 완성되어 왜구의 침범에 대비할 수 있었다. 주원장은 탕화를 불러 치하하고 황금과 비단을 주고 탕화의 부인 호 씨에게도 같은 상을 내렸다. 탕화는 고향으로 내려왔다. 그 이후 아무런 일도 없었다는 듯 성을 쌓고 병력을 지휘한 공적은 한마디도 내비치지 않았다. 이러한 보고를 받은 주원장은 탕화를 더욱 신뢰하게 되었다.

1390년 탕화는 병에 걸렸다. 후유증으로 그는 말을 할 수 없게 되었다. 주원장은 탕화를 불러 위로하고 돌려보냈다. 1394년 탕화가 새해 인사차 주원장을 찾았다. 주원장은 병들고 말도 하지 못하는 탕화를 보며 눈물을 흘렸다. 어릴 때부터 같이 어울리던 고향 친구를 보고 주원장도 문득 많은 추억이 떠올랐던 것이다. 탕화는 그저 머리만 조아렸다. 주원장은 유일하게 한 명 남은 측근의 노쇠한 모습에 마음이 몹시 아팠다. 주원장은 집으로 돌아간 탕화에게 '동구왕(東甌王)'이라는 왕위를 내리고 탕화의 치적을 치하했다. 1395년 탕화는 70세에 편안하게 세상을 떠났다.

이처럼 탕화는 침묵, 버림, 무관심의 처세로 그는 물론 가문도 보존할 수 있었다. 주원장 등극 후 주원장이 죽을 때까지 약 30년 동안 무려 10만 명에 달하는 대신, 학자, 장군 등이 숙청을 당해 죽었지만, 탕화만은 그 화를 면할 수 있었던 것이다.

탕화는 주원장의 가신이었지만 자신의 존재를 드러내지는 않았다. 무공에서는 서달, 남옥, 이문충에 비해 떨어진 척했고, 행정에서는 이선장, 유기, 호유용을 따라갈 수 없다는 듯이 처신했다. 이것은 탕화가 홍건적에 가담했을 때도, 몇 년에 걸친 격렬한 전투 끝에 중원의 패권을 차지했을 때도, 항상 주원장 옆에 있었다는 사실에서 알 수 있다. 이는 주원장이 그를 믿었다는 방증일수도 있고, 주원장이 감추고 싶은 비루하고 참담했던 시절도 알고 있다는 것을 말해준다. 주원장 같이 질투심 많고, 이기적이며, 의심 많은 1인자의 뒷면을 알고 있다는 것은 그만큼 입이 무겁고, 자신의 존재를 드러내지 않아야 하는 것이 생존의 필요조건이라는 것을 알고 있음을 말해주는 것이다. 그런 면에서 탕화는 완벽한 처신술의 대가였던 것이다.

주원장이 논공행상을 할 때 탕화는 당연히 1등 작위인 공작에 봉해질 자격이 있었다. 하지만 탕화는 한 등급 아래인 후에 봉해졌다. 그러면서 주원장은 탕화가 반란군 진우정의 아들 두 명을 놓아주는 바람에 8개 군이 동요했고, 그 소요를 진압하느라 군대가 동원된 이유로 들어 탕화의 작위를 낮추었다며 공개 비판했다. 이때 탕화는 머리를 숙이고 주원장에게 용서를 빌었다. 이는 주원장이 일부러 탕화를 야단친 것으로 개국공신들에게 '일종의 메시지'를 보낸 것이었다. 공신들에게는 엄청난 재물과 권한이 주어졌다. 그것은 동전의 양면이었다. 많은 혜택과 권리에는 지켜야 할 책무가 있는 것이다. 그것은 공을 내세우지 않고, 오만하고 거만하게 백성들 위에 군림하지 않고, 더 이상의 많은 재물과 권리를 탐하지 않아야 하는 것이었다. 하지만 인간의 본능은 그렇지 않다. 내가 더 공을 세웠다고 생각하고, 그래서 내가 더 많이 누리고 가져야 한다고 생각하는 것이다. 이러한 생각이 마음속에서 고개를 드는 순간 인간은 방심하게 된다. 방심은 과신을 낳고, 과신은 판단을 흐리게 한다. 축첩을 하고, 파벌을 형성하고, 토지에 욕심내고, 관직을 끝까지 부여잡고 내려놓지 못하게 만든다. 심지어 용과 봉황 무늬가 있는 옷을 입는 과욕을 부리는 것이다. 그리고 '나는 1등 공신인데', '내 휘하에 20만 대군이 있는데', '나는 황제의 고향 친구인데'라는 생각을 버리지 못하고 투덜거리고 불평을 늘어놓게 된다. 그 순간 목에 칼이 들어오는 것이다.

그러나 탕화는 영리했다. 그는 자신의 공을 내세우지 않았고, 관리들과 파벌을 형성하거나 정치에 관여하지 않았고, 겸손했으며, 자손들에게도 항상 검소한 생활을 요구했다. 무엇보다 주원장의 속내를 읽고 먼저 관직을 내놓으면서 주원장의 손을 가볍게 해주었다. 또한 왜구 침범에 대비한 59개의 성을 쌓는 공을 세우고도 고향으로 돌아가 '그곳으로 고개도 돌리지 않는' 처세의 기본을 보여주었다.

물론 탕화도 결점은 있었다. 술이 과했고 그로 인해 주원장의 노여움을 사기도 했다. 하지만 탕화가 상주지역을 관장할 때 매일 술을 먹고 황제에게 조그만 선물을 달라고 투정을 부린 것은 탕화의 고도의 처세술이었다. "술이나 즐기고, 작은 것에 욕심을 부리는 배짱이 작은 인간"이라는 인식을 황제에게 심어줌으로써 주원장의 '데스노트'에서 제일 마지막 순위로 밀리는 '행운'을 얻은 것이다. 그리고 마지막 자신의 차례가 오자 모든 것을 던져버리고 초강수를 둠으로써 목숨을 보존할 수 있었다.

　주원장의 기라성 같은 명장, 명신들 중 그야말로 이부자리에서 편안하게 눈을 감은 자는 손가락으로 꼽을 정도다. 그중에서 제후에서 공으로 승급하고 이후 왕위를 받은 이는 탕화가 유일하다. 그 비결은 의외로 간단하다. 흔히 쓰는 말로 '나대지 말고 작은 권력과 부귀를 던져버리는 것'이다. 그것이 더 큰 보상인 왕위를 받고 진짜 소중한 목숨을 보존한 방법인 것이다. 사실 이런 처세는 명나라의 주원장뿐이 아닌 동서고금을 막론하고 모든 1인자 앞에서 취해야 할 '1인자가 아닌 자'들의 행동강령 제1조일 것이다.

26. 양주팔괴(揚州八怪, 1661~1722)

- 술에 취해 그림을 그린 화단의 명인들 -

‘양주팔괴’란 청나라 화단(畫壇)의 명인들을 말하는데, 술을 마시며 사방으로 유람을 다녔고 그 과정에서 수많은 우수한 작품을 창작해냈는데, 그들의 그리는 그림의 기법과 내용이 대담하고 독창적일 뿐만 아니라 시문을 통해 정치와 사회를 풍자하고 비판 했다. 이러한 그들에게 애정을 가졌던 백성들이 당시에는 정치에 대해 논하거나 사회를 비판하는 일을 중죄로 다스렸기 때문에 이들이 처벌되는 것을 막기 위해 "그들은 원래 ‘정신나간 놈’, ‘괴짜놈들’이니 내버려두라는 뜻으로 불렀던 것"이다. 중국어로는 이들을 양주 방언인 ‘처우빠쫘이(丑八怪)’ 즉 ‘멍청이, ‘정신나간 놈’이라는 말과 발음이 같았기 때문에 강소성 양주를 무대로 활동한 8명의 예술가들을 ‘팔괴’라고 불렀던 것이다. 하지만 진정한 의미의 ‘양주팔괴’란 당시 즉 청나라 건륭 년간(1736~95)에 양저우를 무대로 창작활동을 한 개성 있는 양주화파 전체를 포괄적으로 말한다고 이해하는 것이 더 합당한 개념이다.

이 시기는 청대가 가장 번영했던 때인데, 특히 양주는 수(隋)양제 때 경항대운하(북경-항주간 운하)의 주요 지점이 되면서 경제력이 가장 높은 도시로 화려하게 발달하였다. 당송 때에는 신라를 비롯한 페르시아, 아랍상인들이 이곳에서 무역거점을 이룬 국제적인 상업도시이기도 했었다. 신라 최치원도 이곳에서 유학하고 벼슬을 했으며, 마르코폴로도 동방견문록에서 이곳을 아름다운 'wonder land' 라고 극찬했을 정도였다.

당시 공업과 상업이 번성한 양주에는 직업적인 문인화가들이 모여들었다. 그들 대다수는 신분이 비천했고 불우한 인생 역정을 겪으며 그림을 팔아 생계를 유지하고 있었다. 비슷한 인생 경험, 사상과 감정, 인생관, 성격과 기호를 가진 그들은 예술에서 개성의 발휘와 독창성의 추구를 중시했다. 그들은 모두 자신의 주관과 내심을 표현할 것을 강조했다. 이것이 그들의 작품에 심오한 사회적 내용과 사상적 내함(內涵)을 부여했다. 그들은 수묵의 사의적(寫意的)[60] 회화기법을 운용하며 간략한 필묵으로 물상의 정신을 전달하는데 뛰어났다. 이러한 그들의 대담하고 독창적이며 청신하고 분방한 화풍을 대표하는 화가들로는 금농(金農), 황신(黃愼), 이선(李鱓), 왕사신(汪士愼), 고상(高翔), 정섭(鄭燮), 이방응(李方膺), 나빙(羅聘) 등을 일반적으로 '양주팔괴' 로 불렀으나 사실은 이들 외에도 화암(華嵒) · 진찬(陳撰) · 고봉한(高鳳翰) · 변수민(邊壽民) · 민정(閔貞) 등의 화가들도 이러한 문예사조에 깊숙이 물들어 있던 중견 인물들이었다.

양주는 특히 제염업이 성행하여 부유한 상인들이 많았고, 부가 모이는 곳에서 자연히 문화와 예술 역시 발전하게 되기 마련인데, 대부호 염상들은 자신의 사치스러운 취향을 만족시키기 위해 아름다운 공

---

60) 사의(寫意) : 사군자(四君子)나 산수(山水)와 같은 구체적인 사물을 빌어 의(意)를 나타내는 기법으로, 이 개념이 중국회화에서 확고하게 자리 잡게 되는 것은 북송 이후 문인화가 크게 발달되는 것과 때를 같이 한다

예품이나 진귀한 보석, 각종의 맛있는 음식과 서화를 찾곤 했기에 기존의 틀에 갇힌 보수적 작품들보다 더 새롭고 진취적이며 개성이 강한 작품을 소장함으로써 자신의 미적 수준을 뽐내고 싶어했던 것이다. 이러한 유행에 따라 양주로 많은 화가가 몰려들게 되었고, 개방적인 사회분위기 속에서 "양주팔괴"가 이름을 날리게 된 것은 우연이 아니었던 것이다.

이들 화가 중에는 일부 잠시 관직에 있기도 했지만 대부분은 가난한 서민들이었다. 그들의 시와 글은 은근한 필체로 구애받음이 없이 정치와 사회를 풍자하는 것들이 많았고, 삶이 힘든 평범한 백성들의 공감을 얻었다.

'양주팔괴'는 일상생활 속에서 흔히 발견할 수 있는 사물을 그림의 소재로 삼았다. 예를 들면 마늘·고추·생강·우엉 등의 채소류, 그리고 들꽃·갈대·기러기 등 화·조류를 그렸는데, 이는 전통 문인화의 고정 틀을 깨고 중국화의 표현 능력을 제고시킨 기회가 되었다. 이 화풍에서 예술이란 비록 일상생활에 근원은 두고 있지만, 생활자체보다 차원이 높다, 따라서 예술은 생활의 직접적인 모방이 되어서는 안 되고, 반드시 작가의 예술정신이 표현되어야 한다는 것이다.

'양주팔괴'가 화단에서만 명성이 높았던 것만이 아니라 주계(酒界)에서도 명성이 자자했다. 그중에서 술을 가장 잘 마시는 자를 꼽으라면 마땅히 황신(黃愼)이라 해야 한다. 황신은 복건(福建) 녕화(寧化) 사람으로, 그림을 팔아 생계를 유지했는데 그의 기록을 보면 다음과 같았다.

"황신은 천성으로 술을 즐겼다. 그에게 그림을 원하는 자들은 모두 좋은 술로 그를 대접했고, 수없이 잔을 들고 술을 마시며 고금을 거리낌 없이 얘기했는데, 주변의 사람을 전혀 의식하지 않았다. 술에 취하면 붓을 들고 바람처럼 붓을 휘날리곤 했다."

황신 최고의 작품은 다수가 술에 취해 창작한 것으로 뜻이 풍부하고 생기가 감돌았다. 황신의 초서와 그림은 비록 획이 간단하지만 살아 숨 쉬는 것처럼 생동했다. 그의 인생작인 「취면도(醉眠圖)」에서 이철괴(李鐵拐)[61]가 구애를 받지 않고 온 천하를 집으로 삼는 생활습성과 털털하고 호방한 성격을 남김없이 표현했다. 마치 정판교(鄭板橋)가 말한 것처럼 "기색을 그릴 때에는 진실보다는 영혼이 있는 듯하다."는 말 그대로였다.

"잘났다면 바보처럼 살아야 그 광채가 유지된다"를 쓴 정판교도 음주를 즐겼다. 그는 「칠가(七歌)」에 이렇게 적었다. "정생(판교 본인)은 나이 30에도 몸 가눌 집이 없고 학문도 검도 제대로 배우지 못했다네. 시정의 술집에서 술을 마시며 젊은이를 불러 종일 북을 치고 우생(竽笙, 생황의 일종)을 불었다네." 이로부터 그가 청년시절부터 술을 즐겼다는 것을 알 수 있다. 정판교는 술을 즐기고 잘 마셨을 뿐만 아니라 술을 빌려 친구를 사귀기도 했다.

---

61) 이철괴 : 장회(長淮)에 거신씨(彳+巨神氏)가 있으니, 수련(修煉)의 학문에 능하였다. 외출할 때면 여섯 마리의 하늘을 나는 양이 끄는 수레를 타고, 머리의 움푹 들어간 부분에는 뿔 하나가 있으며, 옆구리에는 여섯 개의 날개가 있어 번갯불처럼 빠르게 움직였다. 천하를 돌아다니며, 사람들을 교화했다. 삼백년간 세상에 머물고는, 숨어 나타나지 않았다는 전설 속의 팔선(八仙) 중 수장격인 자이다.

27. 정판교(鄭板橋, 1693~1763)

- 왼손에는 술잔, 오른손에는 붓을 들고

사람들을 놀라게 한 거장(巨匠) -

명(明)나라의 정판교)는 양주팔괴(揚州八怪)[62] 중의 한 사람으로, 강소성 흥화(興化)에서 태어났다. 그의 이름은 섭(燮)이고, 판교는 그의 호이다. 옹정 10년(1732년)에 향시에 합격하고, 건륭 원년(1736년)에 진사시에 합격한 후 산동성 범현(范縣)과 유현(濰縣)의 현령을 역임했다. 하나뿐인 아들을 잃은 후 많은 고아들을 돌보았고, 가뭄이 들면 백성들을 구휼하기 위해 자신의 녹봉을 모두 나누어주는 등 청렴한 관리로서의 모범을 보였으나, 건륭 17년 이재민에 대한 구휼문제로 상관의 눈 밖에 나는 바람에 관직을 잃었다. 이후 그는 낙향하여 청빈하게 살면서 난, 대나무, 돌을 그리며 일생을 보냈다.

정판교는 시·술·그림·서에 어느 것 하나 사람들로부터 찬양을 받지 않는 것이 없었다. 기발하고 예리하며 임기응변에 능하고 예상을 뛰어넘으며, 해학적이고 유머러스한 그의 문학적 재능은 사람들의

---

62) 양주팔괴 : 청(淸) 중엽을 살았던 8명의 괴짜 문인화가를 지칭하는 말이다. 강남의 번화한 도시 양주를 무대로 활약했던 이들은 파격적인 화풍 못지않게 삶의 방식 또한 자유분방해서 많은 일화를 남기고 있다. 그 양주팔괴의 으뜸이 정판교이다.

절찬을 받았다. 그가 다른 사람을 위해 기이한 시를 지어 생일을 축하한 이야기는 미담으로 널리 전해져 내려오고 있다.

어느 날 정판교가 주 씨 성을 가진 원외(員外, 정식 관원이 아닌 관원, 혹은 지주나 지방 유지인사를 일컫는 말)의 초대를 받고 주 원외 노모의 70세 생신 연회에 참가하게 되었다. 술이 세 순배를 돌자 연회에 참가한 손님들이 주흥을 비러 시를 지어 읊으면서 주 원외 노모의 장수와 평안을 축복하기 시작하였다. 주 원외는 손님들 중 명성이 가장 높은 정판교가 여전히 자리에 앉아 술만 마시면서 한담을 하고 있는 것을 보고는 술잔을 들고 정판교에게 다가가 술을 권하면서 그에게 생신을 축복하는 시를 지어주기를 청하였다.

정판교는 사양하지 않고 왼손에는 술잔을 들고, 오른 손에는 붓을 들어 펴놓은 화선지 위에 들쭉날쭉하면서도 운치가 있는 그 유명한 글자체로 다음과 같은 글귀를 한 줄 썼다.

오늘 생신 잔치의 주인공은 사람이 아니요,(今日壽星不是人)

하객들은 명성이 뜨르르한 정판교가 시를 짓는 것을 보고 모두들 구경하려고 모여들었는데, 그가 지은 글귀를 보자 모두 어리둥절해서 서로 얼굴만 쳐다볼 뿐 입을 다물고 말았다. 즐겁던 수연(壽宴, 장수를 축하는 잔치)이 삽시에 물 뿌린 듯 조용해졌다. 주 원외는 얼굴에 띠었던 웃음이 순간 굳어져 우는 표정보다도 더 보기 흉하게 되었다. 그가 성이 나서 한바탕 난장질을 치려는 찰나에 정판교가 붓을 휘두르며 계속 써내려갔다.

구천의 선녀가 인간 세상에 내려오신 것이라네.(九天仙女謫凡塵)

그 글귀를 본 사람들이 일제히 갈채를 보냈다. 그들은 모두 굴곡적이고도 기묘한 구상에 탄복하였다. 주 원외의 성난 얼굴도 환희로 바뀌어 얼굴에 희색이 만면하게 되었다. 사람들이 너도나도 칭찬하고 있을 때 정판교가 또 다음 글귀를 써내려갔다.

낳은 아들은 모두 도둑이요.(生的兒子都是賊)

일시에 사람들은 또 그 자리에 굳어져 쥐 죽은 듯이 조용해졌다. 주 원외 일가는 다시 분노에 찬 눈빛으로 정판교를 쏘아보았다. 그러나 정판교는 사람들의 반응에는 전혀 아랑곳하지 않고 붓을 날려 계속 써내려갔다. 이때 사람들 눈앞에 다음과 같은 글귀가 나타났다.

선경에 있는 복숭아를 훔쳐다 어머니의 장수를 기원하네.
(偸來仙桃壽母親)

그제야 사람들은 숨을 길게 내쉬면서 절찬을 아끼지 않았다. 주 원외 일가들도 화를 내려다 말고 기뻐하면서 서둘러 정판교에게 술을 권하였다.

정판교도 감성에 의존하여 예술작품을 완성하는 예술인이었기에 술과는 불가분의 관계였다. 사람들은 그의 그림을 얻으려면 팔지는 않았기에 흔히 술을 가지고 와서 그와 함께 술을 질펀하게 마시고 나서는 그에게 그림을 부탁해야 겨우 얻을 수 있었다. 이러한 상황은 그의 「스스로 마음을 달래다(自遣)」라는 시에서 알 수 있다. "달을 감상할 때는 다른 사람이 다 떠나가는 것을 꺼리지 않으나, 꽃을 대할 때만은 한스러워 술 마시기를 주저하지 않네. 웃기는 것은 그림 그릴 비단을 가져와 그림을 요구하는 무리들이, 또한 선생이 완전히 취하기만을 바란다네.(看月不妨人去盡, 對花只恨酒未遲. 笑他縑素求書輩, 又要先生爛醉時.)"라고 하였다.

이를 대변해 주는 일화가 있다. 양주는 소금으로 한 때 번성하였는데 이들 상인을 염상(鹽商)이라 했다. 그런데 이들이 정판교의 그림을 사려고 해도 정판교가 도저히 안 그려 주자 한 염상이 꾀를 냈다. 그는 정판교가 이 대나무 숲을 산책하는 것을 좋아하고 개고기 안주에 술 마시기를 매우 좋아한다는 것을 알고는 대나무가 우거진 경치 좋은 곳에 커다란 누각을 세우고 개고기 안주에 술상을 펴놓고 마시면서 정판교가 지나가는 것을 기다려 짐짓 그를 모른 체 하며 "나 혼자서 술을 한 잔하고 있소만 담소할 사람이 없어 적적해 하고 있는데, 여기 개고기 안주와 좋은 술이 있으니 한 잔 들고 가시는 게 어떻소?" 하고 슬쩍 그의 의중을 떠보았다. 이 말에 회가 동안 정판교는 두 말없이 누각에 올라 거나하게 마셔댔다. 취기도 오르고 배도 어느 정도 불러오자 그때서야 누각을 휘 둘러보게 되었다. 그런데 누각이 지은 지 얼마 되지 않아서 인지 아무 것도 없이 그저 나무 냄새만 날 뿐이었다. 그래서 "아니 이렇게 훌륭한 누각에 어찌 글씨나 그림이 한 장도 없소?" 하고 묻자 염상이 "듣자하니 정판교의 그림이 최고라 하여 몇 번을 사려고 했지만 안 판다고 해서 그냥 두고 있소이다." 하며 시침을 뚝 떼고 말해버렸다. 그러자 흥이 난 정판교는 필묵을 가져오라고 하여 즉석에서 한 장을 그려 주었다고 한다.

이처럼 술을 너무나도 즐기는 정판교를 옆에서 지켜보던 그의 제자가 보다 못해 "선생님의 재주는 세상 누구와도 비교할 수 없이 출중하시니 앞날을 훼손시키지 마셔야 합니다."라고 하자, 정판교는 "내가 마시는 것은 술이 아니라 적막이니라."라고 답하였다 한다. 이처럼 그는 세상의 답답함을 술로 달래면서 그 답답한 마음을 '시·서·화'

로 풀어냈던 것이다.

정판교가 양주팔괴의 으뜸이 될 수 있었던 것은 꿈속에서도 '시·서·화'를 연습할 정도로 각고 노력한 덕분이었다. 그에게는 이런 일화가 있다. 어느 날 잠을 자다가 꿈속에서 서첩을 따라 이리저리 글씨를 쓰고 있는데, 글씨를 쓴 곳이 다름 아닌 부인의 등이었다. 그러자 부인이 화들짝 놀라서 잠을 깨서는 날이면 날마다 '시·서·화'에만 매달려 있는 남편을 보면서 "인각유체(人各有體, 사람에겐 각기 자신의 몸이 있어요!)"라면서 불만스러운 표정을 지었다. 즉 "인각유체"라고 말한 것은 자기 몸은 자기 것이니 쓰려면 다른 곳에나 쓰라는 말이었다.

그 순간 정판교는 이 말을 "사람에게는 그 사람 고유의 필체가 있어야 한다."는 의미를 깨달았던 것이다. 이로부터 정판교는 서첩을 따라 수련을 하지 않고 본인 고유의 필체를 창출하게 되었으니 소위 '판교체'가 그것이었다. '판교체'란 예서·행서·해서(隸·行·楷)를 섞어서 쓰는 독특한 글씨체인데, 정판교 자신은 자신의 글씨가 해서체 보다는 예서체에 가깝지만, 확실히 예서체도 아니고 해서체도 아니기에 "6분반서(六分半書)"라고 했다. 일반적으로 예서체를 팔분(八分)의 글씨라고 부른데서 착안하여 스스로의 글씨를 그리 불렀던 것이다.

그렇게 쓴 대표적인 글씨가 바로 우리에게도 익숙한 "난득호도(難得糊塗)"라는 편액에 써 있는 글씨이다. 마치 글자들이 길 위의 돌들처럼 멋대로 이리저리 어지럽게 깔려 있는 모양을 하고 있는데, 이를 사람들은 난석포가체(亂石鋪街體)라고도 부른다.

이 "난득호도(難得糊塗)"라는 편액이 사람들에게 각광을 받는 데는 다음과 같은 이야기가 전해지고 있다. 정판교가 산동에 부임하고 나서 하루는 내주(萊州)의 거봉산(去峰山)으로 유람을 갔다. 원래는 산에 있는 정문공비(鄭文公碑)를 감상할 예정이었는데, 시간이 늦어 산중에 있는 모옥(茅屋, 이엉이나 띠 따위로 지붕을 이은 작은 집)에 머물게 되었다. 모옥의 주인은 유학자처럼 보이는 노인이었는데 스스로를 "호도노인(糊塗老人)"이라고 했다. 노인의 집안엔 탁자정도의 큰 벼루가 하나 있었는데, 조각이 매우 뛰어나 정판교는 벼루의 정교함에 감탄을 금치 못했다. 다음 날 아침에 일어나자 주인 노인은 정판교에게 벼루 뒤에 써넣을 글을 하나 부탁했다. 정판교는 흥이 일어 "난득호도"라는 네 글자를 써주었다. 그리고 아래에 "강희수재, 옹정거인, 건륭진사(康熙秀才 雍正擧人 乾隆進士)"라고 새긴 도장을 찍었다.(청나라 때의 과거는 현(縣)-성(省)-중앙정부에서 실시하는 삼 단계에 걸쳐보았는데, 현을 통과하면 수재, 성을 통과하면 거인, 중앙에 합격하면 진사였다. 정판교는 강희제때 수재가 되고, 옹정제때 거인이 되고, 건륭제때 진사가 되었기에 스스로 자신의 전각에 그리 새겼던 것이다.) 그런데 벼루가 너무 커서 아직 여백이 있었기에 정판교는 주인 노인에게 발어(跋語)를 써넣도록 권유했다. 그러자 노인은 붓을 들어 "아름다운 돌을 얻는 것은 어렵고, 단단한 돌을 얻는 것은 더욱 어렵다. 아름다운 돌이 단단한 돌로 바뀌기는 더더욱 어렵다. 이처럼 아름다움은 가운데 있고, 단단함은 바깥에 있음에도 야인의 초가집에만 숨어있고, 부귀한 집의 문은 넘어서려고도 안 하네.(得美石難, 得頑石尤難, 由美石轉入頑石更難, 美於中頑於外, 藏野人之廬, 不入富貴門也)"라고 썼다. 그런 후에 그 노인도 인장을 찍었는데. 그 속의 내용을 보니 "원시에는 일등, 향시에는 이등, 전시에는 삼등(院試第一 鄉試第二 殿試第三)"이라 쓰여 있었다. 즉 이 노인은 세 단계 과거에서 각각 1, 2, 3등을 했다고 새겨놓았던 것이다

정판교는 이를 보고 깜짝 놀랐다. 이 노인이 은거하고 있는 고위관

료라는 것을 알았기 때문이었다. 이에 정판교는 "호도노인"이라는 이름에서 깨달은 바가 있어 즉석에서 붓을 들어 막 자기가 쓴 "난득호도"라는 글자 아래에다 "총명하기도 어렵고, 어리석기도 어렵다네. 더구나 총명한 사람이 어리석게 되는 것은 더욱더 어려우니, 집착을 버리고, 한 걸음 물러서 마음을 놓아버리면 편안한 것이니, 이는 후에 복을 받고자 함이 아니라네.(聰明難糊塗難, 由聰明而轉入糊塗更難, 放一著退一步, 當下心安, 非圖後來福報也)"라고 썼다. 즉 자신이 현령이라 하여 우쭐대던 마음을 이제 다 떨쳐내고 주인 노인처럼 지내는 것이 현명한 것이라는 사실을 비로소 알았던 것이다. 이후 정판교는 평상복에 짚신을 신고 백성들의 참모습을 보면서 스스로 평안을 찾고자 하였다. 즉 정판교가 의례적 인사일 수 있는 '난득호도'를 쓰자 이에 호도노인이 정판교를 꾸짖듯이 답했고, 정판교는 노인의 뜻을 받아들여 제대로 된 대답으로 응수했던 것이다.

28. 루쉰(魯迅, 1881~1936)
- 술은 가리지 않으나 혼 술은 마다했던 애주가 -

중국 현대문학을 대표하는 소설가이자 사상가인 루쉰은 우리에게 『아Q정전((阿Q正傳, The True Story of Ah Q)』으로 유명하다. 루쉰은 필명이고, 본명은 저우수런(周樹人)이며, 자는 위차이(豫才)이다. 그가 생전에 남긴 저서는 중편이 1편, 단편이 32편에 불과하지만 그의 작품이 중국 정치사와 문학사에 남긴 족적은 매우 거대하다.

루쉰은 저장(浙江) 성 사오싱(紹興)의 지주 집안에서 태어났다. 어린 시절에는 비교적 유복한 환경에 자라 서당에서 유교와 역사를 배웠으며, 회화, 특히 탁본(拓本)에 관심이 많았다. 그러나 13살 때 할아버지가 뇌물사건으로 감옥에 갇히고, 16살 때 아버지까지 죽자 집안이 점차 기울기 시작했다. 18살 때 난징(南京)에 있는 수사학당(水師學堂)에 진학한 것도 학비를 면제받을 수 있었기 때문이었다. 그는 얼마 후 광무철로학당(礦務鐵路學堂)으로 옮겨 외국어를 비롯해 물리, 지리, 회화 등을 공부하면서 계몽적 신문학의 영향을 크게 받았다.

1902년 학당을 졸업한 루쉰은 국비유학생으로 선발되어 일본으로

유학을 떠났다. 1904년에 센다이(仙台)의학전문학교로 진학하여 의
학을 공부했는데, 이때 루쉰은 강의 도중 영화의 한 장면을 보고 일생
의 전환점을 맞게 되었다. 같은 중국인이 일본인에게 체포되어 참수
되고, 참수되는 동포를 구경만 하고 있는 중국인들이 등장하는 장면
에 그는 크게 분노했던 것이다. 여기서 그는 건강한 신체보다 중요한
것은 정신이며, 문예야말로 정신을 변화시키는 가장 좋은 수단이라는
것을 깨닫고 학교를 그만두고 도쿄(東京)로 돌아갔던 것이다.

자신이 해야 할 일은 문학을 통해 동포의 정신을 변화시키는 것이
라고 생각했던 것이다. 난징 시절부터 독일어를 배워 동유럽 문학에
심취해 있던 그는 이 시기 많은 문학 작품들을 접하고, 외국소설을 중
국어로 번역하는 일에 매진했다. 동생 저우쭤런(周作人)과 《역외 소
설집》을 공동으로 번역한 것도 이 시기의 일이었다.

1909년 귀국한 그는 교편을 잡으면서 외국 작품을 번역하거나 탁본
을 베끼며 시간을 보냈다. 그러는 중에 중국에서 신해혁명과 함께 과
학과 민주주의를 내세우며, 봉건문화와 유교를 비판하는 신문화운동
이 진행되고 있었다. 1919년 5·4운동의 사상적 근거가 된 이 운동은
천두슈(陳獨秀)가 창간한 『신청년』을 통해 주로 추진되었는데, 이 잡
지는 신문화운동의 일환으로 문학에 있어서의 혁명을 주장하였다. 당
시 신문이나 잡지, 각종 문학 작품 등이 문어체(文語體)로 쓰였는데,
그는 문어체가 현실을 제대로 반영하기 어렵다고 생각하고 실제 사람
들이 사용하는 구어체를 도입하여 문장이 사회성을 지니고 생명력을
얻을 수 있게 했다. 이렇게 하여 결과적으로 문학혁명을 통해 작품으
로 혁명정신을 설파하고 사상 개조에 영향을 끼치게 했던 것이다. 중
국 근대문학의 효시가 된 루쉰의 대표작 『광인일기(狂人日記)』는 이
런 배경 속에서 탄생하였다. 루쉰이라는 필명도 이때부터 사용되기

시작했다.

그의 대표작인 『아Q정전』은 주인공인 날품팔이 노동자 '아Q'를 통해 중국의 봉건사회를 날카롭게 풍자하고 비판한 소설인데, 이를 통해 그는 중국 전역에서 큰 명성을 얻게 되었다. 당시 베이징에서 강사 생활을 하면서 루쉰은 정부가 학생들의 개혁운동을 탄압하는 것을 경험하고 분노했다. 특히 1926년 3월 18일 정부가 학생들의 시위를 무력 진압하자 「중화민국 이래 가장 어두운 날」이라는 글을 기고했다.

1930년에는 중국좌익작가연맹(약칭 좌련)에 가담하여 공산주의 정책을 지지했는데, 다음 해 좌련 작가 6명이 검거되면서 루쉰은 다시 도피생활을 해야 했다. 1932년에는 국민당에 반대하는 '중국민권보장동맹'에 발기인으로 참여하면서 한편으로는 집필 활동을 계속하여 전투적인 사회 단평(短評) 문체를 확립하고, 문학·예술지상주의와 소품문파(小品文派)를 비판하기도 했다.

1936년 10월 19일 루쉰은 건강 악화로 세상을 떠났다. 그의 유해는 '민족혼(民族魂)'이라고 쓰인 하얀 천으로 덮였으며, 1만 명에 이르는 사람들의 애도를 받으며 10월 22일 만국공묘(萬國公墓)에 안장되었다.

루쉰의 작품은 당대 중국 현실을 비판하는 동시에 회의적인 시선으로 현실을 바라보는 것이 특징이다. 때문에 동시대의 많은 사람들에게 공감을 받으며 널리 사랑받을 수 있었다. 그는 단지 작가로서만이 아니라 사상가이자 혁명가로 추앙받고 있다. 특히 마오쩌둥과 공산주의 정권은 루쉰의 혁명사상을 크게 찬양했다. 이 때문인지 타이완에서 그는 좌익작가로 분류되었고, 그의 저작들은 1980년까지 금서로 지정되었다.

이처럼 파란만장한 생을 거쳐야 했던 루쉰도 술을 마시면 생각이 많아지는 문인이었다. 술과 문학은 그에게 있어서 마치 묘목과 햇빛의 관계를 방불케 했다. 만약 햇볕이 따스하게 비춰지지 않는다면 나무는 가지가 무성하게 자라날 수 없는 것처럼 근대의 저명한 작가인 루쉰(魯迅)도 음주뿐만 아니라 흡연과 차 마시는 것도 즐겼다.

그러나 루쉰은 집에서 홀로 술을 마시는 일은 거의 없었다. 오로지 친구를 만나는 자리에서만 가볍게 마셨다. 게다가 그는 부인과 의사의 권고를 잘 따라서 특히 만년에는 술을 거의 마시지 않았다. 루쉰과 술의 관계를 잘 알려주는 두 책에서 일부 내용을 발췌하여 루쉰의 술 마시는 스타일을 살펴보자.

(1) 1912년 5월 5일부터 1936년 5월 18일 사이에 기록된 『루쉰 일기』.

1912년 5월 31일 꾸칭(谷淸)의 초대로 광화각(廣和閣)에서 함께 술을 마셨다. 지스(季市, 쉬서우생許壽裳)[63]을 말함)도 그 자리에 있었다.

1912년 6월 1일 저녁에 쉰(恂)과 밍바이(銘伯) 그리고 지스와 함께 광화각에서 술을 마셨다.

1912년 6월 13일 저녁에 보슬비가 내렸다. 광화각에서 술을 마셨다. 밍바이와 지스, 그리고 위잉아이(俞英崖) 등이 동석하였다.

1912년 6월 19일은 음력으로 단오절이다. 저녁에 밍바이와 지스의 초대를 받아 술을 마셨다.

1912년 7월 22일 큰 비가 오므로 직장에 나가지 않았다. 저녁에 진공맹가(陳公猛家)라는 술집에서 차이제민(蔡子民, 채혈민)을 위한 송

---

63) 쉬우상 : 루쉰의 평생친구로 '5·4(五四) 계몽정신' 의 견수자(堅守者).

별연이 열렸는데, 위잉아이·왕수메이(王叔眉)·지스 그리고 내가 참가하였다. 반찬은 모두 채식이었다. 저녁에 판아이눙(範愛農)을 애도하는 글 3수를 지었는데 여기에 기록한다.

비바람이 휘몰아치는 날 나는 친한 벗 판아이눙을 추억하네.
너무 일찍 하얗게 세어버린 머리카락도 듬성듬성 몇 오리 남지 않았네.
권력과 이익 다툼밖에 모르는 인간쓰레기들을 멸시하노라.
세상살이 씀바귀처럼 쓰니 정직한 사람은 곳곳에서 벽에 부딪치며 몸 담을 곳이 없구나.
어찌 헤어진 지 겨우 석 달 만에 이렇게 강직한 벗을 잃어야 하는가?
조국 해변의 봄풀은 해를 거듭해도 푸르기만 한데 그대는 오랜 세월을 타향만 떠도네.
교활한 여우같은 청 왕조의 황제가 거꾸러지니 또 꼭두각시 군벌의 사기극이 등장하네.
먹구름이 꽉 덮인 험악한 고향에서는 무더운 날에도 몸이 부들부들 떨리고 기나긴 여름밤은 밝을 줄 모르네.
결국 차가운 강물에 홀로 몸을 던진 그대에게 물어보노라. 그대의 그 깊은 시름과 슬픔은 죄다 씻겨나갔는고?
술잔을 들고 당대 세상사를 논하며 그대는 세상을 등지고 은신하는 주객들을 깔보았네.
취생몽사하는 세상에서 취한 듯하면서 늘 깨어있었던 그대 결국 목숨을 버렸네.
이제 우리는 영원히 이별이네. 다시는 그대의 기개 드높은 격앙한 연설을 들을 수 없네.
오랜 벗들이 하나하나 구름처럼 사라지고 안개같이 흩어지니 나 또한 이 목숨을 가벼운 먼지처럼 여기네!

1921년 8월 9일 지스와 술을 조금 마셨다.

1912년 8월 17일 오전에 이케다(池田)병원에서 진찰을 받았는데 이미 나았다고 했다. 그리고 술은 끊으라고 하였다.

1912년 8월 22일 저녁에 첸다오쑨(錢稻孫)이 와서 지스와 함께 광화각에서 술을 마셨다. 한 사람이 돈을 1원씩 냈다.

1914년 1월 21일 저녁에 퉁항스(童杭時)가 술을 마시자고 초대하였으나 가지 않았다.

1924년 2월 6일 밤에 잠이 오지 않아 술 한 병을 다 마셨다.

1925년 9월 26일 밤에 창홍(長虹)이 오면서 『섬광』 5권에 펀주(汾酒) 한 병을 선물로 가져왔다. 나도 술을 선물로 줬다.

이때 그는 무슨 술을 주었을까? 아마도 사어싱주(紹興酒)와 같은 도수가 낮은 술이었을 것이다. 왜냐하면 루쉰의 일기 중에 "따푸(위다푸 [郁達夫]를 가리킴)가 와서 양 매실주 한 병을 줬다"라는 기록이 있기 때문이다. 그는 또 "나는 아주 조심하곤 한다. 매번 황주(黃酒, 사오싱주 [紹興酒]) 한 잔만 마신다."라고 말한 적이 있다. 그는 또 '감주'(酒釀)를 사서 마시기도 하였는데 그것도 도수가 아주 낮은 미주(米酒)이다.

(2) 『루쉰 서신 선집』. 루쉰은 1926년 6월 14일 쉬광핑(許廣平)에게 보낸 편지에서 "나는 인제 술은 마시지 않고 밥은 매끼에 큰 그릇(굽이 네모난 그릇으로 굽이 뾰족한 그릇 두 개의 용량과 맞먹음)에 한 그릇씩 먹는다."라고 썼다.

1934년 12월 6일, 루쉰은 샤오쥔(肖軍)과 샤오훙(肖紅)에게 보낸 편지에 이렇게 썼다. "나는 사실 술을 마시지 않는다. 다만 피곤하거나 분개하였을 때 가끔 조금 마시곤 하였는데 지금은 절대 마시지 않는다. 그러나 손님을 만날 때는 예외이다. 내가 술을 마시기 좋아한다는 말은 '문학가'들이 지어낸 헛소문이다."

하지만 술에 대한 그의 애착은 세상이 다 알고 있다. 그는 늘 친구들과 함께 식사를 하였는데 식사할 때마다 반드시 술이 올라왔다. 가끔 기분이 좋을 때는 취하도록 술을 마시기도 했다. 늘 한상에서 함께 술을 마셨던 위다푸(鬱達夫)는 루쉰의 음주에 대해 이렇게 묘사했다.

"루쉰은 주량이 세지는 않았지만 늘 조금씩은 마셨다. 루쉰은 술의 종류에 대해 까다롭지 않았다. 백간(白幹, 배갈), 황주(黃酒) 모두 즐겨 마셨고, 오가피(五加皮), 백장미(白玫瑰), 맥주, 브랜디(白蘭地)도 마셨지만 많이는 마시지 않았다. 루쉰은 늘 술을 적당하게 마셨으며 보통 만취할 정도로 마시지는 않았다."

29. 후스(胡適, 1891 ～ 1962)

- 금주 반지를 낀 채 임종 직전까지도 술잔을 놓지 않았던 풍운아 -

"역사를 서술하는 사람은 조금이라도 주관적 선입관을 가져서는 안 된다."
(호적문집 제6책 182쪽)

　고 말한 후스는 상하이에서 출생하였으며, 1906년부터 3년간 상하이 중국공학(中國公學)에 다니다가 1910년부터 미국 컬럼비아 대학에서 교육학을 공부하여 1927년 박사학위를 받았다. 1917년 미리 귀국하여 베이징대학 문과 교수로 있으면서 《신청년》 잡지에서 구어체(口語體) 문학운동을 펼쳤으며, 1918년 12월부터는 천두슈(陳獨秀), 리따짜오(李大釗)가 창간한 《매주평론》(1919년 8월 폐간)의 후반기 편집에 참여하였다. 1922년 베이징대학 문과학장을 맡았으며 1923년에는 량치차오(梁啓超) 등과 "과현논전(科玄論戰)"[64]을 전개하기도 하였다. 1927년 베이징 대학이 국립 베이핑 대학으로 흡수된 뒤 차이위안페이(蔡元培, 베이징대학 교장)와 함께 상하이로 떠나 상하이 광화(光華)대학 교수, 상하이 중국공학 학장을 지내다가 1932년에 베이징

---

64) 과현논전 : 1923년도에 일어난 "과학과 형이상학"의 논쟁.

대학 문학원 원장이 되었다. 이후 중화민국 주미대사를 하다 돌아와 1946년부터 베이징대학 총장에 임명되었다. 1949년 중화인민공화국이 성립하자 반공주의 정치인이었던 그는 미국으로 망명하였다가 1958년에는 타이완으로 이주하였고, 4년간 중앙연구원 원장을 맡았다. 저서로는 《백화(白話)문학사》, 《후스문존(胡適文存)》, 《중국철학사대강》 등이 있다.

"('금주'라는 두 글자가 박힌) 반지를 끼고 술을 끊으려 했으나 결국은 끊지를 못하더니(帶戒止酒從未止酒), 임종 직전까지도 술잔을 잡고 있었다네.(經常擧杯臨終擧杯)"라고 풍자됐던 후스는 일생 동안을 술과 함께했다. 그가 얼마나 술을 좋아했었는가 하면, 상하이에서 공부할 때인 1910년 경제적으로 많이 어려웠음에도 3월 22일 저녁 어느 한 식당에서 술을 거나하게 마시고 집으로 돌아가는 길에 순사와 다툼을 벌여 결국 경찰서(중화인민공화국 성립 이전, 외국 조계지의 경찰서)로 끌려가 하룻밤을 갇혔어야 했고, 또 벌금 5위안(元)까지 내야만 했던 일이 있었다. 이 일이 있은 뒤 그는 다음과 같은 시를 지었다. "내 스스로 보아도 여섯 자 체구이건만, 술 한 잔 값도 못하네. 훌륭한 친구의 도움이 아니었다면, 이 내 몸 술에 취해 죽은 지 오랠 걸세.(自視六尺軀. 不値一杯酒. 倘非良友力. 吾醉死已久.)" "술이 깨어 쓰라린 일을 돌이켜보며, 일어나 앉아 곰곰이 생각해보니, 창밖에선 동풍이 찬데, 희미한 별빛은 쏟아져 내리누나.(醒來還苦憶. 起坐一深思. 窗外東風峭. 星光淡欲垂.)" 그는 술이 좋아 기분 내키는 대로 마시기는 했지만, 경찰서에 갇히고 벌금까지 내야 했던 돈 없는 학생인 후스에게는 뼈아픈 일이었음을 잘 보여주고 있다. 그러면서도 그는 이후에도 손에서 술잔을 놓지를 않았다.

이렇게 술을 좋아하는 후스를 보면서 그의 아내 장둥슈(江東秀)는 걱정이 태산 같았던 것 같았다. 1930년 12월 17일은 마침 후스의 생일이어서 식구들과 친구들이 그의 처소에서 후스의 생일을 축하했다. 이 자리를 비러 그의 아내는 남편에게 '금주(止酒)'라는 두 글자를 새긴 반지를 선물하며 술을 끊을 것을 지인들 앞에서 강력히 애원하였다. 그러자 후스와 함께 "두 세대의 학자, 한 쌍의 절친한 벗(兩代學人, 一對摯友)"로 불렸던 장위안지(張元濟) 선생(후스보다 24살이나 많았음)이 이 일을 알고는 특별히 대련(對聯)을 써서 선물하였다.

"선생에게 권고하네만(我勸先生長看蓄賢閣)
반지 끼고 이제부턴 술 좀 그만 마시구려.(戒指從今少喝些老酒)
그대는 형이 되어 장차 아우를 거둬줘야 하지 않는가
(你做阿哥將帶小弟)
베이징대학에서 영원히 장수를 누릴 수 있게 하시게
(北大享個無限的遐齡.)"

후에 후스는 칭다오(靑島)에 잠시 머물게 되었는데, 연회에서 량스츄(梁實秋) 등 '여덟 신선'과 화띠아오(花雕)주 30근을 하루 저녁에 다 비웠다. 자신도 이를 보고 깜짝 놀라 "서둘러 부인이 선물한, '금주' 자가 새겨진 금반지를 꺼내 끼며 더 이상 술 싸움을 할 의사가 없음을 표하였다."(량스츄 「음주[飲酒]」)고 한 것을 보면, 후수 본인도 술을 경계하려고 노력했음을 알 수 있다.

사실 후스의 주량은 그다지 센 편은 아니었다. 다만 술 마시기를 즐기고, 흥청망청하며 시끄러운 분위기를 좋아했을 뿐이었다. 어느 한 번은 후스의 한 친구가 결혼을 하게 되어 그에게 주례를 서달라고 부탁하였다. 결혼 피로연에는 한 테이블에 술을 한 주전자씩 올려놓았다. 그런데 주흥이 막 오르려는 참에 술 주전자가 바닥이 나자 후스는 술을 더 가져올 것을 요구했다. 그러나 연회를 주관하는 측에서는 술을 더 추가해 줄 수 없다고 거절하였다. 주인 측에서도 신부가 절주회(節酒會) 회원이라면서 그만 마실 것을 부탁하였다. 그러나 그때 한창 주흥이 도도하게 오른 후스는 주인의 설명에도 아랑곳하지 않고 주머니에서 은화를 꺼내 사람을 시켜 술을 사오라고 하였다. 그는 신랑신부의 뜻은 도외시 하고 친구들을 만나 기분이 좋으니 한 잔 더 해야 한다는 식이었다. 그 말에 친구들도 빙그레 웃으며 마음껏 즐기다가 헤어졌다고 한다.

이처럼 술 좋아하고 잘생긴데다 머리까지 총명했던 후스를 여자들이 가문둘리가 없었다. 물론 후스 자신도 좋아했기에 여자들이 넘어갔다고도 할 수 있다. 그러나 당시 루쉰(魯迅)을 비롯해서 대부분의 중국 신지식인들이 어릴 적 정혼해서 혼인한 전족(纏足)을 한 구식부인을 모두 버리고 신여성들과 재혼을 하거나 연애를 할 적에 오직 후스만은 어릴 적 정혼했던 부인과 해로한 점에 대해서는 높게 평가하는 편이다. 그러나 그러한 남편의 여성편력을 바라보는 부인의 마음이야 오죽했을까……

아마도 정혼한 부인과 끝까지 살았던 데는 여걸이었던 부인 장동슈(江冬秀)를 만났기 때문이었을 것이라고들 말한다. 장동슈가 어떤 여인이었냐 하는 일화가 있다. 장동슈는 대갓집 출신답게 당당하고 요리에 조예가 깊었다. 후스가 주미대사로 갈 때 사람들은 "장동슈가 대사부인이라니 말도 안 된다. 의전은커녕 영어와 중국어도 구분 못하는 실력인데 미국 상류사회 사람들 앞에서 중국 망신이나 톡톡히 시킬 테니 두고 봐라"는 식으로 비하하곤 했다. 그러나 장동슈는 친정집에서 들고 온 무쇠 솥으로 온갖 요리를 한 후 미 국무부 고위관리와 각국 외교관들의 입맛을 사로잡아버려 중국대사관저에 오는 사람들마다 황홀한 표정으로 돌아갔다고 한다.

이러한 여걸을 안훼이(安徽)성의 별 볼일 없는 가문 출신인 후스가 진사를 줄줄이 배출한 안훼이성의 명문가 집안으로 장가를 갔으니 아무리 여자를 좋아한들 본처를 버릴 수는 없었던 것이다. 두 사람이 결혼을 하게 된 것도 하늘이 점지해 준 것이나 다름 없었다. 어느 날 장보러 나왔던 장둥슈 엄마가 민국시대 4대 미남으로 꼽힐 만큼 잘생긴 얼굴에 총기가 넘치는 소년인 후스에게 필이 확 꽂혀 매파를 놓아 이루어졌던 것이다. 그러나 가문의 차이가 난다고 거절하는 후스 엄마 때문에 혼사가 장애에 부딪치자 사주라도 한 번 보고 결정하자고 후스 엄마를 포함해 후씨 집안사람들을 2년간 설득해서 결국 정혼을 성사시키는데, 실상은 장둥슈 엄마가 인근의 사주쟁이들을 모조리 포섭해서 '천생배필'이라고 떠들도록 뒷 작업을 한 결과였다.

후스는 죽기 전 우스개 소리로 남자들이 준수해야 할 삼종사덕(三從四德)을 이야기한 것도 자신의 여성편력을 이해해주고 모른 척해준 부인 때문이었다. 즉 "부인이 외출할 때는 꼭 모시고 다녀라. 명령에 무조건 복종해라. 부인이 아무리 말 같지 않은 소리를 해도 맹종해라." 이것이 삼종이고, "부인이 화장할 때 불평하지 말고 끝까지 기다려라. 생일을 절대 까먹지 마라. 야단맞을 때 쓸데없이 말대꾸하지 마라. 부인이 쓰는 돈을 아까워해서는 안 된다."는 것이 그가 말한 사덕이다.

이처럼 술과 여자를 좋아했던 후스는 만년에도 술을 마시는 것을 낙으로 삼았다. 1962년 2월 24일 오후 어느 한 회의가 끝난 후 식사자리에 참석하게 되었는데, 그의 나이 72세 때였다. 그는 여전히 예전이나 다름없이 빈번히 술잔을 들면서 건배하였다. 그러던 중 갑자기 심장병이 발작하는 바람에 세상을 하직하고 말았으니, "세상에 이름을 떨치기는 했으나 비방 반, 칭찬 반"을 들어야 했던 그에게 술은 결국 마지막까지 생의 동반자가 돼주었던 것이다. 그가 이 세상에 남긴 전 재산은 대량의 서적과 153달러, 그 외에 술을 즐겨 기념으로 간직하고 있던 프랑스산 와인 한 병이 다였다고 한다.

30. 저우언라이(周恩來, 1898~1976)

- 술을 요술방망이처럼 부린 영원한 정치가의 표상 -

저우언라이와 술에 대한 관계를 잘 보여주는 시가 있다.

한 시대를 풍미한 명재상, 술을 통해 예지를 보여주니
(一代名相, 酒顯叡智)
천추에 길이 남을 풍류남아는, 오직 그 한 사람뿐이라네.
(千秋風流, 只此一人)

술은 중국 총리였던 저우언라이와 결합되어 그의 독특한 인격적 매력을 보여주었다. 긴긴 역사 과정에서 무수히 많은 명인이 술과 관련하여 풍부하고 다채로운 이야기를 엮어왔지만, 그들은 다만 술로써 슬픔을 표현하거나, 흉금을 터놓거나, 혹은 용기와 호기로움을 표현하거나, 또는 술에 취해 천진한 느낌을 찾고, 술을 마신 뒤 용기를 내 큰일을 이루었거나 했을 뿐이다.

그러나 오로지 저우언라이에게만은 술이 마치 그의 손에 쥐어진 마술사의 마술방망이처럼 그의 풍채를 보여주는 수단이 되기도 했고,

적수와 지략을 겨루는 예리한 무기가 되기도 했으며, 감정을 표현하는 최적의 매개물이 되기도 하고, 담략과 기백을 드러내는 특별한 액체가 되기도 했으며, 감정을 잇는 유대가 되기도 하고, 또 대국의 외교 풍채를 보여주는 구체적이고 특별한 영향력을 갖춘 수단이 되기도 하였다. 그의 손에서 술은 전지전능한 존재나 다름없었다. 그의 손에 들려 있는 술은 남다른 풍격과 특별한 감화력을 나타내곤 하였다.

저우언라이의 술에 관한 이야기는 많고도 많다. 그와 관련된 특별한 이야기 몇 가지만 소개해 보자.

1. 술을 통해 저우언라이의 담략과 충성을 보여주었다.

매번 저우언라이와 술에 대해 언급할 때마다 사람들은 제일 먼저 충칭(重慶) 담판 때의 그를 떠올리곤 한다.

1945년 가을 저우언라이는 마오쩌둥(毛澤東)을 수행해 충칭 국공담판에 참가하게 되었다. 중국공산당 대표단이 충칭에 당도한 날 저녁 8시 장제스(蔣介石)가 린원(林園) 관저에서 환영연회를 마련하였다. 담판을 시작하기도 전에 술을 마시는 일부터 시작된 것이다. 사람들이 모두 서로 다투어 마오에게 술을 권하였다. 연회에서 저우는 마오 옆에 바싹 붙어 앉아 있었다. 다른 사람이 마오를 모해할까봐 걱정이 되었던 것이다. 사람들이 마오에게 술을 권하려고 다가올 때마다 저우는 언제나 먼저 몸을 반쯤 일으켜 앞을 막아서면서 말하곤 하였다. "마오 주석께서는 술을 잘 못하셔서 제가 대신 마시겠습니다."

민주당파 측 사람들이 선의로 술을 권하는 것도 감당해야 하였지만, 국민당 중 일부 사람들이 술을 겨뤄보려는 움직임에 더욱 손에 땀을 쥐게 하였다. 연회에는 별의별 사람들이 한데 섞여 있었는데, 진심을 가진 사람이나 거짓을 품은 사람이나 모두 술을 권해오곤 하였다.

그때마다 저우 총리가 마오 주석의 앞을 막아서곤 하여 저우 총리는 주변의 눈길을 끌었다. 사람들이 그에게 술을 권하는 기세가 공격이라고 표현하는 것이 더 적절할 정도였다. 그 기세가 점점 높아만 가는 분위기였다. 저우 총리는 고상한 기품을 잃지 않고 권하는 술을 한 잔 한 잔 받아 마셨다. 유명한 작가 취안옌츠(權延赤)는 『정치무대 아래서의 저우언라이(走下聖壇的周恩來)』라는 저서에서 그때 당시의 장면에 대해 서술한 장면이 있다. "불그레한 그의 얼굴에는 환한 미소가 어렸고, 두 눈에서는 정기가 돌았다. 위로 치켜 올라간 짙은 두 눈썹은 더욱 위엄이 있고 생기가 넘쳐났다. 그가 말했다. '자, 이렇게 합시다. 어지러운 난투극은 그만하고. 담판이건 음주건 평등하게 합시다. 이제 제가 제안을 하나 할 겁니다. 술을 마실 수 있는 분들은 잔을 들어 주십시오. 제가 마오 주석을 대표해 여러분에게 석 잔을 권하겠습니다.' 저우 총리는 아주 점잖고 예의 바르게 장내를 한 번 둘러보고 나서 미소를 지으며 말했다. '권하는 입장에서 제가 먼저 잔을 비우겠습니다.' 그리고 저우 총리는 연거푸 석 잔을 비웠다. 그리고 저우 총리는 여전히 불그레한 얼굴에 환한 미소를 짓고 있었고, 여전히 생기가 넘쳤으며, 여전히 점잖고 예의 바르게 그렇게 미소를 지으며 또 잔을 들며 사오싱(紹興)의 황주(黃酒)처럼 구수한 목소리로 말을 이었다. '물론, 제 몫의 석 잔이 아직 남았습니다.' 그리고 그는 또 연거푸 석 잔을 비웠다! 삽시에 전 장내가 물 뿌린 듯 조용해지고 저우 총리의 부드러우면서 점잖은 목소리만 들릴 뿐이었다. '우리는 술을 겨루기 위해서가 아니라 우정을 위해 건배합시다. 강요는 하지 맙시다. 마실 수 있는 분은 먼저 석 잔을 마시고 나서 계속합시다.' 장췬(張群)·사오리즈(邵力子)·장쯔종(張治中) 등이 일어서더니 찬성하며 나섰다. '언라이 형의 말씀이 옳습니다. 어지러운 난투극은 이제 그만합시다.' '술을 마실 수 있는 분은 직접 나서서 단독으로 권하되 능청스레 요령을 피우지는 맙시다……' 그중에서 연거푸 석 잔을 비운 이가 있긴 하였지만 감히 단독으로 나서 도전하는 이는 한 사람도 없었다. 카메라를 둘러멘 기자가 우리에게 '아이고, 저우언라이 혼자서 전체 국민당을 물리쳤군요.' 라고 말했다."

이처럼 저우언라이 총리는 꼬박 열 몇 시간 동안씩 업무를 보느라고 심각한 수면 부족으로 체질이 크게 떨어져 있는 상황에서 더구나 공복에 그렇게 많은 술을 마신 것이다. 심지어 한꺼번에 고량주를 수십 잔씩 마셔야 하는 집중 공격을 당하는 상황에서도 마오 주석을 보호하려는 일념에 그는 격앙된 투지로 분발할 수 있었다. 술은 마오쩌둥 주석에 대한 그의 충성과 혁명가의 뛰어난 담략을 보여주었다.

2. 술을 통해 저우언라이 총리의 뛰어난 예지와 재능을 보여주었다.

1943년 6월 저우언라이 · 그의 부인 덩잉차오(鄧穎超) · 린뱌오(林彪) 등 백 여 명이 자동차를 타고 총칭을 떠나 옌안(延安)을 거쳐 7월 초에 시안(西安)에 당도하였다. 도중에 저우언라이는 마오쩌둥의 전보를 받았다. 전보에서는 후쭝난(胡宗南) 부대가 변구(중국의 국공내전 · 항일전쟁시기에 중국 공산당이 몇 개의 성에 세웠던 혁명근거지)를 공격하려고 한다면서 도중에 후쭝난과 교섭하라고 지시하였다. 국민당 제8 작전 구역 부사령관인 후쭝난은 저우언라이가 곧 시안에 당도하게 된다는 소식을 접하고는 미리 충분한 준비를 해두었다. 그는 부하들에게 저우언라이 일행을 접대하는 과정에서 변구를 공격하려는 의도는 전혀 없다고 딱 잡아뗄 것을 요구하였다. 그리고 부하들에게 스승의 예의로써 저우언라이를 대하며 우호적인 분위기를 조성하도록 조치하였다. 그리고 또 술을 많이 권해 저우언라이가 만취상태에 빠지도록 하라고 명하였다.

빈틈없이 기획한 주연에서 후쫑난은 시안에 있는 황푸(黃埔)군관학교 제6기 이상 상장(上將)급 군관 중에서 30여 명을 뽑아 주연에 참가시켰다. 후쫑난은 정치부 주임 왕차오판(王超凡)을 시켜 환영사를 하게 하였다. 왕차오판은 축사 마지막에 다음과 같이 말했다. "이 자리에 계신 황푸군관학교의 동지들은 저우 선생께서 시안에 오신 것을 환영하는 의미로 먼저 저우 선생에게 술을 석 잔 권하도록 하겠습니다. 저우 선생께서는 우리와 함께 우리 항일전쟁을 이끄는 장(장제스) 위원장의 건강을 기원하는 첫 잔을 건배합시다."

이는 후쫑난과 왕차오판이 기획한 것으로서 저우언라이 총리를 도발하려는 것임이 틀림없었다. 그러자 저우언라는 아주 태연하고 침착하게 술잔을 들고 자리에서 일어서더니 미소를 지으며 말했다. "왕 주임께서 전국항일전쟁에 대해 언급한 것이 참으로 마음에 듭니다. 전국 항일전쟁의 토대는 국·공 협력에 있었습니다. 장 위원장은 국민당 총재입니다. 국·공이 협력하여 공동으로 항일하려는 성의를 보여주기 위하여 중국공산당원으로서의 제가 장 위원장의 건강을 위하여 기꺼이 건배하고자 합니다. 국민당 당원으로서의 여러분들도 마오쩌둥 주석의 건강을 위하여 건배해주십시오!"

그 말에 후쫑난과 왕차오판은 멍해졌고, 그 자리에 배석한 이들도 어찌 할 바를 몰라 쩔쩔맸다.

저우언라이 총리가 눈을 들어 장내를 휙 둘러보더니 여전히 미소를 지으며 말했다. "보아하니 여러분도 어려운 사정이 있는 것 같은데 강요할 생각은 없습니다. 이 술은 권하지 않는 걸로 합시다." 저우언라이 총리는 술잔을 내려놓더니 태연자약하게 후쫑난과의 대화를 이어갔다.

한참이 지나자 후쭝난과 왕차오판이 미리 조치한 대로 요염한 차림을 한 십 여 명의 부인들이 다가와 저우언라이 총리에게 술을 권하였다. 그중 한 사람이 말했다. "저희들은 비록 황푸군관학교에 다니진 않았지만, 저우 선생께서 황푸군관학교에 계실 때 창도하였던 황푸정신에 대해서는 모두가 알고 있습니다. 황푸 정신을 드높이기 위하여 우리는 매 사람이 저우 선생에게 술 한 잔씩을 권하겠습니다."

저우언라이 총리는 예의 바르게 소파에서 일어서더니 유머러스하게 말했다. "여러 부인들께서는 참으로 아름다우십니다. 여기 부인의 말씀은 더욱 아름다우십니다. 그런데 제가 창도한 황푸정신이 무엇인지 묻고 싶습니다. 정답을 맞춘 분과만 건배할 겁니다."

그들 부인들은 그저 말을 꾸며내서 저우언라이에게 술을 마시게 하기 위한 것일 뿐 황푸 정신이 무엇인지에 대해 아는 사람은 한 명도 있을 리가 없었다. 그런데 저우언라이가 아주 예의 바르게 어려운 문제를 제기하는 바람에 부인들은 갑자기 말문이 막혀버렸던 것이다.

3. 술로써 수많은 국제 벗들을 뜨겁게 맞이하고 배웅하였다.

신중국의 외교에서 저우언라이 총리는 술로써 존귀한 국가 정상들과 총리들을 맞이하였고 배웅하였는데, 그러는 과정에서 매번 방문자들에게 깊은 인상을 남겨주었으며 또 매번 감동적인 이야기를 남겼다.

1972년 2월 닉슨 미국 대통령이 중국을 방문하였다. 연회 석상에서 저우언라이 총리는 연신 술잔을 들어 닉슨과 키신저 그리고 그들을 수행한 고위 관원들에게 술을 권하였다. 잔을 부딪치는 맑고 깨끗한 소리가 어우러져 사방으로 퍼져나갔다. 닉슨 대통령이 저우언라이의 술잔을 바라보면서 물었다.

"총리께서는 주량이 대단하시다면서요?"

그 말에 저우언라이 총리가 허허하고 웃더니 지난날의 추억을 떠올리며 말했다.

"예전에는 잘 마셨지요. 홍군이 장정할 때 한 번은 마오타이주(茅台酒)를 25잔까지 마셨던 적도 있습니다."

저우언라이 총리는 손에 쥔 술잔을 내려다보면서

"이 잔보다 더 컸지요."

라고 말했다. 닉슨 대통령이 말했다.

"책에서 읽은 이야기인데요. 홍군이 장정 중에 마오타이주를 생산하는 마오타이진(鎭)을 지나게 되었는데 그 진에 있는 술을 모조리 마셔버렸다던데 정말이었습니까?"

그 말에 저우언라이가 대답했다.

"장정의 길에서는 마오타이주를 만병통치의 묘약으로 간주하고 있었거든요. 상처도 소독하고, 진통제로도 썼고, 해독도 하고, 또 감기 몸살도 치료했었지요."

닉슨 대통령이 잔을 들고 말했다.

"우리들도 모두 이 '만병통치약'으로 건배합시다."

닉슨 대통령의 중국 방문 당시에도 저우언라이 총리는 지난 수십 년간과 마찬가지로 침착하고 자연스러웠고, 솔직하고도 뜨거웠으며, 지혜로우면서도 예리함을 잃지 않았고, 신중하면서도 유머를 잃지 않음으로써 닉슨 대통령에게 깊은 인상을 남겨주었다. 그리고 술을 통해 보여준 저우언라이 총리 특유의 외교적 풍모는 닉슨 대통령과 키신저 보좌관에게 평생 잊을 수 없는 인상을 남겨주었다.

1972년 9월 저우언라이 총리가 중국을 방문한 다나카 가쿠에이(田中角榮) 일본 총리 일행을 위해 인민대회당에서 환영연회를 열었다. 연회 석상에서 저우언라이 총리가 다나카 가쿠에이에게 말했다.

"마오타이주는 아무리 많이 마셔도 머리가 아프지 않습니다."

그리고 다나카 총리에게 안주를 집어주면서 술을 권하였다. 그는 다나카 총리에게 마오타이주는 피로를 해소하고 정신을 안정시키는 효과가 있다고 말했다. 얼마 안 가서 다나카 총리는 푸짐한 연회에 '정복' 당하고 말았다. 그는

"마오타이주는 참으로 맛있는 술입니다. 정말 대단합니다. 세계 최고의 술입니다."

라고 찬양하였다. 저우언라이가 술로써 중일 국교 정상화에 굵은 한 획을 그었음은 의심할 나위가 없는 일이다.

저우언라이가 술로써 외교활동을 한 이채로운 이야기는 이루 다 말

할 수 없을 정도로 많다.

4. 술을 통해 저우언라이 특유의 인격적 매력을 보여주었다.

술은 저우언라이의 인격적인 매력을 더욱 돋보이게 해주었다. 1954
년 저우언라이가 제네바에서 회의에 참가하고 있는 기간에 유명한 희
극예술가인 찰리 채플린이 미국당국의 박해를 받아 스위스로 망명해
마침 제네바에 거주 중이었다. 저우언라이 총리가 마련한 연회에 채
플린이 초대를 받았다. 그는 즐거운 마음으로 제 시간에 연회에 갈 준
비를 하였다. 그런데 그가 막 출발하려고 할 때 갑자기 저우 총리가
회의가 길어지는 바람에 조금 늦을 수 있다는 기별을 받았다. 그러나
채플린이 연회장에 당도하였을 때 저우언라이 총리는 벌써 문밖 계단
에서 마중하려고 기다리고 있었다.

연회 석상에서 주인과 손님은 서로 스스럼없이 이야기꽃을 피웠다.
채플린은 저우 총리의 친절함에 감동을 받았다. 그는 세계 각국의 술
을 다 마셔 보았지만 마오타이주처럼 마신 뒤 입안에 향이 가득 차는
술은 처음이라면서 술의 농도가 짙지만 독하지 않고 맛이 짙지만 자
극적이지 않다고 저우 총리에게 말했다. 그는 또

"저는 마오타이주가 너무 좋습니다. 이 술은 진정한 사내대장부가
마시는 술이기 때문입니다!'

라고 익살스럽게 말했다. 그 말에 저우언라이 총리가 호탕하게 웃
었다. 연회가 끝나 돌아가기 전에 채플린은 마오타이주 한 병을 기념
으로 가져가도 되겠느냐고 저우 총리에게 요청했다. 저우 총리는 그
의 요구를 만족시켜주고자 특별히 사람을 시켜 마오타이주 두 병을

가져다 그 예술대가에게 선물하였다. 채플린은 기쁜 감정을 억제하지 못하고 그만의 독특한 우스꽝스러운 걸음걸이를 보여주자 그 자리에 있던 사람들은 장내가 떠나갈 듯이 웃었다. 그 일은 미담으로 전해지고 있다.

5. 술을 통해 저우언라이 총리 업무방식의 특별한 영향력을 보여주었다.

술로써 업무를 돕게 한 것은 저우언라이 특유의 매력적인 업무방식이었다. 수많은 신문과 잡지들에서 이런 이야기를 보도한 적이 있다. 유명한 작가 위안옌츠도 『정치무대 아래서의 저우언라이』라는 저서에 이렇게 서술하였다. 1961년 가을 중앙 제2차 루산(廬山)회의가 폐막하였다. 중국공산당 장시(江西) 성위원회(省委)가 장시호텔에서 연회를 마련하여 저우 총리와 먼저 하산한 뤄뤠이칭(羅瑞卿) 부부, 커칭스(柯慶施) 등 지도자들을 초대하였다. 연회에서 저우 총리가 흥이 도도하여 말했다.

"8.1봉기 때부터 지금까지 장장 34년이 지났습니다. 오래 전부터 난창(南昌)에 다시 한 번 와보려고 하였으나 시간을 낼 수가 없었습니다. 이번에 옛 고장을 다시 찾은 이 기회에 며칠 더 머물면서 이 도시의 변화를 잘 살펴볼 생각입니다."

그는 술잔을 들고 좌중에 말했다.

"오늘은 기분이 너무 좋습니다. 우리 모두 마음껏 마십시다!"

그가 먼저 술잔을 비우자 모두들 총리를 따라 술잔을 비웠다. 연회 분위기가 뜨거운 가운데 모두가 흥미진진하게 이야기를 나누면서 마음을 활짝 열고 통쾌하게 마셨다. 장시 성위 주요 책임자인 양상퀘이(楊尚奎)와 류쥔슈(劉俊秀) 두 사람은 성위를 대표하여 번갈아 가며 저우 총리에게 술을 권하였다.

석상에서 저우 총리는 생기에 넘치는 표정으로 장시의 오랜 근거지 건설을 어떻게 강화할 것인지, 상품 식량과 경제작물기지를 어떻게 건설할 것인지에 대해 이야기하였다. 그는 장시 성위 지도자들에게 술을 권하였다. 그들이 매년 국가를 위해 십 수억 근(1근은 0.5킬로그램)의 식량을 지원하고 있다고 칭찬하면서 국무원을 대표하여 감사의 뜻을 표한다는 의미로 홀로 한 잔을 건배하였다. 그러자 류쥔슈 장시 성위서기가 말했다.

"총리님, 저희 업무는 칭찬 받기에 아직도 많이 부족합니다. 난창은 총리께서 8.1봉기를 이끌었던 영웅의 도시이고, 인민해방군의 탄생지입니다. 총리께서 난창을 떠난 지 34년 만에 난창에 업무를 시찰하러 오신 것을 마음속으로 매우 기쁘게 생각합니다. 총리님의 건강을 위하여 한 잔 올리겠습니다."

그러자 총리가 자리에서 일어서더니 술잔은 들지 않고 두 팔을 껴안고 웃으면서 말했다.

"쥔슈 동지, 한 잔으로는 모자랍니다. 나에게 술을 권하려면 석 잔은 권해주어야 합니다. 우리 연거푸 석 잔을 건배합시다."

그 말에 류쥔슈는 더욱 흥분하여 말했다.

"좋습니다. 총리께 석 잔을 권하겠습니다."

그때 총리가 또 말했다.

"잠깐, 이 석 잔을 마시려면 조건이 있습니다."

"무슨 조건입니까?"

류준수가 술잔을 든 채 물었다.
총리가 말했다.

"건배 한 잔에 외부 조달 식량 1억 근씩 늘리는 겁니다. 석 잔을 건배해야 하니까 식량 3억 근 늘리는 걸로 하면 어떻겠습니까?"

그 말에 류쥔슈가 술잔을 내려놓더니 난감한 표정으로 말했다
.

"총리님, 국무원에서 올해 저희에게 맡겨준 외부조달식량 12억 근은 저희가 한 알도 빠짐없이 조달하여 책임지고 완성할 것입니다. 그런데 거기에 3억 근을 더 추가하면 15억 근인데 그건 어려울 것 같습니다."

그때 탄전린(譚震林)이 자리에서 일어서며 흥을 돋우었다.

"류 서기, 총리께서 34년 만에 난창에 오셔서 당신들의 형세가 좋은 것을 보고 이렇게 기뻐하시는데 식량 3억 근을 더 조달하는 게 그렇게 아까운가요?"

뤄뤠이칭도 자리에서 일어서더니 말했다.

"류 서기, 총리께 술을 권하면서 진심을 보여야지 않겠어요? 석 잔을 권하세요. 3억 근 늘리라면 3억 근 늘리세요!"

그러자 저우 총리가 손을 흔들어 주위를 제지시키면서 성위 서기를 강요하지 말라는 뜻을 전한 뒤 계산을 하는 듯이 말했다.

"내가 조사를 해보았는데 장시인의 1인분 식량 수준이 높은 편이고, 거기에 비축식량까지 있어 식량이 심각하게 부족한 진(晉, 산시성의 약칭)·기(冀, 허베이성의 약칭)·노(魯, 산동 성의 약칭)·예(豫, 허난성의 약칭) 등 지역에 비해 훨씬 낫습니다. 그러니 3억 근을 더 늘리더라도 비록 어려움은 있겠지만 그래도 감당할 수 있을 겁니다."

그 말에 류쥔슈가

"총리는 8억 인민의 호주입니다. 총리님의 마음을 저도 이해합니다."

라고 하면서 술잔을 들며 "석 잔 하자면 석 잔을 하는 거지요. 3억 근 늘리라면 3억 근 늘리면 되는 거 아닙니까? 총리님의 뜻에 따르겠습니다. 건배!"

그러자 저우언라이 총리가 흐뭇해하며 술잔을 들면서 말했다.

"장시의 동지들에게 감사합니다. 건배!"

그렇게 하여 저우 총리는 연거푸 술 석 잔을 마시는 것으로 3억 근의 외부 조달 식량을 해결했던 것이다.

술의 역할을 충분히 활용하는 저우언라이 총리의 특별한 업무방식에 깃든 이야기 중 사람들에게 잘 알려진 이런 생생한 이야기도 있다.

쉬스여우(許世友)는 짙은 전기적 색채를 띤 중국군의 상장[65]이었다. 술을 호쾌하고 시원시원하게 마시는 그는 늘 술을 마시는 풍격을 보며 사람이 솔직한지의 여부와 시원시원한지의 여부를 평가하는 중요한 기준 중의 하나로 삼고 있었다. 술좌석에서 그는 늘 테이블 중간에 커다란 빈 그릇을 하나 놓곤 하였다. 그래서 누가 잔을 비우지 않고 술을 한 방울이라도 남기게 되면 테이블 중간에 놓인 큰 그릇에 술을 가득 부어 벌주를 마시게 하였다. 그는 자기 뒤에 호위병을 한 명 세워두고 술을 마실 때 누가 농간을 부리는지 감독할 뿐 아니라 벌주 임무까지 구체적으로 이행하도록 하였다. 어떤 급별의 장군이나 수장에 대해서건 어김없이 벌주를 내리곤 하였다.

그런 벌주의 대우를 "누린 적이 있는" 일부 장군들은 소문을 내지 않을 리 없었다. 이 일은 여러 가지 모순을 잘 해결하기에 능한 저우언라이 총리의 귀에 들어갔다. 각기 다른 사람에게 각기 다른 방법을 적용하는 것은 저우언라이 총리의 특별한 지도예술이었다. 그래서 쉬스여우가 베이징에 온 기회를 틈 타 저우언라이 총리는 저녁에 그를

---

65) 상장 : 비록 별이 세 개이나 중국군의 최고계급으로 이에 선발될 확률은 10만 군인 중 1명꼴이다.

집으로 초대하였다. 총리를 매우 존경하는 쉬스여우가 저녁에 초대를 받고 총리 자택을 방문하였다.

저녁 식사 자리에서 총리는 일부러 쉬스여우를 자극하였다.

"쉬 사령관은 솔직한 사람인데 술 마실 때만 솔직하지 않고 허풍을 치기 좋아한다고 들었습니다."

쉬스여우는 다른 사람이 그를 허풍쟁이라고 말하는 것을 제일 싫어하였다. 그는 자신이 술을 잘 마신다는 것을 증명하기 위하여 바로 저우 총리에게 설득을 당해 총리와 술을 겨루는 데 찬성하였다. 게다가 겨뤄서 지게 되면 총리에게 큰절을 세 번 하겠다고까지 말했다. 식탁에는 저우 총리와 쉬스여우 둘만 마주 앉아 술을 마시기 시작하였다. 쉬스여우는 술을 벌컥벌컥 들이켰다. 얼마 안가 마오타이 한 병이 비었다. 총리는 안주로 땅콩까지 곁들여가며 조금씩 천천히 마셨다. 이야기를 나누며 마시는 사이에 마오타이 한 병이 또 지워졌다. 그러자 "적당하게 마시자"는 저우 총리의 제안을 쉬스여우가 거절하는 바람에 두 사람은 또 다시 마오타이주를 각각 한 병씩 마셨다. 그쯤 되자 천하의 술꾼 쉬스여우도 몸도 가누지 못하고 아예 식탁 밑으로 쓰러져버렸다.

그러나 저우언라이는 또 마오타이주를 한 잔 가득 부어 잔을 들고서 말했다.

"쉬 사령관, 일어나세요. 어서. 군인이라면 살아 있는 한 건배를 해야 할 것 아니요?. 죽지 않는 한, 목이 베인다 해도 고작 사발만한 상처일 뿐 아닌가요? 영웅은 술을 마시지만 겁쟁이는 물을 마시는 법이

오. 내가 초대한 술좌석인데 이 정도 체면도 세워주지 않을 겁니까? 이거 너무 의리가 없으시군 그래."

라고 말하면서 단숨에 잔을 비웠다.

이 말은 모두가 예전에 쉬스여우가 술을 강권할 때 자주 썼던 말인데, 오늘 저우언라이 총리가 쉬스여우에게 그대로 되돌려준 것이다. 그러나 그때 쉬스여우는 더 이상 '영웅'이니 '의리'니 따질 수 없는 상태였다. 그저 "졌습니다! 총리께 큰절을 올리겠습니다!"라고만 할 뿐이었다고 한다.

그러자 이번 기회에 쉬스여우를 타이르고 하였다.

"술을 마시면서 남에게 강요해서는 안 됩니다. 식탁 위에 벌주용으로 빈 그릇을 올려놓아서는 안 되며, 뒤에다 감시관도 세워두어서는 안 됩니다. 동지와 벗 사이에 기분이 좋아서 술 한 잔씩 하는 건 원래는 좋은 일인데, 그렇게 술을 강권하게 되면 서로 의가 상하지 않겠습니까?"

총리는 또 "사람마다 주량의 크기가 각기 다른 법이니 본인이 술을 잘 마신다고 하여 다른 사람도 잘 마실 거라고 생각하면 안 됩니다. 모두가 예전 같지가 않습니다. 나이가 50세가 넘으면 몸의 기능이 떨어지게 마련인데, 그렇게 마구 마시다가는 큰일 납니다. 쉬 사령관도 마찬가지입니다. 앞으로 술을 마시려거든 6잔, 즉 반근을 넘기지 마세요."

그 후 쉬스여우는 정말 총리의 말대로 술을 마시더라도 반근을 넘기지 않았으며, 가끔 좀 많이 마시고 싶으면 스스로 개별적인 이유를 대곤 하였다. 물론 술을 강권하는 일도 많이 줄었다.

6. 술을 통해 사업에 대한, 그리고 인민에 대한 진지하고 뜨거운 정을 보여주었다.

술은 감정의 운반체이다. 저우언라이 총리에게서는 더욱이 사업에 대한, 그리고 인민에 대한 깊은 정이 드러난다. 총칭 국공 담판 때 그가 얼마나 많은 마오타이주를 마셨는지 아무도 정확히 알지 못한다. 이는 마오쩌둥에 대한, 그리고 사업에 대한 그의 진실한 마음을 보여준다. 사람들은 흔히 술로써 저우 총리를 향한 열애의 마음을 표현하려고 한다. 저우 총리 또한 사무가 아무리 바쁘더라도 사람들의 요구를 가급적 들어주곤 하였다.

1967년 7월 7일 아시아 · 아프리카 정상회의(반둥회의)가 끝나고 저우 총리가 반둥에서 쿤밍(昆明)으로 돌아왔다. 윈난(雲南) 당과 정부 및 군의 지도자가 반둥회의 성공을 경축하여 연회를 열어 저우 총리와 대표단을 초대하였다.

연회에서 성위, 성인민위원회, 군구 등 여러 분야 지도간부들이 번갈아 가며 저우 총리에게 술을 권하였다. 저우 총리와 술 한 잔을 함께 마실 수 있는 것은 더없이 영광스러운 일이었다. 윈난성 당과 정부 및 군 지도간부의 말로 표현하면 "총리와 술을 마실 수 있다면, 한 번 취해볼만 하고, 또 취해도 즐거울 것"이라는 것이었다. 저우 총리는 사람들의 흥을 깨지 않으려고 익숙한 사이건 익숙하지 않은 사이건 간에 어느 누구를 막론하고, 그리고 직무의 고하를 막론하고 가급적 모든 사람의 요구를 다 들어주려고 애썼다. 직무가 낮은 사람일수록 그리고 일반 업무인원일수록 그는 술 권하는 것을 잊지 않았다. 그는 사람들이 술을 권하는 대상이었을 뿐 아니라 또 적극적으로 다른 사람들에게 술을 권하기도 하였다. 그날 그는 술을 제일 많이 마셨다. 아무도 그가 술을 얼마나 마셨는지 기억하지 못하였다. 사람들은 다만 원난의 많은 간부들이 술에 취하였지만 저우 총리는 전혀 취하지 않고 여전히 활기가 넘쳐 사람들과 이야기꽃을 피우고 있었다는 것만 기억하고 있었다. 고금중외를 아우르는 그의 해박한 지식과 점잖은 말투는 그 자리에 있던 모든 사람들의 탄복을 자아냈다.

7. 마오타이와 펀주의 싸움을 중재해주다.

오랜 세월 동안, 꿰이저우 사람과 산시 사람(山西人)들은 줄곧 마오타이주와 펀주(汾酒) 중 어느 쪽이 먼저이고, 어느 쪽이 스승이냐 하는 문제를 놓고 논쟁이 그치지 않았고, 국민당 난징정부에까지 소송이 이어졌다. 장제스(蔣介石)는 듣고서 감히 태도를 표명하지 못하고 할 수 없이 절충하는 방법으로 "세상의 명주는 한집안인데 구태여 어느 쪽이 스승이고 어느 쪽이 제자인지 가릴 필요가 있겠는가. 마시기만 좋으면 된다!"라고 말했다고 한다.

해방 후에도 그 두 명주의 논쟁은 여전히 끊이지 않았다. 1963년, 전국 회의에서 저우 총리는 마오타이주 양조기능사와 펀주 양조기능사에게 각자 술의 향기 종류와 전통공예 과정에 대해 얘기하게 하였다. 그는 그들의 설명에 귀를 기울여 듣더니 이렇게 말했다. "신선이 마신다는 감미로운 술이 남과 북에 각기 한 가지씩 있다네. 천하제일은 마오타이가 빚냈구려. 선후를 논한다면 우리 창장(長江)이 먼저일세." 알고 보니 마오타이주는 마오타이하의 상류에서 생산되고 있었으며, 향기의 종류나 양조방법에서 모두 펀주와 서로 달랐다. 따라서 남과 북 양측은 스승과 제자의 관계니 뭐니 하는 문제가 존재하지 않는다는 것을 알게 되었다. 선후를 따지자면 마오타이주가 당연히 먼저였다. 이와 같은 저우 총리의 말에 모두들 진심으로 탄복하였다.

게다가 저우 총리는 마오타이주 생산의 지리적 조건과 기후·토양·수질에 매우 큰 관심을 가지고 여러 차례나 구체적으로 묻기도 했으며, 또 "마오타이주의 품질을 확보하여 국가와 민족의 영예를 지키기 위해, 마오타이하 상류 수십 킬로미터 안에 화학공장을 건설하지 못하며, 마오타이하 수질을 오염시켜서는 안 된다."라는 중요한 지시를 내리기도 하였다. 저우 총리의 여러 모의 관심으로 마오타이하 수질은 지금도 바닥이 들여다보일 정도로 맑고 투명하며 빚어낸 마오타이주는 여전히 명실상부하며, 원래의 품질과 전통 특색을 고스란히 살려 국내외에서 사랑을 받고 있다.

종합적으로 말해서 저우언라이가 술을 교묘하게 활용한 것은, 과거 사람들이 말하는 "재상의 주량은 도량과 흉금의 반영"이라는 일반적인 의미가 아니라, 술의 역할을 업무와 사업, 두터운 감정과 교묘하게 결합하여 음주를 "음주예술"의 차원으로 끌어올린 첫 사람이라는 데 그 의미가 있다고 하겠다.

31. 마오쩌둥(毛澤東, 1893~1976)
- 조선족(한국인)의 술 막걸리를 없애버린 국수주의자 -

사람을 다루는 데 능했고 지도력도 좋았다. 그리고 성격 자체는 매우 친화력이 뛰어났다. 그의 지도력이나 인망이 이렇게 대단했기 때문에, 건국 후 아무리 잘못된 정책을 들고 나와도 부하들이 반대하지 못해 오히려 참극을 빚었다는 점은 역사의 아이러니라 하지 않을 수 없을 것이다. 그러나 편집광적으로 의심이 많았고, 사소한 비판도 용납하지 않고 반대하는 사람은 용서하지 않았으며, 관용을 베푸는 것을 '가족주의'라고 하면서 매우 싫어했다. 일단 그는 한 번 원한을 품으면 잔인하고 비정하게 숙청했다. 이러한 면들이 문화대혁명을 불러온 것이 아닌가 한다.

당 내의 그의 전직 라이벌들은 결국 모두 중국을 떠나 망명했고, 그의 부하였으나 반대해 밉보였던 펑더화이(彭德懷)나 류사오치(劉少奇), 덩샤오핑(鄧小平), 주더(朱德) 등은 모두 쫓겨났다.

세기의 독재자답게 자신의 권력을 유지하는 데에는 천부적인 재능을 가지고 있었다. 웬만한 독재자라면 '대약진운동' 실패로 책임을

지고 몰락하겠지만, 마오쩌둥은 그렇지 않았다. 그는 정치에 아주 능했고, 중대한 문제가 발생하면 부하들에게 덮어씌우는 행동에도 능했다. 그래서 대약진운동 실패에 최대한 교묘하게 책임에서 비껴 나와 계속해서 인민들에게 황제와 같은 위치를 점할 수 있었다. 이는 마오쩌둥이 개인 우상화에 얼마나 능한지 보여주는 역사이기도 한데, 자신에게 충성하는 사람들을 소재로 우상화 교과서를 만들면서 수많은 학생들과 젊은이들을 사로잡았으니 권력에 관한 능력에서는 의심할 바가 없었다. 문화대혁명 직전 권력을 완전히 회복한 마오쩌둥은 이전보다 더욱 중국을 완전하게 통제할 수 있었다고 하니, 이는 그의 무시무시한 정치력을 알 수 있는 일화가 아닐 수 없다.

마오쩌둥은 이른바 '2인자 박치기'에 아주 능했다. 그는 어느 한편에 힘을 실어주다가도 너무 힘이 몰린다 싶으면, 다른 쪽으로 다시 힘을 몰아주는 식으로 철저하게 권력의 저울을 팽팽하게 유지했다. 류사오치, 덩샤오핑, 린뱌오(林彪), 4인방, 저우언라이와 같은 인물들이 이런 식으로 제한된 권력을 가졌다가 몰락을 반복하는 식으로 관료생활을 했으며, 주류 세력이 바뀔 때마다 계파 세력은 숙청을 당하고는 했다. 이런 권력 유지에 대한 촉은 죽기 직전까지 무척이나 예민해서, 숨이 껄떡껄떡 넘어가는 와중에도 덩샤오핑에게 힘을 실어주었다가 다시 힘을 빼는 작업을 시도하고 있었을 정도였다. 그래서 마오쩌둥의 부하들은 서로가 서로를 견제하는 날들의 연속이었다. 류사오치와 저우언라이의 경우에는 국공내전 때까지는 사이가 나쁘지 않았지만, 이후 2인자 경쟁을 하면서 사이가 급격하게 나빠졌을 전문적으로 군사교육을 받은 바 없지만, 게릴라 지도자로서 사고가 군대식으로 굳어져 있었다고 할 수 있다. 그러나 자신은 실전에서 총을 쏴본 적이 거의 없었으며, 게릴라 시절의 사진 중에서도 군복 차림은 많지만 총을 차고 있거나 들고 있는 사진은 거의 없다.

그래서 부하들이 자신의 명령에 토를 다는 것을 매우 싫어했다. 항상 정책이든 뭐든 간에 군대식으로 사고했으며, 일단 적으로 간주되면 무조건 섬멸해야 직성이 풀렸다고 한다.

원래 그는 고집이 센 성격이었지만, 중국의 주석으로 확실하게 권력을 잡은 이후에는 더욱 고집이 세졌다고 한다. 그런 그였기에 마오쩌둥은 융통성이 전혀 없었다고 해고 과언이 아니었다. 대약진운동 초기 천윈(陳雲), 저우언라이, 류사오치가 소극적으로 반대의 뜻을 내비치자 불같이 화를 내며 자아비판을 강요했을 정도였다. 또한 대약진운동의 파멸적인 결과가 차츰차츰 드러났을 때 펑더화이의 비판을 받아들이지 않고 해임시키는 모습을 보였고, 이 모습을 본 류사오치와 저우언라이는 찍소리도 못 하고 마오쩌둥의 뜻을 따랐다. 본인은 대약진운동과 문화대혁명의 실행 도중에 예상치 못한 부작용은 있었을지라도 방향 자체는 틀리지 않았다고 죽을 때까지 믿었던 데서도 그의 고집을 알 수 있다.

이러한 그에게 있어서 가장 무서웠던 민족은 한국인(조선족)이었던 것 같았다. 이러한 마오쩌둥의 인식을 엿볼 수 있는 것으로 자신이 창간하고 주필이었던 『상강평론(湘江評論)』 7월 28일 제3호에 실린 「동방의 대사건에 대한 논평」에서 "일본 군경의 진압으로 인해 3.1독립운동은 표면적으로 잠시 중단되었지만, 조선인들의 불굴의 정신이 살아있기에 조선의 독립은 언젠가는 반드시 실현될 것이라고 단정할 수 있다"고 단정한데서 한국인의 끈질긴 집념에 대해 밝힌 바가 있다. 아직 청년이었던 마오쩌둥의 이러한 한국인에 대한 인식은 정권을 잡은 이후에도 뇌리에서 잊혀 지지 않았으며, 아직 자신의 힘이 미치지 못하고 있던 동북3성에 거주하고 있던 한국인(조선족)들에 대해서 긴

장을 늦추지 않고 있었던 것이다.

이러한 국면을 타도하기 위한 일환으로 그는 당시 한국인 독립운동가들과 한국인(조선족)의 지도층 인사들을 탄압하기 위한 방책으로 당시 한국인들이 즐겨 먹던 미농주(米農酒, 막걸리)를 없애버릴 것을 지시했던 것이다.

그는 1968년 가을 문화대혁명이 한창이던 때에 동북3성의 태대왕(太大王)으로 불렸던 모택동의 친조카 마오위안신(毛元信)에게 명을 내려 홍위병 수백 명을 이끌고 연변조선족자치주에 들어가게 했다. 그는 제일 먼저 당시 한국인(조선족)들이 즐겨먹던 미농주를 없애버릴 것을 홍위병들에게 지시하면서 동북3성에서 조선족들이 운영하던 막걸리 술도가를 전부 없애버렸다. 이후 조선족 마을에서는 알코올 도수가 38도 이상인 고량주를 마실 수밖에 없게 되었다. 당시 마오쩌둥은 조카 위안신에게 다음과 같이 말했다고 한다.

"조선족에게는 막걸리가 그들의 전통술이고 제사술이다. 이것은 그들의 뿌리와 같은 술이다. 조선족들은 이 술만 먹으면 신명이 나서 흥에 겨워 노래하고 춤을 춘다. 주덕해(周德海)는 항상 이 술을 먹고 싸움터에 나가면 반드시 이기고 돌아왔다. 이처럼 위험한 술이니 철저히 없애도록 하라!"

이것이 조선족에게서 막걸리인 미농주가 없어지게 된 연유였던 것이다.

그가 말한 주덕해는 본명이 오기섭(吳基渉)이고 오영일(吳永一)·김도훈(金道訓)·오동원(吳東元) 등으로도 불렸던 인물이다. 그는 1911년 3월 5일 러시아 연해주 동쌍성자(東雙城子) 도별하촌(道別河村)의 농가에서 태어났는데, 1920년 3월 길림성(吉林省) 화룡현(和龍

縣) 지신향(智新鄕) 승지촌(勝地村)으로 이주해서 공립 제14 소학교에 입학해 1923년 겨울 졸업했고, 1927년 봄 소학교 교장이자 조선공산당 당원인 김근(金根)으로부터 사회주의 사상을 수용하고, 이의 전파를 위해 노력하였던 인물이다. 그러다가 1930년 3월 김근의 가족과 함께 흑룡강성 영안현(寧安縣) 화검구(花瞼構)로 이주했으며, 40여 명의 조선인들과 함께 4개의 집단농장을 건립한 민족운동가이기도 했다. 그는 일제에 저항하는 한편 중국공산주의청년단에 가입해 화검구 서기로 활동하기도 했다. 그러다가 10월 러시아혁명 기념일에 즈음하여 반일봉기를 준비하다가 일본 경찰에 발각되어 영안현 남호두(南湖頭)로 이동하기도 했으나, 그의 신출귀몰함은 동삼성 일대에서 유명했다.

그러다가 1931년 중국공산당에 입당했으며, 1932년 1월 동경성(東京城) 우가둔(子家屯) 공청단 특별지부 서기가 되었다. 1933년 자목합자 당지부의 서기가 되어 친일기관인 조선인민회(朝鮮人民會)에 반대하는 투쟁을 조직했으며, 8월 중국공산당 서대림자(西大林子)지부 서기가 되었다가 1935년 병에 걸려 발리현(勃利縣), 의란현(依蘭縣) 등지에서 요양하였다.

1937년 4월 공산당의 지시에 따라 모스코바 동방노력자공산대학에 입학해 1938년 여름에 졸업하였고, 이후 1939년 9월 연안(延安)으로 가 연안 경비구(팔로군) 제359여단 제8연대 특무중대 지도원, 제8연대 공급처 지도원으로 활동했으며, 항일군정대학(抗日軍政大學) 동간대(東干隊)와 중앙해외연구반에서 학습하였다. 1943년 연안에서 조선혁명군정학교 건립에 참여해 교무위원과 총무처장으로 활동했고 1945년 10월에는 조선의용군의 일원으로 만주로 진출해 심양(瀋陽)에 도착, 조선의용군 제3지대를 건립하고 정치위원이 되었다.

1947년 동북행정위원회 건립에 참여하였다가 1948년 4월 민족사무처장이 되어 『민주일보(民主日報)』를 창간하고, 문공대(文工隊)를 조직하는 등 선전활동에 주력하였다. 1949년에는 중공 연변지구위원회 제1서기가 되었고, 6월에는 북경에 가서 조선족을 대표해 중화인민공화국의 창건을 협상하는 전국정치협상회 준비회의에 참석했으며, 9월 전국정치협상회의 제1기 전국위원회 위원으로 당선되었다.

이처럼 그의 활동에 대해 잘 알고 있던 마오쩌동은 항상 그의 동태에 대해 관심을 두고 있었고, 동북3성 내에서 그의 권력을 견제하기 위해 문화대혁명 기간에 그에 대한 대대적인 압박을 가한 결과 1969년 10월 호북성(胡北省) 53농장으로 전출되었으며, 1972년 7월 3일 호북성에서 61세를 일기로 사망하였다. 자신의 권력에 걸림돌이 되는 자들은 누구를 막론하고 척결했던 마오쩌동의 일면을 보여주는 일화가 아닐까 한다. 그러나 그의 우선 척결 대상이 막걸 리였다는 점에서 마오쩌동의 매서운 정세 판단을 엿볼 수 있을 것이다.